글로 지은 집

글로 지은 집

구십 동갑내기 이어령 강인숙 부부의 주택 연대기

강인숙 지음

열림원

구십이 되어가는 동갑내기 부부가

하나는 아래층에서, 하나는 위층에서 글을 쓰면서

각기 자기 몫의 아픔과
외로움을 견뎌야 하는 세월이 계속되었다.

2020년에 나는 미수米壽였다. 그래서 살아온 세월을 정리하기 위해 자전적 에세이를 써야겠다는 생각을 했다. 결혼 전의 이야기는 이미 책으로 썼으니까[*] 그 후의 이야기로 넘어갈 차례였다. 그래서 결혼해서 오늘까지 산 세월들을 정리하기 시작했다. 기간이 육십 년이 넘으니 너무 방대하고 복잡해서 실마리를 찾기 어려웠다. 그래서 문제를 축소해서 먹고, 입고,

---

[*] 『아버지와의 만남』(생각의나무), 『셋째딸 이야기』(도서출판 곰), 『서울·해방공간의 풍물지』(박하), 『어느 인문학자의 6.25』(에피파니) 등은 결혼 전의 이야기를 쓴 자전적 에세이집이다.

사는, 삶의 세 가지 기본항만 대상으로 했더니 그중에서 무엇이 가장 중요한가 하는 것은 곧 가닥이 잡혔다. 그건 집이었다. 먹고사는 일은 직장이 있으니까 해결이 되니, 결혼을 앞두고 가장 필요했던 것은 들어가 살 장소였다. 참 어려운 과제였다. 목돈이 있어야 했기 때문이다. 그래서 원하는 집을 찾기까지의 이야기 속에 내 현실적 삶의 모든 것이 용해되어 있다. 그 일을 성취하기 위해 우리에게는 십육 년의 세월이 필요했기 때문이다. 그 십육 년간의 이야기는, 빈손으로 시작한 우리 부부의 주택 편력의 연대기다. 그리고 우리와 비슷한 모든 이웃의 주택 편력의 역정이기도 하다. 되풀이하고 싶지 않은 힘든 과정이어서 앞으로 우리 후손들이 사는 시대에는 첫 집을 살 때 국가가 많은 특혜를 주었으면 하고 빌고 싶다.

유목민들은 남의 나라를 점령해도 땅을 점유할 생각은 하지 않는다. 풀은 뜯어 먹으면 일 년이 지나야 다시 돋으니까 정착을 하면 양들이 죽기 때문이다. 그런데 농경민인 우리는 정착이 생명이다. 옆에서 손질하며 세심하게 돌봐주지 않으면 곡식이 영글지 못한다. 그래서 농경민에게는 의·식·주 삼항 중에서 집이 가장 중요해진다. 정착해야 하기 때문이다. 그건 모든 농경민의 숙명이라고 할 수 있다. 그래서 한국인들은 집에 더 많이 집착한다. 그런데 우리 부부에게는 그 중요성에 가중치가 붙어 있었다. 둘 다 대학교수이고 글 쓰는 사람이니까 우리 집에는 두 개의 서재가 필수적이었기 때문이다. 시인과 소설가들은 창작촌 같은 데 가서 글을 쓰기도 하는데 우리는 그게 안 된다. 강의 준비나 평론, 논문 등은 책을 많이 펼쳐 놓고 써야 하는 글이어서 밖에서 쓰는 것이 불가능하다. 그런데다가 이어령 선생은 전업 작가가 아니어서 날마다 출근해야 하는 직장이 있었고, 나는 아이들을 기르며 짬짬이 글을 써야 했으니까 더 집 밖에 나가 집필을 할 수 없었다. 전공이 같아서 같은 책을 공유하는 일이 많은 것도 문제였다. 이 선생은 논문이나 평론을 쓸 때 방바닥에 참고문헌을 일목요연하게 세워놓고 쓰는 버릇이 있다. 그러니 서재가 작으면 안 된다. 서재는 그의 작업장이기 때문에 작업량이 증가하면 방도 커져야 하는 것이다.

그런데 결혼하고 이 년 동안 우리는 단칸방에서 살았다. 남편이 한구석에서 밤을 새우며 글을 쓰면, 아내와 아이는 불빛 때문에 깊은 잠을 잘 수 없는 환경이다. 그래서 더 큰 집이 절실하게 필요했다. 그러니 결혼한 후 서재가 두 개인 집에 정착하기까지 나의 목표는 집 늘리기라는 비본질적인 과제에 치중되어 있을 수밖에 없었다. 그건 내가 원하던 일이 아니었고, 즐거운 일도 아니었지만, 꼭 해야 할 과업이었다. 집 때문에 우리는 항상 쪼들려야 했기 때문이다. 나는 변화를 싫어하고, 이 선생도 안정이 필요한데도 불구하고 우리는 적성에 맞지 않는 이사를 자주 해야 했다. 처음 사 년간은 셋방에 살아서 육 개월마다 집을 옮겼다. 일 년에 두 번 이사한 일도 있다. 그러면서 조금씩 집을 키워나갔다. 아이들도 태어났기 때문이다. 우리가 원하는 집을 얻기까지는 십육 년이나 걸렸다. 그십육 년의 세월은 보다 나은 집필 공간을 확보하기 위한 불가피한 투쟁의 역정이었다고 할 수 있다. 그것도 땅값이 성북동의 4분의 1밖에 되지 않던 평창동이 대상이었다. 그곳에 우리가 원하는 크기의 집을 짓는 데 성공한 것은 1974년의 일이다. 집값 올리기를 위한 집 늘리기가 아니라, 방의 수와 크기를 키우는 면적 위주의 집 늘리기였다. 그러니 변두리여도 상관이 없었다. 우리 집에는 서재가 둘 있어야 하니 남보다 방이 두 개는 더 있어야 한다. 그건 우리의 작업장이니 생략할 수가 없다. 그런데 아이가 셋이다. 그래서 우리에게는 그냥 집이 필요한 게 아니라 방이 많은 아주 큰 집이 필요했다. 그래서 집이 하나도 없는 텅 빈 산 중턱에 외딴집을 지은 것이다. 외등도 없는 산동네에 하나만 서 있는 집이었다. 이웃이 생길 때까지 삼 년 동안 우리는 산속의 외딴집에서 혼자 살았다.

그래도 집이 크니 글쓰기에는 지장이 없었다. 그래서 다시는 그 집에서 이사를 하지 않고 버텼다. 그랬더니 반세기가 지나 근사한 주택가 한복판에 살게 된 것이다. 언덕 위여서 다니기 어려우니 할 수 없이 미수 때까지 운전을 했다. 막상 핸들을 놓으니 나들이하기가 너무 어려워서 별수 없이 갇혀 산다. 그래도 집을 옮길 생각은 없다. 우리가 원했던 글 쓸 공간은 넉넉한 집이기 때문이다. 제대로 된 서재가 생기니 둘 다 미친 듯이 글을 썼다. 해마다 책을 내면서 우리는 이 집에 겨울이면 칩거했다. 그런데 세월이 지나니 아이들이 모두 떠나서 집이 부담이 됐다. 빈방이 세 개나 생긴 것이다.

둘 다 정년퇴직을 한 2000년경부터 우리는 두 식구가 살기에는 너무 커진 그 집을 허물고, 그 자리에 문학관을 지을 꿈을 키우기 시작했다. 평생 월급이나 원고료만 받으며 살아서 우리는 수입에 대해 별로 신경을 쓸 필요가 없는 생활을 했다. 유산도 받은 일이 없으니까 우리 집 돈은 모두 두 사람의 노동의 대가였다. 그런데 문학사상을 하게 되니 거기에서 나오는 수익금은 좀 다르게 인식되었다. 거기에는 다른 사람의 수고비도 들어 있었던 것이다. 그건 사적으로 써서는 안 되겠다는 생각이 들었다. 그래서 문학관을 새로 지을 생각을 하고 별도의 통장을 만들어 건축비를 모으기 시작했다. 그때부터는 이 선생의 원고료와 인세도 그 통장에 넣었다. 생활은 봉급으로 충당하기로 한 것이다. 삼십 년의 세월이 흐르니 이십 억 정도의 기금이 모아졌다. 거기에 내 저금까지 합하니 이십삼 억 원이 되었다. 나는 2001년에 영인문학관에 이미 오 억 원의 기금을 낸 후여서 돈이 많지 않았다.

　문학관을 지으려고 건축가에게 문의했더니 적어도 삼십 억 원은 있어야 지금의 영인문학관만 한 건물을 지을 수 있다고 했다. 더 나올 데는 없으니 은행에서 대출을 받고, 집을 격을 낮추어서 건축비에 맞게 조정하기로 했다. 2007년에야 공사를 시작했고, 2008년에 새 건물로 이사를 했다. 그러니 지금의 영인문학관 건물은 정말로 이어령 선생 한 사람이 '글로 지은 집'이다. 이십 년간의 그의 문학에 대한 대가가 거기 모두 들어가 있다. 그 건물은 그의 원고지 매수의 가시적可視的인 형상이다. 그래서 나는 그 건물을 볼 때마다 눈물겹다.

　문학관을 지으면서 주거 공간을 삼십오 평으로 줄였다. 그리고 같은 크기로 이어령 선생의 스튜디오를 만들었다. 세상에 나서 내가 가장 기뻤던 해는 그에게 원하는 서재를 만들어주던 1974년이었다. 가능하다면 그에게 희랍 신전 스타일의 기념관을 만들어주고 싶은 것이 나의 오랜 꿈이다. 이어령 씨는 내게 좋은 것을 다 주고 싶은 그런 남편이다.

　이어령 선생은 2015년에 대장암에 걸렸다. 칠 년간의 투병 생활이 시작되었다. 자기 생명에 시한時限이 생기자 그는 조급해졌다. 언제 떠날지 모르는데 쓰다가 끝내지 못한 글이 많았기 때문이다. 그래서 항암치료를 거부하고 혼자 글을 쓸 수 있는 고독한 시간을 갈망했다. 그래서 내게도 혼자 있는 시간이 많아졌다. 우리는 동갑이니 나도 자신의 삶을 정리해야 할 시기였다. 그래서 나도 책을 쓰기 시작했다. 구십이 되어가는 동갑내기 부부가 하나는 아래층에서 '집 이야기'를 쓰고, 하나는 위층에서 '한국인 이야기'를 쓰면서, 각기 자기 몫의 아픔과 외로움을 견뎌야 하는 세월이 계속되었다. 병세가 점점 심해져서 그가 컴퓨터를 못 쓰게 되니까 나도 새 글이 써지지 않았다. 그가 마지막 글인 「눈물 한 방울」을 손으로 쓰던 시간에 나는 써놓은 글을 고치는 일밖에 할 수 없었다. 그래서 이 글은 수없이 주무르는 과정을 겪었다.

이 글은 어디까지나 내 입장에서 쓴 '집 이야기'다. 써놓고 보니 하나님께 보내는 우리 집 재정 보고서 같아 보여서 혼자 웃었다. 나는 고지식해서 자신의 이야기밖에 잘 쓰지 못한다. 그래서 이건 한 여자가 새로운 가족과 만나 동화되는 과정의 이야기이고, 한 신부가 단칸방에서 시작해서 '나만의 방'이 있는 집에 다다르는 이야기가 되기도 한다. 그런데 결혼한 여자니까 남편 이야기가 나오지 않을 수 없는 것이 문제였다. 나는 글에서 이 선생 이야기를 쓰는 것을 별로 좋아하지 않는다. 그를 잘못 읽었을까 봐 조심스럽기 때문이다. 그래서 결국은 이어령 씨의 '집 이야기'도 되지 않을 수 없는 이 글을 쓰면서 마음이 많이 착잡했다. 혹시 틀린 부분이 있을까 봐 쓸 때마다 원고를 이 선생도 읽게 한 이유가 거기에 있다.

이 선생뿐 아니다. 가정 이야기니까 본의 아니게 다른 가족 이야기도 곁들이지 않을 수 없고, 이웃과 친구 이야기도 덧붙이지 않을 수 없어서 많이 혼란스러웠다. 사람과 사람 사이가 그렇게 다각적으로 얽혀 불가분리한 관계를 지닌다는 것을 실감했다. 그렇게 가려낼 수 없이 얽혀 있는 것이 인간관계이고, 네 것과 내 것을 분리할 수 없는 것이 부부 관계이니 혹시라도 남편을 다치게 할까 봐 마지막까지 손이 떨렸다.

이제 나도 더블 클릭이 안 돼서 컴퓨터를 못 할 시기가 가까워졌다. 교정을 볼 수 있는 동안에 내 책들도 정리해야 하니 바쁘다. 그래서 요즘은 혼자 큰 건물을 지키며 밤일을 한다. 그러면서 사람의 마지막 시간에 대해서 많은 것을 배운다. 혼자 죽음을 기다리는 세상의 모든 사람이 느꼈을 두려움과 외로움과 소외감의 의미를 하나하나 조용히 해독해가면서 먼저 간 가족들과 공감대가 늘어간다. 그러면서 이어령 씨가 선택했던 마지막 날의 고독했던 시간들을 축수하고 싶어진다. 항암치료를 거부한 덕에 마지막까지 일을 하다가 갈 수 있었기 때문이다. 어찌 내 가족뿐이겠는가? 자유롭기 위해서, 사람다운 시간을 보내기 위해서, 혼자 서지도 못하는 몸을 이끌고,

과감하게 독립을 선택한 모든 노인에게 격려의 박수를 보내고 싶다. 원하는 일을 하다가 마지막 시간을 보내고 싶다는 것은 모든 인간의 꿈이기 때문이다.

어려운 시기에 책을 출판해주신 열림원에 감사하다는 말을 전하고 싶다. 자료 찾기를 도와준 혜경과 혜원, 출판을 도와준 연이에게도 고맙다는 말을 하고 싶다.

2022년 12월

小河 강인숙

차
례

1 _____ 성북동 골짜기의 단칸방

1958년 9월~12월

세상에 나서 내가 가장 기뻤던 해는

그에게 원하는 서재를 만들어주던 1974년이었다.

이어령 씨는 내게
좋은 것을 다 주고 싶은 그런 남편이다.

사회 초년병

결혼을 하던 1958년에 나는 야간 고등학교에 나가고 있었다. 1956년에 대학을 졸업하고 바로 어느 중학교에 취직이 되었는데, 사회 초년병답게 까불다가 일 년 만에 쫓겨났다. 그 무렵에 그 학교 교장은 학교를 확장할 계획을 가지고 있었다. 그 과정에서 무리한 일을 더러 했다. 신출내기였던 나는 그런 일에 항의하다가 교장의 눈 밖에 났다. 그래서 학년 말에 권고사직을 당했다. 죄명은 '친목 분위기 훼손'이었다. 드러난 잘못은 데이트를 하느라고 주말 저녁마다 열리는 교직원 친목 모임에 빠진 것이었기 때문이다. 교사 자리가 그렇게 쉽게 잘리는 자리인 줄 몰랐던 나는 눈치 없이 굴다가 큰코를 다쳤다.

월급이 제대로 나오는 직장 찾기가 하늘에서 별을 딸 만큼 어려던 시절이었다.

일 년을 쉬었다. 책을 읽으며 뒹굴다가 번역 아르바이트 같은 것으로 용돈을 충당하고, 저녁이면 데이트를 하는 일정이 계속되었다. 나쁘지 않았다. 종일 쉬니까 밤늦게까지 나다녀도 피곤하지 않아서 데이트가 즐거웠다. 그런데 피난 통에 어렵게 공부를 시켜준 어머니에게 갖다드릴 돈이 없어서 죄송했다. 나는 어머니에게 돈 드리는 걸 아주 좋아했다. 일제시대에도 품위를 지키며 살던 자존심 강한 어머니가 피난 와서 가난 때문에 상처를 입는 것이 싫어서였다. 결혼 자금도 마련해야 하니 그것도 문제였다. 마음대로 남자를 고르는 대신에 결혼은 내 힘으로 하겠다고 어머니에게 선언했는데 결혼 준비도 사실은 다급했다. 사귄 지 오 년이나 되었으니 더 이상 길에서 시간을 보내는 것은, 그에게도 나에게도 좋을 것이 없었다. 공부할 시간이 깎이기 때문이다. 우리에게는 차분하게 마주 앉아 자기 일을 할 수 있는 장소가 필요했다. 그러니 경제적인 이유 때문에도 내게는 직장이 필요했다.

일 년 쉬고 나서 다시 취직을 했다. 야간 고등학교였다. 취임하던 날 교감이 교사들에게 훈시를 하는 걸 듣고 기함을 했다. 오늘 월급날인데 월급은 퇴근할 때 타 가라고 한 것이다. 예의에 어긋난 발언이다. 하지만 다음 말은 더 놀라웠다. 미리

타면 '뒤깐'에 가서 돈을 세느라고 수업에 지장이 생긴다는 것이다. "빌기를 여의면 걷구지가 온다"*는 속담 생각이 났다. 갈수록 태산이다. 앞으로 날마다 저런 수준의 훈화를 계속 들어야 할 것을 생각하니 앞이 캄캄했다.

교감이 그런 모욕적인 발언을 하는데 선생들이 아무도 분개하지 않는 것이 나를 더 놀라게 했다. 하지만 나는 이미 신출내기가 아니어서 선생들이 분개하지 않는 이유도 대강 짐작할 수 있었다. 전후의 사립학교에는 그런 수준의 스텝들이 많았다. 갑자기 우후죽순처럼 학교가 너무 많이 생겨서, 어느 학교나 그런 사람이 한두 명은 있었다. 그렇다고 때마다 학교를 바꿀 수는 없는 일이고, 아무 때나 들어갈 자리가 있는 것도 아니었다. 직장을 찾는 일이 어려운 시기였던 데다가, 문과 출신에게는 학교만큼 안정된 직장이 없어서, 교장들 말대로 이력서가 삼백 통씩 쌓여 있는 것이 현실이었다.

집들이 불타버리거나 폭격으로 무너져 내려서 사람들은 모두 절실하게 고정된 수입이 필요했다. 그래서 그런 모욕을 흘려들으며 참고 사는 것이다. 나라고 못 할 것도 없을 것 같았

---

* 함경도 속담. 빌기나 걷구지가 어떤 생물인지는 모르지만, 어려서 듣던 이 속담은 재난이 갈수록 커지는 것을 의미했다.

다. 학생을 가르치려고 학교에 가는 것이지, 교감을 존경하기 위해 취직을 한 것은 아니니까, 그 문제에는 관심을 끄기로 했다. 교직을 천직으로 생각하는 집에서 자라서 나는 다른 직종을 생각해본 일이 없다. 그런데 사범대학 출신이 아니어서 우리에게는 정교사 자격증이 주어지지 않았다. 그래서 공립학교에 가는 것은 어려우니, 그런 사람들이 운영하는 사립학교에 다니는 수밖에 방법이 없다는 것을 알 만큼 철이 좀 든 것이다. 그런 데다가 교감은 뜻밖에도 호인이어서 훈화만 참으면 문제가 없었다.

하지만 다시는 권고사직 같은 건 당하지 않기로 결심했다. 그건 인격에 대한 모독이기 때문이다. 사회 초년병들은 으레 까불기 마련이다. 그게 그들의 매력이기도 하다. 까불면 불러다 한번쯤 경고를 하고, 그래도 안 들을 때 조치를 취해도 늦지 않은데, 느닷없이 면직시킨 것은 잘한 일이 아니다. 하지만 그들을 고칠 수는 없으니 내가 바뀌는 수밖에 없었다. 그래서 인간으로서의 품위를 잃지 않으면서 그 안에서 살아남을 작전을 짰다. 어지간한 일은 문제 삼지 말 것, 하라는 일은 다 해서 약점을 잡히지 말 것, 부당한 일을 당해도 논리적으로 따지지 말 것, 선배 교사들과 친하게 지내서 아군을 확보하고 조언도 받을 것 등이 내가 찾아낸 대응책이었다. 지난번 학교에서는 새로 들어간 교사끼리만 놀고 다녀서, 위기에 처했을 때 도와줄 아군이 없었던 것이다.

나는 결격사유가 없는 괜찮은 교사였고, 새 학교에서는 회식 같은 걸 하지 않아서, 할 말을 다 하면서 칠 년이나 근무했다. 서울대 출신 국어교사가 나밖에 없어서 곧 주간으로 옮겨졌고, 고2와 고3의 현대문학을 전담하게 되었다. 학교에서 하는 새벽 과외, 저녁 과외까지 다 해야 하니 고달팠지만, 나는 그 일에 토를 달지 않았다. 그건 고3 교사가 해야 할 일이기 때문이다. 운이 좋게도 마음이 맞는 동료 네 명을 거기에서 만났다. 그중에 노숙한 선배 교사가 끼어 있어서, 사회에 적응하는 훈련을 잘 시켜주셨다. 그런 데다가 그 학교 교장이 내 주일학교 때 교장 선생이었다. 그분은 학식은 적었지만, 원칙에 어긋나는 일은 하지 않는 걸 알고 있었기 때문에, 엇설 일도 별로 많지 않았다. 그 학교에는 아군이 많았던 셈이다. 거기에서 근무한 칠 년 동안에 나는 아이를 둘이나 낳았다. 나중에는 보직을 사양하고 시간을 최소한으로 맡으면서 이웃에 있는 대학의 대학원에도 다녔다. 대학강사가 되어 그 학교를 떠났으니 내게는 편하고 고마운 직장이었다.

야간학교의 매력

비록 고등학교였지만, 주간에 있다가 야간에 갔으니 말하자면 직위가 강등된 셈인데, 이상하게도 나는 야간학교와 적성이 맞았다. 야행성이라 아침나절에는 컨디션이 좋지 않은데, 오후 세시에 출근해도 되니 안성맞춤이었다. 오전 내내 집에서 뒹굴면서 책을 읽다가, 세시에 출근하니 아주 좋았다. 그 시간이 하루 중에서 가장 컨디션이 양호한 시간이었기 때문이다. 밤 아홉시면 끝나는데, 야행성이라 시간이 갈수록 정신이 맑아지는 타입이어서, 근무시간 내내 컨디션이 좋다. 그때부터 하루 일과를 다시 시작하래도 해낼 것 같다. 그래서 나는 학교가 끝나면 데이트를 시작했다. 남자친구가 데리러 와서 같이 통금 직전까지 밖에서 도는 것이다.

근무시간이 적은 것도 적성에 맞았다. 노상 체력이 딸려서 하루에 여덟 시간만 일을 해도 녹초가 되는데, 주간학교는 사실상 열 시간 넘게 일을 시키니 늘 피곤했다. 그런데 근무시간이 두 시간이나 짧아서 내 체력에 딱 맞는 직장을 구했으니 운이 좋았다. 직장을 가지고도 피곤하지 않으니 살 것 같았다. 문제는 월급이 적은 것이었다. 그 월급으로는 결혼 준비를 하기 어려웠다.

나보다 취직이 늦게 된 이어령 씨는 1957년부터 성북고등학교 교사를 하면서 대학원에 다니고 있었다. 학비도 내야 하고 책도 사야 하며 하숙비도 내야 해서 전임으로 있어도 여유가 없었다. 저녁마다 내게 밥과 차를 사주어야 하니 더 힘들었을 것이다. 그 판에 누군가가 바람을 넣어서 1958년 초에는 국도신문 문화부장으로 자리를 옮겼다. 그런데 그 신문사에서는 자리만 주고 월급을 주지 못했다. 다음 학기 등록금이 염려될 지경이 되었다. 할 수 없이 성북고등학교로 돌아갔다. 그러니 둘 다 주머니가 비어 있는 상태였다.

그런데 1958년 초에 어머니가 우리 관계에 제동을 거셨다. 데이트를 너무 오래 하니 부작용이 생길까 봐 염려한 것이다. "오 년이나 사귀어보았으니, 결혼할 것이 아니면 이쯤에서 끝내는 게 좋겠다"라는 어머니의 말을 듣고 우리는 너무 놀랐다. 어머니는 신랑감이 주머니가 빈 학생인데도 싫은 소리 한마디 안 하던 분이었기 때문이다. 딸을 다섯이나 낳은 우리 어머니는, 딸들을 부잣집에 시집보낼 생각이 전혀 없는 희귀종 여인이었다. 대학까지 나왔는데 자기들끼리 벌어서 살지 왜 비루하게 시부모 주머니를 노리느냐는 것이다. 더구나 우리가 피난민이어서 가난하니 부잣집과 혼인하는 것은 균형이 맞지 않아 달갑지 않다는 것이 어머니의 생각이었다. 자존심이 강한 사람은 불균형한 결혼을 하면 마음이 다친다면서, 어머니는 내가 가난한 사람과 결혼하는 것을 반대하지 않았다.

그때 내게는 의사 청혼자도 있었고, 같이 유학할 비용까지 대주겠다는 혼처도 있었는데, 전혀 흔들리지 않은 점을 나는 어머니에게 늘 감사한다. 나도 어머니와 뜻이 같았기 때문이다. 그래서 우리는 둘 다 서로가 가난한 것을 나쁘지 않은 조건으로 받아들였다. 도와주는 가족이 없으니 도와달라는 사람도 없으리라는 기대도 있었다. 우리는 누구를 도울 형편은 정말 아니었기 때문이다.

장난삼아 데이트를 하는 것은 아닌데, 돈이 없어서 결혼을 못 한다는 것을 어머니에게 실토했다. 배우자를 멋대로 고르는 대신에 결혼은 자력으로 하겠다고 선언했기 때문에 어머니는 내 결정을 기다리고 있었던 것이다. 도와줄 형편이 못 되어서 미안하다면서 어머니는, 만약 돈 때문이라면 냉수라도 떠놓고 결혼을 빨리 하는 편이 안정이 되기 쉽다고 조언해주셨다. 지금처럼 날마다 밖에서 나돌면 교사 월급으로는 결혼자금 모으기가 힘들다는 것이다. "너희는 둘 다 좋은 학교를 나왔고, 직장이 있으니, 몇 해만 내핍 생활을 하면 여유가 생길 것"이라는 어머니의 격려사는 우리에게 결혼할 용기를 주었다. 가난할수록 월세는 안 되니 변두리에 가더라도 꼭 전세를 얻어야 집을 키워나가기 쉽다는 것도 알려주셨다. 그래서 우리는 둘 다 계를 들어 빠른 번호를 받아가지고 변두리에 방하나를 얻어서 간소하게 결혼식을 올리기로 했다.

형편이 어려우니 최소한으로 비용을 줄이자고 합의했다. 나는 한복을 좋아하니 한복을 입으면 비용이 적게 들고, 이 선생은 취직 후에 새로 맞춘 검은 슈트가 있으니 그걸 입고 결혼하기로 했다. 신랑 양복 해주라고 오빠가 보낸 돈으로 결혼반지를 샀고, 그의 사촌 형이 십 만원을 부조해서 방 문제가 해결되었다. 성북고등학교 아랫동네에 그 돈으로 갈 수 있는 방이 있었던 것이다. 방 세 개짜리 집 장사가 지은 한옥의 건넌방이었다. 그 집 바로 맞은편에 조지훈 선생님 댁의 얌전한 한국식 대문이 있었다.

도배지 한 장만 붙인 신방

장판은 몰라도 도배는 하고 들어가야 할 것 같아서, 둘이 직접 하기로 했다. 결혼 전주의 일요일 날, 우리는 학교에서 빌려온 책상 위에 올라서서 종이 한 장을 맞잡고 천장 도배를 하고 있었다. 그때 문이 열리더니 뜰 아랫방에 세들어 사는 부인이 들어왔다. 그녀는 우리에게 너무 나쁜 정보를 알려주었다. 안방 사람들이 집을 통째로 월세를 얻어가지고, 자기네와 우리에게 전세를 놓았다는 것이다. 그렇게 해서 도배는 중단되었다. 우리의 신혼 생활은 천장에 새 벽지가 한 장만 붙어 있는 이상한 방에서 시작되었다.

나는 안집 사람들에게 화가 나서 견딜 수 없었다. 그때의 내 안목으로 보면 안방 주인은 계획적인 사기꾼이었다. 그래서 나의 신혼 생활은 안방 사람들과 복덕방 영감을 상대로 하는 전투로 시작되었다. 우리는 당장 나가겠다고 방방 뛰었다. 머지않아 그런 일이 없어도 우리는 그 집에서 이사를 해야 할 형편이 되었다. 그때 성북동에는 버스가 다니지 않았다. 그러니 삼선교에서 내려 선잠단 근처까지 두 정거장을 걸어서 가야 했다. 낮에 둘이 이야기를 하면서 갈 때는 먼 줄을 몰랐는데, 막상 혼자 밤 열시가 넘은 시각에 두 정거장을 걸어가는 것은 보통 일이 아니었다. 시월 이십삼일에 결혼했으니 날씨는 나날이 추워지는데, 얼마 있지 않아서 임신까지 했다. 입덧이 심해서 수도극장 앞에서 내려 토하고, 숨을 고른 후 다시 버스를 타는 일이 잦아졌다. 그러면 도착 시간은 더 늦어진다. 좀 더 있으니 도저히 밤길을 걸어서 다닐 수 없는 건강 상태가 되었다. 그렇다고 언제 닿을지도 모르는데, 글이 밀려 밤을 새우는 신랑을 두 정거장 걸어 나와 기다리라고 할 수도 없는 일이다. 어쩔 수 없어서 복덕방에 방을 빼달라고 사정했다. 그런데 안방 사람들이 오는 사람을 모조리 내쫓아서 방이 나갈 가망이 없었다. 석 달 만에야 안방 댁의 사정이 좀 피어서 집주인과 재계약을 했고, 새 사람을 받겠다는 결정을 내려주었다. 그렇게 해서 우리는 겨우 그 굴에서 벗어났다. 그 집에서 우리는 인간에 대한 불신을 배웠다. 비싼 수업료를 낸 것이다.

혼례식

어차피 결혼식은 요식행위에 지나지 않는다. 우리는 그것을 요란하게 할 실력도 없었지만, 할 수 있다 해도 쑥스러워서 요란을 떨 마음이 전혀 없었다. 가능하다면 예식 같은 것은 생략했으면 싶었다. 나는 베일을 늘어뜨리고 하객들 앞에서 걸어갈 생각을 하면 진땀이 났다. 어느 조그만 시골 성당에 둘이만 가서 신부님의 축복이나 받고 끝내는 것이 좋을 것 같은 기분인데, 우리는 크리스천도 아니었고, 차도 없어서 마음에 드는 성당을 찾아다닐 기력이 없었다. 잔치는 어차피 어른들을 위한 것이니, 차라리 토를 달지 말고 남 하는 곳에서 남 하는 방식으로 후딱 치러버리자는 쪽으로 의견을 모았다.

교통이 편하고 식장이 크다는 이유로 처음 찾아간 종로예식장을 그냥 선택해버렸다. 우리 시댁은 놀라울 정도로 가족이 많고, 그때 나의 신랑은 문단의 떠오르는 별이어서 문인들이 많이 올 테니 큰 식장이 필요했다. 시간은 피로연과 이어지게 오후 세시로 정했다. 예상대로 식장은 가득 찼다. 주례는 일석 선생님이셨다. 선생님은 우리 둘이 제일 존경하는 스승이어서, 그분 앞에서 예식을 올리는 것이 기뻤다. 선생님은 체구는 작으시지만 단단한 분이셔서, 하늘을 향해 고천문告天文을 낭독하는 소리가 크고 낭랑했다. 부케에 들어 있는 국화 향을 맡으면서 그 소리를 듣고 있으니 우리 결혼이 하늘에까지 알려지는 것 같아 마음이 경건해졌다. 조병화 선생님이 긴 축시를 써서 낭송해주셨다. 그때는 들러리가 있었는데, 남자 들러리는 제대로 된 슈트가 있는 유일한 동기인 박종학 씨가 해주겠다고 자원했고, 신부 들러리는 경기 동창인 박경애(의대생)가 평복을 입고 서주었다.

우리는 예식 자체에 큰 의미를 부여하지 않았으므로 모든 것을 최대한 간략하게 처리했다. 함도 폐백도 생략했다. 하지만 절하는 절차만은 엄숙하게 치렀다. 신부의 큰절은 동작의 폭이 커서 힘이 드는데, 가족이 많아 해도 해도 끝이 나지 않았다. 고모님이 육남매인 당신 형제분들 한 쌍 한 쌍을 따로 절을 하게 지시하셨고, 사촌들에게도 따로따로 절을 시켰다. 아마 내가 그날 결혼한 신부 중에서 제일 절을 많이 한 신부였을 것이다. 내가 몸이 약한 것을 걱정한 신랑이 그만 시키라고 입을 뗐다가 큰고모에게 야단맞는 소리가 밖에서 들려왔다. 이어령 씨가 가장 발언권이 작아지는 장소는 이런 가족 모임이다. 거기서 그는 수십 명의 '령寧' 자 항렬 중의 하나인 넷째 댁 막내아들 "으영이"(그 집에서는 그렇게 발음했다)에 불과하기 때문이다.

피로연은 시청 앞에 있는 "대려도大麗都"(플라자 호텔 동편, 원구단 아래에 있었다)라는 큰 중국집에서 했다. 피로연만은 빚을 지더라도 제대로 하기로 해서 넉넉한 홀을 준비했다. 대려도에 오신 하객은 친척을 빼면 대부분이 문인이었다. 모두 이어령 씨 손님이다. 원로 문인들이 예식장과 멀리 떨어져 있는 피로연장까지 오셔서 우리 결혼을 축복해주셨다. 그건 이어령이라는 신통한 신인의 탄생을 축하하는 잔치였다고 해도 과언이 아니었다. 모윤숙 선생은 사군자가 그려진 작은 은잔 세트를 선물로 주셨고, 최정희 선생은 뚜껑이 이쁜 사기 보시기를 선물하셨다.

원로 문인들이 차례차례로 단상에 올라가, 경이로운 신인 이어령을 칭찬하는 축사를 하셨다. 그분들의 축복이 단비처럼 감미로웠다. 나는 그 많은 문단의 거목을 오시게 만든 이십육 세의 신랑이 자랑스러웠다. 그런데 예상치 않은 이변이 생겨났다. 나의 먼 친척인 강현태 교수가 자청해서 앞으로 걸어나갔기 때문이다. 우리 가족은 모두 놀라서 말을 잊었다. 아니나 다를까 그 아저씨가 망발을 했다. 신부 칭찬을 시작한 것이다. 부모님이 형제가 적은 데다가 월남한 피난민이라 하객이 거의 없어서 우리 쪽에서는 축사를 하지 않기로 했는데, 신랑

결혼식(1958. 10. 23.)

만 계속 칭찬하는 것을 보고 아저씨가 화가 난 것이다. 그때 나는 문단에 아직 나오지 않은 무명의 국어교사여서 문단에 아는 사람이 전혀 없었는데, 아저씨 입에서 신부 칭찬이 흘러나오자 우리 가족은 모두 얼굴이 하얗게 질려버렸다. 자기 친척을 칭찬하다니 말이 안 되는 일이다. 결혼식장은 신랑 신부가 경연대회를 하는 자리가 아닌데, 아저씨가 실수를 한 것이다. 세상에는 남을 돕는다고 하는 일이 이렇게 큰 폐가 되는 경우도 더러 있다.

신혼여행 생략하기

피로연이 끝나니 심야가 되었다. 우리는 첫날밤에 명동에 있는 신도新都호텔에서 잤다. 우리가 숨어서 데이트를 하던 토향土香 다방 근처에 있어서 노상 보아오던 작은 호텔이다. 막상 둘이만 한방에 들어앉으니 스테이터스가 정말로 달라진 것이 실감이 났다. 이제부터는 연인이 아니라 남편이고 아내인 것이다. 징그럽고, 속물스럽고, 쑥스러웠다. 우리는 둘 다 남편이나 아내 같은 건 되고 싶지 않았는지도 모른다. 다방에서 떠들다 헤어지는 관계가 훨씬 애틋하고 간결했기 때문이다. 결혼에는 성과 돈이 끼어들어 번거로워진다. 양가의 가족

들과 뒤엉겨 삶이 복잡해지는 것도 달갑지 않다. 우리 힘으로
는 어쩔 수 없는 비본질적인 변수가 자꾸 생겨나서 생활을 늪
지대로 만들어버릴 수도 있기 때문이다.

하지만 같이 있을 수 있는 공인된 방법이 결혼밖에 없으니
선택의 여지가 없었다. 전통적인 보통 가정에서 자라나서 우
리는 둘 다 관습과 규범에서 자유롭지 못했다. 남 하는 의식을
생략하고 과감하게 동거 생활을 시작하는 흉내 같은 것은 낼
용기가 없는 상태니 결혼식을 올리는 것밖에 같이 있을 방법
이 없었다. 우리는 그냥 계속 같이 있고 싶었고, 아기도 낳고
싶었다. 결혼은 그 두 가지가 용납되는 유일하게 합법적인 방
법이었다.

아내와 남편이 되고 나서 우리가 처음으로 내린 결정은 신
혼여행을 가지 말자는 것이었다. 전후의 어수선한 시기여서
여행지가 온양온천 정도밖에 없었다. 학교의 결혼 휴가가 사
흘뿐이니, 하루를 더 쉬고 싶어서 UN데이의 휴일을 보너스
로 얻으려고 이십삼일에 식을 올리는 꼼수를 부릴 정도로 우
리에게는 유급으로 쉴 수 있는 시간이 모자랐다. 부조로 피로
연을 치른 김경래 씨가 남은 돈을 가져다주면서 신혼여행을
가라고 권했다. 남 하는 짓은 하는 게 좋다면서 나중에 후회가
될지도 모르니 신혼여행을 가라고 권하는데, 그러지 않기로
했다. 온양 같은 데 가서 신혼부부 티를 내고 다니는 것은 정

말로 하고 싶지 않았다.

　나는 그 일을 한 번도 후회해본 적이 없다. 타인들과 얽힌 요식행위는 결혼식을 하는 것으로 끝이 났으니, 빨리 짐을 옮기고 안정을 얻고 싶었다. 새 환경에 얼른 적응해야 그다음이 수월할 것 같았다. 학교와의 거리가 엄청나게 멀어졌으니 거기에도 적응해야 하고, 시댁에도 인사하러 가야 한다. 아버님 형제가 여섯 분이나 되고 자기 형제도 네 분이나 서울에 계시니 시댁 순방도 만만치 않은 과업이었다. 학교 동료들을 대접해야 하는 것도 부담이었고, 한데 부엌에서 밥상을 차릴 일도 막막하며, 연탄 갈아 넣을 것도 걱정이었다. 나는 체력이 모자라서 연탄을 갈고 있으면 아궁이로 몸이 빨려 들어갈 것 같은 느낌이 든다. 내가 워낙 비실거리니까 연탄은 자기가 갈아 넣어주마고 신랑이 약속했다. 그는 내가 추운 한데 부엌에서 밥상을 차리는 것을 많이 미안해했다. 밥 시키려고 결혼한 것은 아니기 때문이다. 육십 년이 지난 지금도 주말에만 하는 나의 밥상 차리기를 늘 미안해서 번번이 간단히 하자고 제안한다. 그는 이층에 가져간 물병 하나도 들고 내려올 줄 모르는 남편이어서, 가사에는 전혀 도움이 되지 못하지만, 마음만은 항상 그랬으니…… 고맙다.

꽃분홍 치마

결혼할 때 나는 한복을 세 벌만 마련했다. 신부복과 양단으로 된 나들이옷, 그리고 집에서 입을 꽃분홍 치마와 검은 우단 저고리가 전부였다. 아직 성북천이 복개되지 않은 시기여서, 집에서 조금만 가면 맑은 물이 흐르는 개천이 있었다. 넉넉한 물이 화강암 바위 사이를 기세 좋게 흐르는 아름답고 운치 있는 개천이었다. 물을 좋아하는 나는 빨래를 개천에 가서 했다. 그러다가 어느 화창한 날에 꽃분홍 치마를 바위에 널어놓고 그냥 돌아와버렸다. 금방 되돌아갔는데 이미 누가 집어 간 뒤였다. 사십 일 동안 입었던 그 꽃분홍 치마에는 신혼의 기쁨과, 십일월의 찬기를 머금은 투명한 날씨와, 선잠단 근처의 아름다운 늦가을이 담겨 있었다.

그 후 나는 꽃분홍 치마를 다시는 입지 않았다. 동창인 전혜린이는 "'녹의홍상'을 입고 시어른들께 절을 했다"라고 자랑했는데, 우리는 녹의홍상도 생략했다. 그러니 그 꽃분홍 치마는 내가 입어본 가장 화려한 치마였다. 가장 유치한 치마이기도 했으며, 가장 새댁다운 치마이기도 했다. 그 치마를 잃어버리자 나는 다시는 집에서 한복을 입지 않았다. 몸이 약해서 누워 있는 것을 좋아하는데, 한복 저고리는 누우면 동정에 화장품이 묻고 구겨진다. 그래서 매번 벗어놓아야 하니 불편했기 때문이다. 나는 젊었을 때부터 건강이 나빠서 틈이 날 때는 노상 누워 있었으니, 내 삶의 양식은 언제나 그렇게 환자 모드였다.

자장면 파티

최근에 어디엔가 처박혀 있던 신혼 당시의 가계부가 나타났다. 평범하고 조그만 공책이다. 그 공책을 통해서 나는 신혼 초에 내가 가지고 있던 돈이 정확하게 이만 구천오백 원이었다는 사실을 알게 되었다. 교사의 한 달 월급만 한 액수다. 교통비 이백 원, 담배 백 원, 파마 칠백 원, 쓰레받기 백 원 하는 식의 유치원 아이 같은 지출 내역이 서투른 글씨로 적혀 있는 결혼 초기의 금전출납부를 반세기만에 보니, 남의 일처럼 재미있었다.

십일월 말에 남편 월급이 나왔다. 이만 오천 원인데, 봉투에는 만 칠천오백 원이 들어 있었다. 여러 가지 공제액 외에 음식 외상값 오천 원이 공제되어 있었다. 결혼한 달의 얼마 안 되는 기간의 외상값이다. 내가 나가 일하는 저녁 시간에 신랑이 친구들과 시켜 먹은 음식 대금이다. 자장면이 주였고, 고작해야 탕수육 정도가 첨가된 것이지만 그달에는 그것도 부담이 되었다. 이미 타 쓴 곗돈을 빼면, 남는 것이 너무 적었기 때문이다. 나도 공제액이 많은 편인데, 앞으로 시댁도 도와야 하니 우리는 한동안 많이 가난했다. 그런 일이 되풀이되니까 액수가 좀 커졌던 다음 달에는 외상 음식값으로 다툰 일도 있다. 요즘 아이들이 들으면 웃을 만한 자장면값도 부담이 되던 그 시절의 가난이, 회혼을 넘긴 자리에서 보니 사랑스럽다. 그때 우리는 가난 같은 것은 거뜬히 견뎌낼 자신이 있어서, 겁도 없이 빈손으로 결혼을 할 수 있었던 것이다. 피난지에서 삶의 밑바닥까지 내려가본 일이 있는 우리 세대는, 밑바닥까지 가본 자의 배짱이 있다. 설마 전시 같기야 하랴는 생각이다. 둘 다 직장이 있으니 굶어 죽기야 하랴고 생각하면 무서운 것이 없었다.

보잘것없는 단칸방이지만, 성북동 셋방은 이어령 씨가 어머니를 잃은 후 십사 년 만에 처음 가져보는 자기 집이었다. 그 집은 그에게는 그 후에 가진 어떤 큰 집보다 의미가 컸다. 그래서 친구들을 불러들였다. 그에게 '집'이라는 말은 손님이 오는 곳이라는 의미도 지니고 있었기 때문이다. 그는 노상 손님들이 들끓고 있는 시골의 대갓집에서 자라서 손님이 오는 것을 좋아한다. 그 후에 우리가 좀 여유가 생기자 그는 집에 손님을 자주 초대했다. 하지만 손님 초대는 문학사상이 적선동에 자리 잡은 1976년까지만 계속되었다. 손님들이 교통이 편하고 한갓진 문학사상의 주간실을 평창동 집보다 선호해서 집에 오려 하지 않았기 때문이다. 문학사상사의 적선동 주간실은 한옥의 안방과 대청으로 되어 있었는데, 사무실은 별채에 있어서 아늑하고 조용했다.

나는 사실 그가 저녁마다 친구들을 불러들이는 것을 싫어하지 않았다. 그는 글만 쓰면서 사는 고달픈 사람인데, 친구들을 만날 때는 쉬기 때문이다. 단순한 휴식이 아니라 중요한 문학론을 이야기하는 담론의 시간이다. 그는 누군가와 지적인 담화를 하는 것을 아주 좋아한다. 그 과정에서 새로 쓸 글에 대한 영감을 얻기도 하고, 쓰고 있는 글의 구조를 가다듬기도 한다. 그의 생애에서 가장 귀한 시간은 말이 잘 통하는 친구들을 만나 대화를 나누는 시간이다. 그 담화들은 채록해놓았으면 좋은 책이 되었을 귀한 내용들을 담고 있었다. 문학사상 주간실은 잡담을 하는 장소가 아니었다. 장기를 두거나 술을 마시는 장소도 아니었다.

신혼 초의 성북동 단칸방 시절이 친구들이 가장 많이 놀러 왔던 시기였다. 내가 야간에 나가니 저녁 시간이 호젓했기 때문이다. 오시는 문인들에게도 그 방은 어쩌다가 만나는 아늑한 장소였다. 그 무렵에는 문인들이 갈 곳이 없어서 조용한 방만 있으면 멀어도 찾아다녔는데, 저녁에 출근하는 아내가 있는 집—이상의 말처럼 집이 아니라 방이었지만—이 있으니 신이

나서 모여들었다. 그래서 상당히 많은 문인이 그 집에서 저녁 시간을 보내는 것을 즐겼다. 내가 돌아올 무렵이면 다 돌아가니 누가 다녀갔는지 기억이 나지 않지만, 대체로 같은 연배인 1950년대 문인들이었을 것이다. 바로 맞은편에 있던 조지훈 선생님 댁에 갔다 오면서 들르는 문인도 많았다. 결혼 전에 이어령 씨가 삼 주 정도 그 방에서 혼자 살았는데, 그때에는 와서 자고 가는 분들도 있었다. 한번은 어느 시인이 와서 자고 갔는데, 술에 취한 시인이 주전자에 의치를 넣은 것을 모르고 이어령 씨가 그 물을 마셔서 소동이 난 일도 있다고 했다.

삼선교로 이사 가자 이 선생의 밤 외출이 잦아져서 손님들이 집에 올 틈이 없어졌다. 1957년에 시작된 '현대평론가협회'가 이 무렵에 활성화되어서, 회의하고 강연하고 하느라고 집에 있는 시간이 적었던 것이다. 그 후부터는 글 청탁이 늘어난 것도 손님이 적어진 이유 중의 하나였다. 이 선생은 직장이 있어서 밤이 아니면 글 쓸 시간이 없었다. 술을 입에 안 대니까 그는 대체로 일찍 들어오는 편이다. 집에서 식사를 하고 밤에 글을 쓰기 위해서다. 아이들과 노는 시간까지 줄여가면서 그는 계속 글을 썼다. 글을 쓰는 것이 삶의 목표처럼 보였다. 글쓰기는 창조적 행위지만, 동시에 영육을 쥐어짜는 육체노동이기도 해서 체력이 엄청나게 소모된다. 사람은 날마다 여위어가고, 방에는 파지가 꽃밭처럼 널리는 것이 컴퓨터가 나오기 이전의 그의 방 풍경이다. 평론은 책을 펴놓고 써야 하는 장르여서, 밖에서는 쓸 수가 없다. 그래서 그는 신혼 초부터 집에 많이 머물었다. 내가 야간에 나가니 일하는 시간이 밤과 낮으로 분리되어, 손님을 부르기가 좋았던 것이다. 그때 우리는 방 하나에 살았지만, 출근 시간이 엇갈려서 혼자 있는 시간이 많아 각기 자기 일을 하는 데 방해를 받지 않았다.

예고 없이 오신 손님

밤 열시가 넘은 시간인데 누가 커다란 소리로 남편 이름을 부르며 골목을 오르내리고 있었다. 놀라서 뛰어나가보니 국도신문에 같이 있던 김경래 씨였다. 골목은 알겠는데 집을 몰라서 그런 해프닝을 벌였다고 하셨다. 우리는 밖에서 부르는 소리를 처음 듣는 순간부터 소리의 주인공이 김 선생인 걸 알아차렸다. 우리 주변에 그런 기발한 행동을 할 양반은 그분밖에 없었기 때문이다. 장난도 잘 치고, 농담도 많이 하는 김 선생은, 속이 깊고 잔정이 많아서 이어령 씨를 친동생처럼 사랑했다. 결혼할 때도 만약 피로연비가 모자라면 그분이 먼저 처리하고 우리가 나중에 갚기로 약속이 되어 있었다.

십육 년 후에 우리가 평창동에 큰 집을 짓고 이사했을 무렵에도 김 선생은 그런 예고 없는 방문을 자주 하셨다. 이번에는 혼자 오는 것이 아니라 사람들을 데리고 왔다. 느닷없이 한 무리의 손님을 몰고 와서는 "이 다방 커피가 맛있다고 해서 왔다"거나, "길을 잘못 들어 온 것 같은데, 이 집이 이공李公 댁이 맞습니까" 하는 농담을 하며 들어오신다. 그런 일이 되풀이되자 나는 그분이 왜 모르는 사람들을 데리고 우리 집에 그렇게 오고 싶어 하시는지 이해하게 되었다. 김 선생은 십육 년 전에 버스도 없는 성북동 골짜기의 단칸방에 살던 이어령을 기억하고 있었던 것이다. 방이 하나뿐이어서 아내 쪽에 불빛이 안 가게 전등갓으로 가려놓고 밤을 새워가며 글을 쓰던 그가, 크고 이쁜 집을 지은 것이 너무 대견해서, 그걸 사람들에게 보여주고 싶었던 것이다. 평창동 집 구석구석을 친구들에게 설명하면서 신이 나 있는 김 선생을 보면서, 나는 피가 섞이지 않아도 그런 혈연 같은 사랑이 생긴다는 것을 신기하게 생각했다. 연상인 그분에게는 이어령에 대한 라이벌 의식이 전혀 없었다. 이어령이 잘되면 그냥 기쁘고 대견하기만 한, 형님 같은 사랑을 품고 계셨던 것이다. 이어령을 "1958년의 사나이"라고 하시더니, 그 우정이 반세기를 넘겼다.

하지만 웃기는 일도 있었다. 어느 날 좀 늦은 시간에 다른 때처럼 여러 사람을 데리고 현관에 들어서던 김 선생은, 이어령 씨가 집에 없다는 걸 뒤늦게 안 순간, 안색이 싹 바뀌더니 허둥지둥 달아나버렸다. 체구가 큰 몸을 흔들며 낙타처럼 경중경중 뛰어가는 그분을 보면서 나는 한국인의 '친구 아내 포비아'가 얼마나 뿌리 깊은 것인지 실감할 수 있었다. 그건 내가 잘 알고 있는 사항이다. 우리 부부는 클래스메이트인데, 결혼을 하자 남자 학우들이 나를 동창생으로 보지 않고 친구의 아내로만 대하려 해서, 내게는 대학 시절의 남자 동창생이 모두 없어져버렸다. 심지어 교수님 중에도 그런 분이 계셨다. 우리가 같이 이조 소설 강의를 들은 이능우 선생님이 언젠가 나를 보고 "마담 리"라고 해서 기겁을 한 일이 있다. 내가 당신 제자 강인숙이 아니라 이씨 성을 가진 남자 제자의 가속家屬으로만 보인 것이다. 하지만 그런 지나친 내외법은 샌님 같은 국문과 출신들의 이야기이고, 김경래 씨처럼 파격적인 크리스천은 좀 초연할 줄 알았는데, 초대하지 않은 손님을 예고 없이 데리고 와도 미안해하지 않던 분이 갑자기 선비스러워지니 쓴웃음이 나왔다.

교육이란 참 무서운 것이다. 친구의 아내는 그림자도 밟지 말라든가, 옷도 포개서 걸지 말라는 말을 어른들이 아이에게 귀에 못이 박이도록 읊어댔으니, 남자들은 어릴 때부터 주눅이 들어서 이런 코미디가 생겨나는 것이다. 우리 오빠는 남편을 잃은 친구의 아내를 깊이 사랑하게 되었는데, 당신도 상처해서 싱글인데도 끝내 그분과 결혼하지 못했다. 친구 아내 콤플렉스 때문이다. 그날 딸과 나는 도망가는 김 선생 팀을 배웅하고 나서 한참을 즐겁게 웃었다. 김 선생은 그 후에도 가나아트센터 자리에 있던 평창면옥에 올 일이 있으면, 꼭 우리 집을 들여다보셨다. 차마 그냥 지나칠 수 없었던 것이다.

1959년 1월~3월

그에게는 혼자 있는 시간이 필수적이었다.

글은 혼자 쓰는 것이기 때문이다.

그래서 그는 고독을 필요로 하는 힘든 삶을 살고 있었다.

방 두 개만 있는 일각대문집

십이월에 이 선생 학교에서 보너스가 나왔다. 이만 오천 원이었다. 결혼한 후 보너스를 처음 받아본 우리는 그 말이 얼마나 황홀한 단어인가를 몸으로 실감했다. 그 돈을 밑천으로 해서 전찻길 근처로 이사를 할 수 있었기 때문이다. 마침 집도 나갔으니 내 월급을 보태서 삼선교 전차 정류장 근처로 오만 원을 더 주고 집을 옮겼다. 지금의 예담교회 아랫동네였던 것 같다. 그런데 이만 오천 원의 초과 지출 때문에 그달에 생활비가 모자랐다. 빚을 지지 않는 것이 원칙인 나는, 두 주일 동안 콩나물국만 먹으며 다음 월급날을 기다렸다. 하지만 밤중에 입덧을 하면서 개천가의 어두운 길을 두 정거장이나 걷는 일은 더 이상 하지 않아도 되니, 그 보너스가 너무 고마웠다.

새로 얻은 집은 먼저 집보다 작고 격이 낮았다. 젊은 부부가 자투리땅에 지은 집이어서 먼저 동네의 집장삿집 수준에도 못 미쳤다. 방이 두 개뿐인 일자一字집인데, 두 방이 모두 북향이었다. 불이 잘 들지 않아서 겨우내 추웠다. 그런데도 정류장이 가까우니 오십 프로나 더 비쌌다.

이사 간 날은 십이월 말일이었다. 짐은 얼마 없는데 마당에 묻은 김치독을 파내는 게 큰일이었다. 땅이 얼었기 때문이다. 물이 세 동이는 들어갈 큰 독에 김치가 가득 들어 있어서 무겁기도 했다. "집에 이만한 독 하나는 있어야 한다"면서 김장을 도와주러 온 그의 누님이 같이 가서 산 독이다. 우리 시댁은 남자 형제는 대체로 섬세하고 소심한 예술가형이시다. 그래서 비관적인 성향이 강하다. 그런데 여자분들은 사교적이고 활달하고 진취적이다. 충청도가 본래 여자가 씩씩한 고장이다. 겨우 열여섯살 된 여자아이가 독립운동을 주도한 고장은 거기밖에 없다. 그의 누님도 배포가 큰 옵티미스트였다.

누님은 정신대 세대여서 6.25 때 우리 큰언니처럼 스물세살에 아이 둘을 데리고 청상이 되셨다. 그러니 형제 중에서 가장 어려운 형편에 있는 여자 가장이었다. 그런데도 형제들이 이사해서 집들이를 하는 날이면, 우리는 언제나 누님의 웃음소리로 새집을 찾아냈다. 다리가 움직여지지 않아 앉아 지내던 말년에도, 누님은 꽃이 잔뜩 피어 있는 독신자 아파트에서 현관문을 열어둔 채 즐겁게 사셨다. 그림을 그리며 그렇게 활달하게 웃으면서 사신 것이다. 나는 그 김치독을 오래 가지고 있었는데, 볼 때마다 가슴이 확 트이는 해방감을 느꼈다. 그 스케일이 누님이 만년에 그린 활달한 그림들에 남아 있다.

어항이 얼어붙은 방

이사 가던 날 밤에는 오래 비어 있던 구들 고래에 불길이 아직 미치지 않아 방이 냉골이었다.* 오그리고 자고 아침에 일어나보니 머리맡에 놓은 어항이 얼어붙어 있었다. 이어령 씨가 어느 날 길에서 사 온 붕어들이 들어 있던 자그만한 어항이다. 비닐봉지에 든 붕어들을 작은 어항에 옮기고, 흰 붕어와 검은 붕어를 보태서 5인 가족을 만들어주었었다. 우리는 그 붕어들에게 이름도 붙여주었다. 칠 센티 정도 된 제일 큰 가자

---

* 몇 해 전에 이어령 씨가 '생명 자본주의'에 대한 책을 쓰면서 이 이야기를 쓴 일이 있다. 디테일이 좀 다르다. 연탄을 꺼뜨린 것이 아니라, 비었던 방이어서 그런 일이 일어난 것이다. 오래되었으니 둘 중 하나는 착각을 한 것 같다. 우리 삶에는 그런 착각이 산재해 있다.

미형 흰 붕어는 모비딕이었고, 검은 옷을 입고 눈이 툭 튀어나온 작은 붕어는 일본말로 메타카(퉁방울눈)였던 생각만 난다. 그 밖에 빨간 지느러미가 넓고 화려한 작은 금붕어 세 마리가 있었다.

그런데 아침에 일어나보니 붕어 다섯 마리가 모두 어항 속에 얼어붙어 있었다. 셀룰로이드 문진 속에 박혀 있는 곤충 그림처럼 붕어들은 미동도 하지 않았다. 롯의 아내처럼 붕어들은 움직이다가 그냥 돌이 된 것이다. 우리는 붕어들이 죽은 줄 알았다. 눈을 뜬 채 얼어붙어서 생사도 가늠할 수 없는 붕어를 보는 것은 생전 처음이어서 우리는 아연해졌다. 섣달그믐에 이사를 했으니 1959년 설날에 그런 일을 당한 것이다. 하지만 해피엔드였다. 혹시나 하고 물을 데워다 살살 뿌려주었더니, 곧 얼음이 흔들리면서 붕어들이 움직이기 시작했다. 아무 일도 없었던 듯이 멀쩡해서 보는 쪽이 오히려 당황했다. 붕어들은 동상도 걸리지 않으니 인간보다 낫다는 생각을 했다.

현대평론가협회

이사 가자마자 이 선생이 현대평론가협회 때문에 부산해지기 시작했다. 창업 멤버는 열한 명이었다. 이교창, 최승묵, 송

영택, 이태주, 김용권. 그리고 이어령과 정한모까지는 문리대 팀*이었고, 김성욱, 고석규, 김춘수, 이경순은 밖에서 모셔 온 분들이다. 아마 해방 후에 만든 최초의 평론가협회였을 것 같다. 경제적으로 여유가 있던 이경순 시인이 모임이 있을 때마다 밥값을 담당했다.

그분들은 자주 모여서 회의를 하고, 한 달에 한 번 정도 강연회를 열었다. 처음에는 나도 강연을 들으러 다녔는데, 배가 불러오니 집에 혼자 있게 되었다. 현대평론가협회의 강연회 중에서 지금도 기억에 남아 있는 것은 김춘수 선생의 강연이다. 대구에서 종일 강의를 하고 상경하여 피곤한 선생님을 누군가가 모시고 가서 술을 잔뜩 대접했다. 피로와 술기운이 합쳐져서 강단에 겨우 올라간 김 시인은 곧 고개를 끄떡거리면서 졸기 시작했다. 연장자여서 첫 강사로 모신 분이 그렇게 해서 그날 강연회가 어수선해졌다. 그러나 강사들이 막강해서 평론가협회의 강연회는 나날이 인기가 커져갔다.

하지만 그 일은 우리 집 신혼 무드를 훼손해갔다. 방학이어서 종일 집에 있던 나는 신랑이 돌아오지 않는 겨울의 긴 저녁 시간을, 말할 사람도 없는 작고 추운 북향 방에서 보내면서

---

* 김용권, 이교창, 정한모는 선배고 나머지는 과는 다르지만 동기였다.

점점 화가 나기 시작했다. 전화도 없던 시절이라 언니들과 수다를 떨 수도 없어서 사는 일이 너무 삭막했다. 맨날 혼자 있을 바에는 내가 왜 삼선교까지 와서 밤중에 청파동에서 퇴근을 하느라고 고생을 해야 하는가 하는 회의가 나중에는 분노가 되어 내 속에서 비등점을 향해 끓어오르기 시작했다.

그런데 일은 딴 집에서 터졌다. 역시 우리처럼 신혼이었던 한 회원 부인이 먼저 폭발한 것이다. 결혼기념일인데 남편이 평론가협회 행사로 늦게까지 집에 안 들어갔기 때문이다. 뒤풀이를 하고 나오다가 술집 문 앞에서 울고 있는 그 부인을 발견한 회원들은 모두 기겁을 했다. 회원 중 절반은 싱글이었고, 몇 분은 결혼한 지 오래되어서 아내에게 구애받지 않고 밤나들이를 하시는데, 우리와 그댁처럼 신혼인 쪽 여자들의 인내심에 한계가 온 것이다. 나는 본 일도 없는 그 부인에게 여러 번 감사했다. 평론가협회는 잘 되어가고 있었고, 회원들에게나 청중에게나 필요한 모임이어서 차마 화를 내지 못하고 참고 있었는데, 남의 수건으로 코를 시원하게 풀었기 때문이다. 그 사건으로 남자들이 늦게 들어오는 버릇이 싹 고쳐졌다. 그러다가 협회도 흐지부지하더니 결국 없어졌다. 모두 직장이 있는데, 그렇게 밤나들이를 하니 글을 쓸 시간이 없어서, 당사자들도 난처해하고 있던 참이었기 때문이다.

원래 집단행동을 좋아하지 않는 이어령 선생은 다시는 협회 같은 것을 만들지 않았다. 그는 문인 단체 어디에도 적을 두지 않으면서 평생을 혼자 걸어온 자유로운 외톨이다. 놀라운 외톨이라고도 할 수 있다. 그에게는 혼자 있는 시간이 필수적이었다. 글은 혼자 쓰는 것이기 때문이다. 그래서 그는 고독을 필요로 하는 힘든 삶을 살고 있었다. 그가 쓴 책의 부피는 그의 고독의 부피다. 그는 사람들과 어울려서 놀 시간을 허락받지 못한 인간이라고 할 수 있다.

하지만 누군가에게 무언가를 주는 것을 좋아하고, 누군가와 식사를 하면 꼭 자기가 밥값을 내야 직성이 풀리는 면이 있다. 그런데 환갑 때의 기념문집을 보니 이 선생이 밥을 잘 안 산다고 불평을 한 분이 더러 있었다. 그건 사실이 아닐 것이다. 누구에게 무얼 주는 것을 좋아하고, 누군가에게 무얼 대접하는 것을 좋아하는 것은 그 집안의 내력이기 때문이다.

주머니에 돈만 있으면 밥을 사는 통에 문학사상 주간실에서는 자장면 파티가 열리는 일이 잦았다. 내가 어쩌다 들르면 그 방에서는 늘 자장면 냄새가 났다. 나중에 정년퇴임하여 한가해진 후에 그가 가장 많이 한 일은 누군가에게 점심을 사는 일이었다. 스승의날이나 생신 무렵에 식사 대접을 하러 오는 제자들에게 부득부득 당신이 낸다고 우겨서 내가 말리는 일도 있었다. 여럿이 합자해서 식사를 대접해버리면 일이 간단한데, 그 권리를 빼앗으면 그분들은 또 무언가를 하려고 생각하기 쉬워서 더 번거로워질 수 있기 때문이다.

그렇게 헤픈 데가 있는데 대접받지 못했다는 느낌을 주었다면, 그건 그가 돈이 없었거나 남과 밥을 같이 먹을 한가한 시간이 없는 삶을 살았기 때문일 것이다. 그는 정년퇴임을 할 때까지 너무 바빠서 저녁을 밖에서 먹는 일이 아주 드물었다. 저녁 시간은 그에게 글 쓰는 작업 시간이었기 때문이다.

하지만 누가 술을 안 샀다고 비난하면 그 말은 맞다. 그는 술을 마시지 못한다. 그것도 집안 내력이다. 그 집 형제들은 모두 생리적으로 술과 맞지 않는다. 그러니 누구에게 술을 사준 일이 드물었을 것은 확실하다. 그는 저녁마다 글을 써야 했기 때문에 마음 놓고 누군가에게 술을 대접할 시간도 사실은 없었다. 주신酒神은 사람을 시간 너머로 데려가기 때문에 술 대접은 긴 시간을 필요로 한다. 그러니 술을 산 일은 거의 없었을 것이고, 그것이 애주가들의 비난을 받을 여지는 넉넉하다.

키 큰 손님

삼선교 셋집에는 나지막한 일각대문이 북쪽으로 세워져 있었다. 유난히 키가 큰 후배 하나가 늘 그 대문 상인방에 이마를 찧고 쩔쩔매며 들어오곤 했다. 거인증에 걸려 얼마 안 있다

세상를 떠난 김명곤 씨다. 삼선교 시절인 1959년 초에 그가 자주 놀러 왔었다. 우리 방은 북향이라 불을 빨아들이지 않아서, 아궁이에 철판을 막아놓아도 창문과 평행으로 지나가는 아랫목의 한 줄만 가로로 따뜻했다. 임신한 내가 추워서 그 부분에 일직선으로 누워 있는데 그가 찾아오면, 나는 허둥지둥 이불을 걷으며 그를 맞이했다. 그러면 명곤 씨는 내 건강을 염려했다. 목소리가 따뜻해서 듣고 있으면 위로가 되었다. 그때 나는 아픈 게 아니라 임신한 것이었는데, 뭘 모르는 그 순진한 후배는 죽을병이라도 걸린 사람 대하듯이 진심으로 걱정을 했다. 그런 그를 보고 있으면 눈시울이 뜨거워졌다. 정작 죽어가고 있는 것은 그 자신이었기 때문이다. 대학을 갓 나온 그 빛나는 나이에 그는 죽어가고 있었다. 늙기 전에는 죽지 못하게 하는 법이라도 있으면 좋겠다는 생각을 했다.

우리 집 앞을 지나 계단을 서른 개 정도 올라가면 언덕 위에 전광용 선생님 댁이 있었다. 선생님은 사모님이 유능해서 그때 이미 이층 자리 번듯한 양옥의 주민이셨다. 사모님을 '안깐'이라고 함경도 사투리로 부르던 전 선생은, 유능한 부인을 늘 고맙게 여기고 대견해하셨다. 금슬이 좋은 선생님 내외분이 늘 보기 좋았다. 서울대 선후배들이 선생님 댁에서 저녁을 대접받고 우리 방에 와서 후식을 먹고 놀다 가곤 했다. 그분들이 누구였는지 잘 기억이 나지 않는데, 명곤 씨는 워낙 키가 커서 기억에 남아 있다. 아픈, 거대한 몸에, 하나 가득 어진 마음이 담겨 있던 그 후배는 우리가 삼선교를 떠난 지 얼마 되지 않아 세상을 떠났다.

성북동 집에는 이웃에 조지훈 선생이 계셔서 문인들이 많이 들렀고, 삼선교 집에는 전 선생 댁이 있어서 서울대 선후배들이 자주 들렀다. 두 곳에서 모두 우리는 디저트 격이었고, 메인 디시는 조지훈과 전광용 선생이었으니 우리는 이웃 복이 많았다.

한 여자가 새로운 가족과 만나
동화되는 과정의 이야기이고

한 신부가 단칸방에서 시작해서
'나만의 방'이 있는 집에 다다르는 이야기가 되기도 한다.

그래서 결국은
이어령 씨의 '집 이야기'도 되지 않을 수 없다.

유산과 가독권家督權

붕어가 얼어붙는 북향 방에서 첫 아기를 임신한 나는 충격적인 소식을 받았다. 바로 아버님 댁을 위한 생활비 청구였다. 액수는 많지 않았지만 우리는 그것도 감당할 능력이 그때는 없었다. 방을 옮기느라고 무리를 해서 콩나물국만 먹던 시기였기 때문이다. 보통 아버님들은 2인 가족이신데 우리 아버님 댁은 6인 가족이었다. 자그마치 6인 가족이 수입이 없는 상태에 놓여 있는 것이다. 계가 끝나면 아버님 용돈을 보내려 하고 있었지만, 용돈만 드리고 끝날 형편이 아닌 모양이었다.

우리는 결혼할 때 둘 다 빈손이었기 때문에 몇 년 동안은 가난하게 살 각오를 하고 있었다. 하지만 내가 각오한 가난의 범위는, 둘이 콩나물국만 먹으면서 두 주일쯤만 참으면 끝나는, 그런 것이었다. 아버님 생활비를 계속 보내기에는 역부족이었다. 자신을 자립해 살고 있는, 가난하지만 자유로운 인간이라고 착각하고 있던 그와 나는, 이십 대도 끝나기 전에 꼼짝없이 대가족의 굴레에 갇히고 만다.

나중에 알아보니 우리가 결혼할 무렵에 아버님 댁 형편은 내가 생각했던 것보다 훨씬 더 절박했던 것 같다. 위로 형님이 네 분 계셨지만, 형님들은 월급이 나오다 말다 하던 시기의 시골 사립학교 교사들이었다. 모두 자녀가 네다섯 명이 있는 가장이어서, 자급자족도 어려우셨다. 손아래 시누이가 아버님 댁에서 학교에 못 가고 있는 것을 본 큰 동서가, 데리고 가기는 해야겠는데, 감당할 능력이 없어서 차마 손을 내밀지 못하고 있다가, 당신의 죽은 아들 생각을 하셨단다. 그 애가 살았으면 설마 내다 버렸을까 싶으니 겨우 한 식구를 늘릴 용기가 나더라는 말을 후일에 들었다. 학생이 다섯이나 있는데 월급도 나오다 말다 하던 전후여서 교사들 형편이 그렇게 각박했다. 그런 상황인데 지가증권으로 염전을 해서 이 집 저 집 돌보던 둘째 형님이 망하니 그런 사태가 벌어진 것이다.

이사벨라 비숍이 한국 관리들의 부정부패를 대가족 제도와 연결시킨 것은 타당성이 있는 견해라고 생각한다. 많은 젊은 이상주의자가 유교의 경전을 연구해서, 이상 국가를 세우고 싶다는 큰 뜻을 품고 과거를 보는데, 과거에 급제해서 관리만 되면 대부분이 부패하게 되는 이유를 비숍은 대가족 제도에서 찾았다. 한 사람이 급제를 하면, 자리도 잡기 전에 이런 식으로 줄줄이 가족 복지 부담이 엄습했을 것이니, 나라에서 주는 봉록으로는 감당하기 어려웠을 것이다.

개인적으로는 황당한 일이었지만, 나는 한국의 대가족 제도를 긍정적으로 보고 있다. 사회복지 제도가 없었던 우리나라에서는, 집안에 나병 환자나 정신병자가 생기면 뒤꼍에 움막을 만들어 가족이 돌보았고, 형제가 죽으면 조카들을 큰댁에서 거두었다. 우리나라는 큰아버지가 아비 없는 조카들을 대학까지 보내주고, 혼인 뒷배까지 보아주는 희귀한 나라다. 그걸 뒷받침하는 제도가 장자에게 주는 상속금의 높은 비율이다. 한국에서는 땅이 만 평 있으면 맏아들에게 팔천 평을 몰아주어서 문중을 돌보게 했다고 한다. 나눠 가지면 모두 가난해지니 재력을 한 사람에게 집중시키고, 가족 복지를 그에게 맡기는 것이라 합리적인 면도 있었다.

문제는 내 남편이 부모에게서 팔천 평짜리 유산을 받은 일이 없다는 데 있었다. 실지로 부모가 만 평의 땅을 남겨놓았다고 해도 막내가 받을 몫은 아주 적다. 맏형의 지분을 뺀 나머지 이십 퍼센트를 남은 형제들이 나누어 가져야 하기 때문이다.

그렇다고 큰형님이 팔십 프로의 유산을 받은 것도 아닌 것에 또 하나의 문제가 있었다. 어머니가 돌아가시자 토지개혁이 일어나서 조상이 물려준 땅이 사라져버리니 아버지가 곧 몰락하셨기 때문이다. 그러니 큰형님이 장자 역할을 집행할 자산이 없었던 것이다.

그런 과중한 가족 복지 제도 때문에 한국에서는 기부 문화가 발달하지 못한 것 같다. 가족 부양의 과중한 올가미 때문에 박애주의가 성립되기 어려웠던 모양이다. 1976년에 남편이 초청한 루이제 린자 여사와 함께 안양의 나자로 마을에 간 일이 있다. 거기에는 토마스 신부가 기증한 건물도 있고, 소노 아야코(曾野綾子)가 지어준 마구간도 있는데 한국인이 기증한 건물은 하나도 없어서 너무 민망했다. 그래서 자료를 찾아보다가, 나는 한국이 가족 복지 제도에 의해 유지되어온 나라라는 사실을 알게 되었다. 사회 복지 제도가 없는 한국은 사실 가족복지 제도에 의해 유지되어온 것이다.

다행히도 우리 집 경제 상태는 결혼한 다음 해부터 계속 호전되어갔다. 이 선생은 경기고등학교로 옮겨갔고, 나도 주간으로 옮겨서 수입이 는 것이다. 그다음 해부터 이 선생은 서울대에도 출강하고, 원고료 수입도 늘어서 곧 아버님 생활비가 부담이 되지 않게 되었다. 이어령 씨는 1966년에 이대 교수가 되고, 조선일보 논설위원도 겸했으며, 베스트셀러 작가가 되었기 때문에, 다행히도 이조의 관리들처럼 가족을 돌보기 위해 부정을 저지르지 않아도 되었다.

아버님의 공작새

1966년 아버님 칠순 때 우리는 아버님에게 집을 살 돈을 마련해드렸다. 용인에 아버님이 산 집은 방 두 개만 있는 작은 집이었지만, 반듯한 대지가 사백 평이나 되었다. 후일에 시동생이 그 대지 절반을 팔아서 건평 팔십 평의 큰 집을 지었고, 아버님은 전용 화장실이 있는 넓은 방에서 좋은 노년을 한가하게 즐기다가 돌아가셨다.

화초 만지기를 좋아하시는 심미적인 아버님은, 집을 사자마자 넓은 마당을 놀라운 꽃밭으로 바꾸어놓으셨다. 서쪽 뜰의 여남은 평 되는 땅에 밀집해서 심은 모란원은 특히 아름다워서 꽃철이 되면 사람들이 구경 올 정도였다. 아버님은 그 집 앞마당에 회양목 더미를 여덟 개 심어놓고, 여덟 아들이라고 생각하시며 정성껏 키우셨다. 나무에 물을 주시면서 먼 데 있는 아드님들을 생각하는 것이다. "봐라. 너희 나무가 제일 잘 자라지?" 아버님은 다른 식구가 없을 때면 내게 그런 말씀을 하셨다. 그 나무들이 너무 소중해서 그 집을 새로 고쳐 지을 때 부모님의 산소에 옮겨 심었다.

댓돌 밑에 꽃분홍 채송화가 난만하던 그 아름다운 정원에는, 희귀조를 기르는 커다란 새집도 있었다. 오골계와 꼬리가 부챗살처럼 펴지는 흰 비둘기도 있었고, 금계와 이름 모를 작은 새들이 많았는데, 놀랍게도 공작새까지 한 마리 끼어 있었다. 한쪽 눈의 시력이 나빠져서 용인 자연농원에서 내보내는 것을 이양받으셨다고 했다. 공작새는 시력이 나쁜데도 여전히 때가 묻지 않는 깨끗하고 현란한 깃털을 가지고 있어서, 볼 때마다 경이로웠다. 어떤 흙탕물도 자취를 남길 수 없는 매끄럽고 귀티 나는 공작새의 깃털은, 언제 보아도 헤라 여신의 신수神獸답게 호사스러웠다. 갈 때마다 그 집에는 새로운 종류의 새가 있으니 아이들이 할아버지 댁에 가는 것을 좋아했다.

용인 시동생은 딸이 넷인데, 아이들이 크니 아버님이 따로 쓰실 방이 필요하다고 하셨다. 그래서 우리가 마당에 아버님 방을 따로 만들어드렸다. 80년대 말의 일이다. 옛날에 우리 어머니가 새집을 지을 때 했던 것처럼, 방안지를 가져다가 내가 방의 치수를 적어 넣은 밑그림을 그리고, 건축 전공인 조카가 그것은 도면화해서 방의 간이 설계도를 만들었다. 그때 나는 마당이 보이는 쪽 창문을 한식집 건넌방처럼 바닥에서 사십 센티 정도 올라온 데서부터 유리창이 시작되게 처리했다. 몸을 움직이기 어려워지셨을 때, 누워서 당신의 아름다운 정원을 즐길 수 있게 해드리고 싶어서였다. 아버님은 그때 이미 구십객이셨으니 그런 시기가 곧 오게 되어 있었다. 그런데 일꾼들이 추워서 안 된다고 일 미터 높이에서부터 창문을 만들어버렸다. 머지않아 아버님이 못 움직이는 병을 앓으셨다. 누워 계시면서 아버님은 막내며느리 말을 듣지 않은 것을 크게 후회하셨다고 한다. 종일 누워 계시니 마당이 너무 보고 싶으셨던 것이다.

"넌 노인도 아닌데 으떻게 그런 걸 아냐?"

아버님이 신기한 듯이 물으셨다. 몸이 약해서 자주 누워 지내면서 알게 되었다고 말씀드렸더니, 내가 그렇게 허약한 걸 모르셨던 아버님은 진심으로 측은해하셨다. 나는 평창동에 집을 지을 때도, 안방 창문을 바닥에서 오십 센티 올라온 데서부터 시작해서, 이미 그 재미를 보고 있었다. 집에만 오면 누워 지내던 나는 침대에 누워서 그 낮은 창문으로 아래층에 있는 정원을 즐겼던 것이다.

그 집안의 어른들

이씨네 집 남자분들은 세심하고 예민하시며, 자존심이 강하고, 결벽증이 있으시다. 어떤 경우에도 법도에 어긋난 언동을 하거나 염치없는 일은 하지 못하시는 선비들이다. 아버님에게는 백 명이 넘는 직계가족이 있는데, 적절하지 않은 말을 해서 문제를 일으키는 인물은 거의 없다. 모두 신언서판身言書判이 반듯한 전형적인 충청도 양반들이다. 그 집안에는 범죄자가 없고, 형제 싸움도 없다. 그분들에게는 양반문화의 좋은 점이 많이 남아 있다.

우리 아버님은 의학에 대한 조예가 상당히 깊으셔서 대가족의 질병을 거의 모두 손수 고치셨다. 홍역, 볼거리, 학질 같은 큰 병도 직접 처방을 내서 처리하셨다. 아버님의 처방전은 잘 듣는다고 소문이 나서 환자들이 찾아올 정도로 공인을 받고 있었다. 1950년대에 내 동생이 녹내장을 앓았는데, 아버님이 처방한 약을 먹고 안압이 내려가는 것을 직접 본 일이 있다.

전후에 아버님이 타처로 이사 가신 것도 한약방을 낸 친구의 자문을 해드리기 위해서였다고 한다. 그러니 의학을 좀 더 연구해서 유능한 사무원을 두고 한약방이라도 차리셨으면 최소한 생계는 유지되셨을 것인데, '원가에 이윤을 붙이는 자본주의의 기본율'을 끝내 받아들이지 못하셔서 원가만 받으시니 생업이 되지 못했다.

만년에도 홍콩 감기가 유행했을 때, 아버님의 처방이 인기를 끈 일이 있었다. 그런데 아버님은 처방전을 동네 약국에 그냥 줘버리셨다. 어려운 일을 그렇게 많이 겪으셨는데도 '이윤을 탐하는 상행위'를 끝까지 하지 않으셨으니, '수무집전手毋執錢'의 유교적 교훈을 마지막까지 완벽하게 지키신 셈이다.

그런데 그렇게 어려운 세월을 보내셨는데도 아버님은 항상 누구에게 무언가를 주고 싶은 마음이 넘쳐나신다. 어느 날 당신 외가댁에 효부가 있었다고 말씀하시길래, 어떤 점이 가장 효성스러웠느냐고 여쭈었더니, 남에게 줄 선물을 시어머니에게 늘 풍성하게 마련해드린 일이라고 하셨다. 그게 가장 부러우셨던 것이다. 그래서 집에 한과나 과일 같은 것이 넉넉히 들어오는 명절 때는, 먹을 것만 남기고 대부분을 아버님 댁에 보낸다. 그러면 아버님은 남들에게 그걸 나누어주면서 흡족해하셨다.

1980년대의 어느 연말에 아버님은 여자들이 모여 있는 안방에 들어오시더니 그 무렵 여유 있게 살던 작은 따님에게 남자 스웨터 세 개만 사줄 수 없느냐고 물으셨다. 교회에 꼭 주고 싶은 어려운 사람이 있다는 것이다. 따님이 길길이 뛰었다. 그렇게 집어 주기를 좋아하셔서 어머니가 돌아가시자 집도 절도 없는 신세가 되었던 일을 잊을 수 없는 것이다. 1980년대는 우리 집이 여유가 있을 때였고, 나는 아버님의 파산 때문에 피해를 받은 상처가 없으니 선선하게 내가 "제가 할게요"

하고 나섰다. 그랬더니 아버님은 따님에게 "너도 두 개만 더 보태여!" 하신다. 주고 싶은 사람이 더 있으셨던 것이다. 그렇게 해서 스웨터 수는 결국 일곱 개로 늘어났다. 그런데 그 일곱 개 속에는 당신 가족 것은 하나도 없으니, 그 옷이 내려가면 가족들에게 곱게 보이지 않을 것은 자명하다. 그래서 내가 두 분 것까지 보태서 아홉 개의 스웨터를 새벽에 남대문 시장에 가서 샀다. 스웨터 보퉁이를 양쪽에 들고 택시를 탔더니, 기사가 나보고 스웨터 장사를 하느냐고 물었다. 그게 아버님이 내게 간접적으로라도 무얼 부탁한 유일한 케이스였는데, 그나마 남을 주는 것이라는 명분이 있으니까 감행하신 것 같다. 나는 우리 아버님같이 맑은 어른을 딴 데서는 본 일이 많지 않다. 그래서 나는 아버님의 팬이다.

그 집안의 효도 풍경

양반다운 품위를 받쳐주던 전답이 토지개혁으로 사라지자 속절없이 몰락 양반이 되셨지만, 우리 아버님은 부모를 공경하라는 유교의 가르침을 철저히 지키는 효자 아드님을 여덟 분이나 두셨다. 아버님 상청에 여덟 명의 아드님이 도열하니 거룩했다. 그런데 신기하게도 그 많은 아드님이 모두 효자였다. 그 집에서 아버님의 권위는 절대적이었다. 아버님 말씀은 곧 법이어서 감히 토를 다는 자손이 없었다.

이 선생도 마찬가지다. 그는 아버님을 많이 어려워했으며, 많이 사랑했다. 아버님은 모범 가장이셨다가 사십 대 중반에 처음으로 외도를 하셨기 때문에, 그에게는 사랑을 흠뻑 받던 유년기의 기억들이 남아 있다. 그래서 아버님에게 뭘 해드리는 것을 좋아했고, 항상 기쁘게 해드리려고 애를 썼다. 어머니 생존 시에 결혼한 위의 형님들은 파산의 피해를 덜 입어서 더 효성스러우셨다. 아버님은 한 번도 아드님들에게서 불공不恭스러운 언사를 들은 일이 없으시다. 나는 그렇게 공경을 받는 아버지를 본 일이 없다. 그 집안에는 가부장제가 장엄하게 남아 있어서, 아드님들은 마지막까지 아버님에게 최고의 대접을 해드렸다.

아버님은 백한 살에 돌아가셨는데, 그 전해까지 서울 나들이를 하셨고, 마지막 입원하시기 직전까지 의식이 말짱하셨다. 그런데 마지막 해가 가까워지니 몸의 기름기가 모두 소진되다시피 해서 배변 과정이 많이 힘드셨다. 몇 년 전만 해도 "어디가 제일 아프세요?" 하면, "누우면 전신이 난도질당하듯이 아프다"면서도 웃으셨는데, 배변 문제는 웃을 수 있는 단계가 아니었다. 변비나 그런 일시적인 것이 아니라 내장 전체에 기름기가 없어서 음식 찌꺼기가 장 구비를 돌 때마다 안쪽의 연한 살이 긁히고 또 긁히고 해서 생기는 생생한 통증이었기 때문이다. 위와 장이 계속 움직이니 통증도 계속된다. 그래서 주말에 서울 아드님들이 다니러 가면, 늘 그 고통을 호소하셨다. 구비를 돌 때 어떻게 아픈가를 길게 설명하는 것이 중심 토픽인데, 백 세 노인답게 지난번과 똑같은 내용을 똑같은 톤으로 되풀이하신다. 그러면 그 댁 아드님들은 언제나 그 이야기를 '처음 듣는 것처럼' 들어드리는 묘기를 보여준다. 그건 내가 세상에서 본 가장 아름다운 효도 풍경이었다. 같은 말을 되풀이해 듣는 건 누구나 짜증이 나는 일인데, 아버님이 마음 편하시라고 처음 듣는 분위기를 유지하려 노력하는 팔십 대의 늙은 아드님들을 보는 것은 아주 경이로운 일이었다.

노인들이 같은 말을 되풀이할 때, 처음 듣는 것처럼 들어드리는 것 이상의 효과적인 치매 치료법은 없다면서 의사인 내 친구가 이 선생 형제분들을 칭찬했다. 당신이 같은 말을 되풀이하고 있다는 걸 모르게 하는 것이 그 병에는 최고의 약이라는 것이다. 효도는 대물림을 한다. 90년대에 아버님을 모시고 온 가족이 국악 공연을 보러 간 일이 있는데, 공연 도중에 아버님이 소피 보러 일어나시자 어둠 속 여기저기에서 손자들이 일제히 일어나 따라나서는 것을 보고 나는 감동했다. 그건 아름다운 '효도교향곡'이었다.

그의 집에서는 부권만 확립되어 있는 것이 아니라 형제간에도 위계질서가 확고하다. 장유유서의 법칙에 따라 다음 세대의 권력자는 당연하게도 큰형님이다. 소년 시절에는 덮어놓은 발재봉틀 위에 어린 동생들을 태워놓고 뻉뻉이를 돌리면서 같이 놀아주셨다는 열여섯 살 연상의 큰형님에게는, 무슨 말을 해도 동생들이 복종하게 만드는 카리스마가 있으셨다. 아버님이 돌아가셨을 때 큰형님은 형제들과 의논도 하지 않고, 부모님의 쌍분 중의 하나인 아버님 무덤에 어머님 것과 디자인이 다른 비석을 해 세워서 나를 기함하게 만들었다. 디스크 때문에 걷지 못해서 산소에 따라가지 못했는데 후일에 그걸 보고 너무 놀랐다. 쌍분에 다른 비석이 서 있는 그런 불균형을 나는 참지 못하기 때문이다. 그런데 어느 동생도 거기에 토를 달지 않아서, 우리는 비석이 짝짝이인 쌍분을 지금도 모시고 있다.

아버님이 입원하거나 퇴원하시는 일도 큰형님이 관장하신다. 큰형님은 풍납동에 있는 아산병원을 많이 좋아하셔서, 매번 그 먼 병원에 아버님을 입원시켜 가족들을 힘들게 만들었다. 그 근처에 사는 가족이 거의 없으니 모두 고생이고, 당신은 이미 여든넷이니 제일 힘이 드시는데도 매번 그리하셨다. 원장님이 이 선생과 가까운 분이어서 친절하고, 병실에서 한강이 보인다는 것이 이유였다.

나는 몇 년 동안 봄가을마다 삼십 킬로나 떨어져 있는 아산

병원에 다니다가 디스크가 삐져나와서 이십 년 동안 겨울마다 석 달씩 거동이 불편했다. 다른 자손들도 모두 그렇게 피해를 보셨을 것이다. 하지만 아무도 그 일에 토를 달지 않았다. 당신이 최고령이니 가장 힘이 드는데도 아버님 좋으시라고 그리 하시는 것을 알기 때문이다.

그런 형의 카리스마가 가장 빛이 났던 것은 이어령 선생이 장관이 되었을 때였다. 그때 그 어른은 가족 전원을 모아놓고 훈시를 하셨다.

"우리 형제는 본의 아니게 다섯째에게 경제적으로 피해를 많이 입혔으니, 이번에 갚기로 하자. 아무도 문화부 근처에 얼씬거리지 말아라."

그 훈시는 백 프로 지켜졌다. 이 선생이 이 년간 장관을 하는 동안에 그 많은 형제 중에서 무언가를 그에게 부탁한 사람은 한 명도 없었다.

우리 시대 형제분들은 우애가 아주 깊으시다. 노년에도 만나면 농담을 하면서 재미있게 시간을 보내신다. 그분들은 숫자가 다섯이나 되는데, 늘 의견이 일치되는 놀라운 공감대를 가지고 계시다. 나는 그분들이 한 번도 언성을 높이면서 다투는 것을 본 일이 없다. 하지만 단 한 번 예외가 있었다. 아버님이 운명하시던 날의 일이다. 경황이 없을 때여서 임종 소식을 분담하여 전하면서 착오가 생겼다. 으레 누군가가 전화를 했을 것으로 믿고 큰댁에 연락이 안 간 것이다. 늦게 도착한 큰형님이 들어서면서 호통을 치셨다. "이 나쁜 놈들. 감히 나를……" 하는데 간호사가 임종하신다고 빨리 오라고 불러서 호통이 중단되었다. 그 순간 나는 그 형제의 어린 날의 풍속도를 잠깐 엿보았다. 호통을 치는 애들 큰아버지에게서 꼬마 대장 티를 발견했기 때문이다.

일제 말이라 장의행렬을 금지시켜서 어머니 산소가 마을 뒤의 남의 땅에 있었다. 그 산소 때문에 묘지가 있는 부분을 팔라고 사정을 해도 듣지 않더니, 어느 해엔가 산을 다 사면 팔겠다고 나섰다. 그래서 우리가 할 수 없이 그 산을 샀다. 그래서 부모님 산소가 우리 소유의 산에 있다. 큰형님이 돌아가시면서 그 유해를 장자인 당신네 묘역으로 옮기라는 유언을 남기셨다. 자녀들에게 면례 비용까지 챙겨주셨다는 말을 들었다. 장자의 주장이어서 말릴 사람이 없다. 자신의 죽음이 눈앞에 다가와 있는데 요즘 이어령 씨는 그 약속을 지키기 위해, 부모님 무덤을 옮길 걱정을 하고 있다. 큰형의 말은 곧 법이기 때문이다.

우리 시댁에서는 남자 형제들도 형을 '언니'라고 부른다. 그 말은 좀 여성적인 느낌을 주지만 아주 친근하고 정감이 있다.

위계질서가 엄존하는 집안인데 언니가 네 분이나 계시니 이어령 씨는 가족 모임에 가면 발언권이 줄어든다. 아버님 상사 시에 문상 온 동창생이 팔형제 틈 중간에 끼어 있는 다섯째 아들 이어령을 보고 웃음이 나와서 겨우 참았다는 말을 한 일이 있다. 상청의 주인은 당연하게도 맏형이니까 다섯째는 졸개에 불과한데, 그 승벽이 강한 남자가 소리 없이 그 질서에 동참하고 있으니 웃음이 나왔던 것이다. 그래서 그는 가족 모임을 좋아한다. 혈육만의 원시적 자리가 경쟁 사회의 피로를 잊게 해주기 때문이다.

아버님의 기도

아버님은 백한 살에 돌아가셨는데, 그때까지 기억력이 말짱하셨다. 한번은 용인까지 모시고 가면서 내가 아버님의 오럴 히스토리(구술 역사)를 채록한 일이 있는데, 팔십 년 전에 사셨던 집의 구조를 디테일까지 소상하게 기억하고 계셨으며, 집값도 잊지 않으셔서 놀란 일이 있다. 나는 아버님이 매동소학교나 배재중학교에 다니시던 시절의 이야기에 호기심이 많아서 그날은 용인에 갈 때까지 그 이야기를 들었다.

집안에서는 삭발하는 것을 죄처럼 생각하는데, 어린 초등학생이었던 아버님은 매동소학교에서 머리를 자르게 하니 기분이 너무 좋으시더라는 것이다.

배재중학교에 편입하신 이야기도 재미있었다. 중간에 들어가니 영어와 수학이 진도가 나가 있어서 고전하던 이야기 같은 것이 재미있어서 두 시간이 후딱 지나갔다.

배재중학교는 중퇴하셨지만 아버님은 학구적이셔서, 시력이 나빠 두꺼운 알이 든 안경을 끼던 만년까지 독서를 열심히 하셨다. 모시옷을 입으면 신선 같던 우리 아버님은 백일 세에도 독서를 하셨다. 백 세가 되던 해에 용인군에서 백수가 된 분들을 위한 잔치를 열어드리면서, 난초에 스프레이를 하는 장면과 독서하는 장면을 찍은 좋은 사진을 두 장 보내주셨다. 독서하는 사진이 너무 분위기가 좋아서, 영정 사진을 그것으로 했다. 문상객들이 사진의 격이 높다고 칭찬하셨다.

아버님은 유머가 있으시고, 박학하셔서 대화가 재미있었다. 나는 아버님과 이조 시대의 목공예품에 대한 사랑과 화초 가꾸는 취미를 공유하고 있었다. 그래서 인간으로서의 공감대도 깊었다. 우리 마당이 넓었을 때는 마당에서 나무의 가지치기 같은 일을 함께하면서 긴 시간을 같이 보낸 일도 있다. 큰댁에 빌려드렸다는 돌화로를 큰아버님이 돌아가신 후 찾아다 내게 달라고 떼를 쓴 것도 막내며느리의 응석이었다. 그 화로가 우리가 아버님에게서 물려받은 유일한 유산이다.

우리 아버님의 가장 큰 공덕은 유산이 없는 것이 아닌가 싶을 때가 있다. 열하나나 되는 자식들이 얼마 되지 않는 유산을 쪼개려면 얼마나 복잡했겠는가? 만년에 모르고 계셨던 자그마한 전답이 하나 나온 일이 있었는데, 얼마 되지 않는 것이어서 집과 함께 아버님을 모시는 시동생에게 몰아주고 말았다. 돈이 개재되지 않으니 보내드리는 마음이 순수해서 좋았다.

아버님은 전혀 권위주의적인 분이 아니셔서 자식들과의 대화를 즐기셨다. 타인에 대한 배려도 남다르셨고, 남의 말을 나쁘게 하는 일이 없으셔서, 말씀을 듣고 있으면 마음이 편해졌다. 탐욕을 부려본 일이 없이, 이윤을 추구한 일도 없이, 한세상을 사셔서 어린이처럼 무구無垢한 맑음을 지니고 계셨다.

그러면서 아름다운 것과 새것에 대한 집착은 유별나셨다. 그런 것은 옛날의 선비들에게는 부족하던 덕목들이어서 돋보였다. 그런 점들이 부정적으로 나타나면 무능함과 이어지는 것이 문제일 테지만, 나는 그 무능함의 희생자가 아니어서 원망하는 마음이 없다. 내가 이씨 집 남자들 중에서 가장 사랑한 분은 아버님이었는지도 모른다. 그래서 나는 며느리로서의 의무 이상으로 아버님을 보살폈다. 인간적인 존경심과 친근감 때문이었다.

아버님의 가장 큰 미덕은 인간에 대한 사랑의 크기다. 마지막 해에 이어령 씨가 용인에서 강연을 하고 아버님 댁에 들러

점심을 먹는데, 아버님의 식기도가 너무 아름다워서 감동을 받았다고 했다. 소말리아부터 시작해서 전 세계의 고통받는 이들을 위해 간곡한 기도를 한참 하시더니, 마지막에 가서 "제 자식들을 위한 기도는 생략하겠습니다" 하시더란다. 그 말을 듣고 나는 아버님을 다시 한번 우러러보았다. 그게 기독교인이 해야 할 진짜 바람직한 기도이기 때문이다.

6.25 때 가족들과 피난을 가던 때의 일화도 재미있다. 피난을 가고 있는데 갑자기 폭격기가 나타나 저공비행을 하면서 기관총을 난사하니까, 아이들은 겁에 질려 밭고랑에 몸을 숨기느라고 정신이 없는데, 그 경황에도 아버님은 "남의 곡식 밟지 마" 하고 소리를 지르셨다는 것이다. 1990년대에도 다 자란 보리밭을 포클레인으로 갈아엎으며 고속도로 진입로를 만드는 뉴스를 보시면서, 수확기가 가까운데 보리를 벤 다음에 공사를 하지 않고 왜 남이 다 기른 보리를 갈아엎느냐고 개탄하셨다.

아버님에게 곡식은 누군가가 정성 들여 기르고 있는 거룩한 식물이고, 누군가가 먹고 삶을 이어갈 소중한 생명의 양식이어서 함부로 밟아서는 안 되는 것이다. 그건 식물의 생명에 대한 사랑과 인간에 대한 사랑을 한데 엮은 유서 깊은 사상이어서, 정치적 이데올로기보다 연원이 깊다. 대지가 주는 것을 경건하게 받아들이는 농경민적 사고와, 생명을 기르는 자의 노고를 함께 기억하는 인간다운 풍모가 거기에 함유되어 있기 때문이다. 요즘은 이어령 씨의 생명 자본주의가 거기에서 나온 것이 아닐까 하는 생각을 한다.

'페닌슐라'에서 점심을

아버님과 친정아버지는 닮은 점이 많아서 사이가 좋으시다. 그래서 나는 남편이 외국에 가서 차를 마음대로 쓸 수 있을 때가 되면 두 분 아버님들을 같이 모시고 아이들과 여행을 가는 일이 많았다. 어른들도 말벗이 있는 여행을 좋아한다는 것을 알고 있었고, 두 번 할 것을 한 번에 하는 것도 편해서 좋은 데다, 노인 문화와 아동 문화가 따로 놀아도 지장이 없는 동행 관계가 성립되니 모두에게 나쁠 것이 없었다.

어느 핸가 이 선생이 일본에 가 있을 때, 두 분 아버지를 모시고 아이들과 경주에 간 일이 있다. 동생이 그 말을 듣더니 갑자기 아이들을 데리고 내려와서, 호텔의 큰 온돌방에서는 두 집 아이 여섯이 엉겨서 소란을 피우는데, 두 분 아버님은 트윈 베드가 있는 전망 좋은 위층에서 당신들의 시간을 즐기시니 좋았다. 나는 두 분 아버지에게 무얼 똑같이 사드리는 걸 좋아했다. 입안이 마를 때 물고 계실 사탕에서 시작해서 기침을 삭일 토종꿀, 맛있는 명란젓 같은 것을 사드리기도 하고, 영양제 같은 것을 챙겨드리기도 했으며, 간편한 외출복, 읽으실 책 같은 것도 선물했다. 내게는 남의 결핍을 감지하는 더듬이가 따로 있어서, 모자라는 부분을 채워드리는 일이 적성이 맞았다.

한번은 어버이날에 롯데호텔의 '페닌슐라'에서 아버님들께 점심을 대접한 일이 있다. 그때는 페닌슐라가 한식집이었다. 식사 후 현관으로 이동하는데, 조그만 여자가 품위 있는 노인 두 분을 양쪽으로 부축하며 나오니, 여행 온 외국 노인들이 부러운 듯이 줄을 서서 구경했다. 그 일을 부러워한 것은 외국 노인들만이 아니었다. 아버님 형제분들이 가장 부러워한 효도도 나의 '페닌슐라' 초대였다. 집안에 상사가 있어 상가에 다니러 갔던 남편이 들어오면서, "당신 히트쳤어. 효부 났다고 어른들이 난리야" 하며 좋아했다. 작은 고모님은 사위가 전시회를 롯데호텔에서 했는데, 아무도 당신에게 그런 식당에 가자는 말을 안 해서 롯데호텔에 한식당이 있는 것도 몰랐다면서, 내놓고 부러워하시더란다. 근사한 식당에 모시고 가는 것을 어른들이 그렇게 좋아하신다는 것을 나도 그때 처음 알았다. 그래서 고모님들도 모시고 한번 다시 가고 싶었는데, 그럴 기회가 오지 않았다. 정신없이 바쁘기도 했지만 일행이 너무 많아서 차편도 복잡하고 혼자 돌봐드릴 힘도 없어서 엄두가 나지 않았던 것이다.

아버님의 노년

용인에 있는 집에서 아버님은 두 번째 부인과 해로하시면서, 그쪽 장남 가족과 같이 노년을 보내셨다. 성품이 어진 시동생은 아버님을 마지막까지 극진히 모셔서 마지막 세월들이 평화로우셨다. 시동생이 성인이 되어 취직을 하자 아버님 댁에는 경제적 여유도 생겼다. 동생이 취직한 후에도 우리 생활비는 계속 보냈기 때문이다. 가지 많은 나무는 땅에 지지 않는다는 속담 그대로, 아버님은 아직 젊은 다섯째 아들과 여섯째 아들 덕분에 평온한 노년을 보내셨다. 마지막까지 당신 발로 걸으셨고, 십구 일간만 입원하고 돌아가셨으니 삶의 종막도 축복받은 것이었다.

고종황제 때 태어나신 우리 아버님은, 전쟁을 네 번이나 겪으면서 여덟이나 되는 아드님들이 하나도 다치지 않는 큰 축복을 받으셨다. 나는 아버님의 일생을 '장엄한 한 세기'라고 부른다. 아버님은 1896년에 태어나셔서 주민등록증의 앞자리 숫자가 우리와 다르다. 그 장구한 삶이 항상 감동스러웠다.

가는 정, 오는 정

1993년에 뇌수술을 받았다. 뇌하수체에 혹이 난 것이다. 뇌하수체는 뇌 한복판에 있어 칼질을 많이 해야 다다를 수 있어서 위험도가 아주 높은 수술이다. 하지만 시댁 어른들이 걱정을 하실까 봐 몰래 수술하고 퇴원하기 전날에 알려드렸다. 애들 큰아버지가 달려오셔서 많이 노여워하셨다. 가족은 고통스러울 때 같이 있어주는 존재인데, 왜 이제야 알렸느냐는 것이다. 그 옆에서 큰동서와 누님이 계속 울고 계셨다. 죽었으면 보지도 못하고 그냥 보내는 거잖았느냐면서 누나도 섭섭해하셨다. 죽었으면 아까워서 어떻게 묻을 뻔했느냐고 큰동서도 거드셨다. 누님은 낙천적이어서 잘 울지 않는 분이다. 큰동서도 마찬가지다. 신문에서 사설부터 찾아 읽는 분이라 잘 우는 타입이 아니시다. 그런데 두 분이 너무 슬프게 우셔서 나를 감동시켰다. 그때 나는 그동안 그분들의 그런 짙은 사랑을 받으면서 풍요롭게 살아왔다는 사실을 새삼스럽게 확인하고 행복했다. 그 눈물을 통하여 우리는 드디어 혈족이 된 것이다.

친정도 시댁도 대가족이어서 나는 홀로 자본 일이 없다. 엄마한테 야단맞으면 할머니 옆에 가 누우면 되고, 할머니가 심심하면 외숙모 방에 가면 되는 것이 나의 유년기의 풍속도였다. 사촌까지 합치면 한 마당에 고만고만한 아이가 열 명이나 있으니 심심할 겨를이 없었다. 시댁도 마찬가지다. 그 많은 가족 때문에 외로울 시간이 없어서 풍요로운 세계에서 살다 가는 것이다.

이어령 씨도 마찬가지다. 어머니가 돌아가시고 아버지가 다른 도시로 떠나가서 사실상 고아 같은 신세였을 때 그는 큰댁에 들어갔다. 친한 사촌 누나들이 잔뜩 있는 편안한 큰댁이 있어서 많은 도움이 되었으며, 고등학교는 큰형님 댁에서 졸업했고, 대학 학비는 둘째 형님이 댔다. 형제뿐 아니다. 사촌들도 도움이 되었다. 부산에서 새 학교에 다닐 때는 영도에 있는 사촌 형 집에 한동안 머물렀고, 결혼할 때 방 얻을 돈은 다른 사촌 형이 내주셨다. 대가족 속에서는 굶어 죽는 사람이 없고, 대가족 속에서는 자살하는 사람이 드물다. 서로 엉켜 있기 때문에 막다른 골목이 없다. 고아인 이광수가 평생 운허스님 덕을 본 것과 같은 경우다.

북에서 혼자 월남한 전광용 선생님은 가족이 많은 우리 시댁을 늘 부러워하셨다. 선생님의 말씀대로 가족이 많은 것은 큰 축복이다. 가지 많은 나무가 땅에 떨어지지 않는다는 속담처럼 어느 가진가가 받쳐주는 것이 대가족 제도의 묘미다. 요즘 노인들은 개성이 강해서 모두 혼자 사는 것을 고집하는데, 우리 윗세대의 어른들은 자녀들이 같이 살자고만 하면 감지덕지했다. 나는 혼자 있는 것을 좋아하는 고양잇과여서 거대

가족에 적응하는 데 많은 시간이 걸렸다.

여자들은 나처럼 낯선 사람으로 시댁에 들어간다. 그리고 남의 집이었던 시댁의 대가족 속에서 불합리해 보이는 낯선 의무들을 부여받고, 억울해하며 시집살이를 시작한다. 그러다가 그 집 식구로 동화해간다. 자신의 이질적인 피를 제공해 시댁의 피의 침전을 막고, 새로운 세대를 창출하면서 전진하는 것이다. 혼인으로 인해 세대마다 피의 변용이 일어나는 것이 혼인제도의 재미다. 넌더리를 내면서 받아들인 시댁이 내 집처럼 편안해지면 그 댁 무덤에 들어가 묻힐 자격이 생겨나는 것 같다.

3 ———————————————————— 청파동 1가

1959년 3월~1960년 3월

아기를 기다리는 동안은 늘 가슴이 충만했다.

생전 처음으로 몸 안에 빈 곳이 하나도 없는 것 같은
충족감이 왔다.

아직 철이 이른데도
이어령 씨는 나를 위해 수박을 자주 사 왔다.

별채 같은 방

1959년이 되니 우리 집에는 좋은 일이 연거푸 일어났다. 사월에 이 선생이 경기고등학교로 옮겼고, 나도 주간으로 가게 된 것이다. 더 이상 성북동에 있을 필요가 없어졌다. 아기도 낳아야 하니 우리 학교 근처로 옮기기로 했다. 그래서 석 달만에 또 이사를 했다. 청파동 1가의 효창국민학교(지금은 숙대 과학관) 동편에 있는 모퉁이 집이었다. 청파동은 내가 월남해서 몇 년간 살던 동네다. 효창국민학교를 졸업했으니 십삼여 년 만에 원점으로 돌아온 셈이다.

청파동 1가에 있는 적산가옥들은 우리가 살던 3가의 것보다 대체로 크고 격이 높았다. 우리가 세 든 집도 단층이었지만, 방이 많고 칸살이 넓었다. 북쪽의 이층 단지와는 달리 개성을 지닌 단독주택이었다. 우리 방은 남쪽 골목에 면해 있었다. 출입문도 따로 있어 별채 같았다. 먼저 집들처럼 주인과 얼굴을 부딪치지 않아도 되어서 좋았고, 안채와는 벽으로 완전히 막혀 있어서 한갓졌다. 안채와는 넉 자 폭의 복도로 이어져 있었다. 복도가 꺾이는 부분을 책장으로 완전히 막아버리니 꽤 큰 마루방이 생겨서, 우리는 아기 도우미를 거기서 자게 했다. 여름에는 밥도 거기서 먹고 아기도 거기서 씻겼다. 쌍으로 된 좁은 여닫이창이 방 양쪽에 나 있어서, 같은 방인데도 창문에서 보는 전망이 아랫목과 윗목이 달랐다. 그 밖에 조그만 정원이 있었다. 우리는 창문에 레이스 커튼을 만들어 달았다. 셋집을 치장한 것은 그게 처음이다.

방학에 출산 예정일이 들어 있어서 출산휴가를 한 달 전에 낼 수 있었다. 내가 내일부터 한 달 쉬게 되었다고 주변 선생님들께 인사를 하니까, 새내기 여선생이 자기도 그런 휴가를 내고 싶다고 해서 폭소가 터졌다. 다른 선생들은 그게 출산휴가임을 짐작하고 있었기 때문이다. 맞은편에 앉은 여선생이 눈치채지 못할 정도로 나는 배가 크지 않았다. 남선생들도 임신한 걸 몰라서 임신한 지 육 개월이나 된 나를 보고 강 선생은 몸이 작아서 아이를 가질 것 같지 않다고 말했다가 원로이신 김 선생한테 혼이 났다고 한다. "알지도 못하면서…… 남자들은 엉덩이만 크면 아기를 잘 낳는 줄 알아." 김 선생이 화가 나서 투덜거렸다. 당신은 하체가 풍만한데도 아기가 없었기 때문이다.

바느질을 좋아하는 나는 긴 휴가를 이용해서 아기의 유아복을 만들기 시작했다. 백화점에서도 배냇저고리밖에 팔지 않던 시절이어서, 할 수 없이 직접 재단해서 만든 가운식의 긴 옷이다. 우리 세대는 학교에서 재봉 교육을 제대로 받아서 옷 만들기를 잘한다. 포플린과 융 두 가지로 만든 긴 아기 가운은 보기가 좋았다. 하지만 편리한 옷은 아니었다. 아기가 쉬를 할 때마다 뒷부분이 젖어서 매번 갈아입혀야 했기 때문이다. 배냇저고리가 왜 짧아야 하는지 알 것 같았다. 그 시절에는 방수 처리가 된 기저귀나 기저귀 커버가 없어서 매번 소변이 옷 밖으로 샜다. 아기 요 바닥에 유지를 까는 게 유일한 방수 수단이었던 것이다.

아기 옷을 만들고, 털실을 사다가 케이프도 짜고, 병아리만 한 신발도 사면서 아기를 기다리는 한 달 동안은 늘 가슴이 충만했다. 생전 처음으로 몸 안에 빈 곳이 하나도 없는 것 같은 충족감이 왔다. 사람이 가장 행복한 시기가 첫 아이를 낳는 때와 첫 집을 살 때인 것 같다. 나는 그 여름에 결혼 후 처음으로 공부를 계속하지 못하는 초조함을 잊었고, 바느질과 뜨개질에서 보람과 기쁨을 느꼈다. 아직 철이 이른데도 이어령 씨는 나를 위해 수박을 자주 사 왔다. 다리가 부으니 수박을 먹으라고 어머니가 일러주셨기 때문이다. 임신 초기에는 네이블 오렌지와 미제 크래커를 좋아했다. 아직 국산이 나오기 전인데, 그는 날마다 도우미를 시켜 그걸 준비해놓았다.

나는 청파동 1가의 일본집 셋방에서 첫 아이의 엄마가 되었다. 딸이었다. 입술은 정말로 앵두알만 한데 눈이 아주 컸다. 똘망거리는 눈알이 영특해 보였다. 휴가 중에 누가 보내준 흡혈귀가 나오는 책을 무심코 읽었던 나는, 산후에 어스름 녘이 되면 펄럭이는 커튼 뒤에서 루시라는 이름의 소녀 흡혈귀가 옷자락을 하늘거리며 걸어 나올 것 같아 무서움을 타기 시작했다. 몸이 허해져서 그러는 것 같았다. 남편에게 일찍 들어와달라고 부탁하기 시작했다.

큰언니가 와서 아기 씻기는 법을 가르쳐주었다. 나는 언니에게서 아기를 삼각형으로 접은 헝겊으로 잘 싸는 요령도 배웠다. 아기는 제힘으로 자기 손을 가누지 못하니 제 손의 움직임에 자신이 놀라는 수도 있고, 손톱에 얼굴을 긁힐 수도 있어서, 싸주어야 안정이 된다고 했다. 일종의 스와들링swaddling*인데, 나는 그것을 전에도 본 일이 있다. 해방 후에 역장 관사에

---

* 천으로 아기를 감싸 보온성 및 편안함, 안정감을 높여주는 것.

와 있던 러시아 소녀가 아기를 그렇게 똘똘 말아 안고 우리 집에 와서 놀았던 것이다. 파란 눈이 커다란 아기의 몸을 미라처럼 묶어놓으니 부엉이 같아 보였다.

반세기가 지난 어느 날, 둘째 손녀를 맡기고 며느리가 외출한 사이에 아기를 그렇게 꼭꼭 싸서 소파에 눕혀놓은 일이 있다. 그랬더니 아기는 편해서 잘 자는데, 다섯 살 된 그 애 언니가 자기 동생을 묶어놓지 말라며 울기 시작했다. 자율신경이 발달하지 않은 아기는 묶어주어야 안정이 된다는 것을 아무리 설명해도 울음을 그치지 않았다. 때로는 보호하기 위해 구속하는 경우도 있다는 것을 그 애가 이해하려면 많은 시간이 필요할 것이다.

병든 여인의 모성

집 앞에서 왼쪽으로 돌아가는 모퉁이에 우리 집 부엌이 있었는데, 어느 날 도우미 소녀가 눈이 화등잔만 해가지고 부엌에서 달려 나왔다. 안집에 이상한 사람이 있다는 것이다. 따라가보니 여자였다. 몸이 크고 피부가 가무스름한 젊은 여자가 어둑어둑한 방에 벗은 채 웅크리고 있었다. 얼굴은 안 보이고 하반신만 우리 쪽을 향해 있어 도우미 소녀가 놀란 것이다. 아기를 낳다가 사산死産하고 실성해서 친정에 와 있는 그 집 딸이라고 했다. 여의전 예과에 다니는 것을 억지로 결혼을 시켰더니, 시집살이에 스트레스가 쌓여 아이를 사산하면서 정신줄도 놓아버렸다는 것이다. 그 말을 하면서 어머니가 슬프게 울었다. 내 또래의 나이인 데다가 나도 첫 아이를 임신 중이어서 그분의 아픔이 가슴에 와닿아 같이 한참 울었다.

아기를 낳고 얼마 안 된 시기였는데, 어느 날 새벽에 도우미 아이가 비명을 질러서 나가보니, 그 여인이 우리 방 앞에 와 널브러져 있었다. 몸도 잘 가누지 못하는 중환잔데, 복도를 막아놓은 무거운 책장을 어떻게 밀어내고 거기까지 진출했는지 알 수 없었다. 의식도 없는 사람이지만, 그녀가 새로 태어난 아기를 찾아 우리 방까지 온 것은 분명했다. 혼신의 힘을 다해, 자기가 너무나 원했는데 가지지 못하고 만 새 생명이 누워 있는 문 앞까지 기어 온 그 여인은, 거기에서 기력을 잃어 시체처럼 늘어져 있었다. 의식이 없는 사람인데…… 무엇이 그녀에게 새 생명이 거기 있다는 것을 알려주었을까? 하지만 그런 감상에 젖어 있을 때가 아니었다. 한번 온 사람은 다시 올 수 있기 때문이다. 어둠이 가시지 않은 희끄무레한 공간에서 아기를 향해 돌진해 온 덩치 큰 병든 여인을 보고 있으니, 두려움에 몸이 떨렸다. 그녀의 몸속 어딘가에 도사리고 있을 원시적 모성이, 앞으로 무슨 짓을 내 아기에게 저지를지 알 수

없었기 때문이다. 소리 없는 조용한 여인이었지만, 실수로라
도 그녀가 아기에게 해를 가할지도 모른다는 생각이 들자 전
신이 떨려왔다. 우리는 목수를 불러다가 복도를 아주 막아버
렸고, 기겁을 한 그녀의 어머니가 딸을 더 잘 감시해서 다시는
그런 일이 일어나지 않았지만 계속 마음이 안정되지 않았다.
개학하면 도우미에게만 아이를 맡겨야 해서 더 불안했다.

그 집에 온 손님들

첫 아기를 낳고 두 달쯤 지난 어느 날 이어령 씨 제자들이
아기를 보겠다고 몰려왔다. 경기고등학교에 부임한 해의 가
을이다. 검은 교복을 입은 여드름 난 학생 네댓 명이 맨발로
들이닥치니 방이 가득 차는 느낌이었다. 그중에 불문학자 김
화영 씨가 있었다. 김 선생 기억에 의하면 그날 내가 헌책방에
서 도스토옙스키의 작품을 찾았다고 좋아하면서 들어오더라
고 하는데 그 일은 기억에 없다.

잘 자란 전나무같이 풋풋하고 믿음직스러웠던 그때의 방문
객들도 이제는 여든 줄에 들어서고 있다. 하지만 그들은 반세
기 후에도 여전히 이 선생 주위에 남아 있다. 불문학자 김화
영, 신문사 파리 주재원이던 유평근, 주재섭, 신문사 사장이

된 정태기, 건축가 김원 씨, 사업가 현승훈 씨 등 그 많은 제자…… 이 선생은 경기고등학교에 사실 일 년 남짓밖에 있지 않았는데, 2010년대까지도 외국에 나가면 생각지도 않았던 경기고 제자가 공항에 마중 나오는 일이 많았다. 대사관이나 기업체의 장, 공항 출입기자 중에 경기고 출신이 있어서, 탑승자 명단에서 이름을 보고 옛 스승을 도우러 오는 것이다. 그 정성이 대를 이어 평생 이어진다. 직접 배우지 않은 제자들까지 그 일에 동참해주기 때문이다. 코로나19로 언택트풍이 유행하는 가운데 옛 제자들이 위험을 무릅쓰고 육십 년 전 스승을 찾아오는 것은 감동적인 일이다. 그들은 개인적인 일에서도 늘 서포터가 되어주었다. 이 선생이 암에 걸리자 의사를 소개해주고 귀한 약을 구해 보내는 제자도 있고, 책을 가져오는 제자도 있으며, 몇 해 동안 보름마다 식품을 보내오는 제자도 있다. 살아 있는 전복이 오고, 그다음에는 기름기를 싹 빼낸 갈비탕이, 그다음에는 외국산 과자와 제철 과일 등이 때를 맞추어 계속 로테이션이 되니 그 정성에 매번 감동을 받았다. 그분들은 이어령 선생의 정신적 자식들이다. 그래서 그는 가지 많은 나무처럼 땅에 지지 않는다.

1960년부터 서울대에도 출강했는데 강사 시절의 제자들도 여러 방면에서 스승을 보호한다. 어느 나라 대사관에 가도 경기고, 서울대 제자가 한 명은 있기 마련이어서, 차를 빌려주는 사람, 유서 깊은 호텔을 추천해주는 사람, 동창들을 불러 모아 김치 파티를 열어주는 사람들이 뒤를 잇는다. 대사가 동창이거나 제자인 경우도 많아서, 이 선생을 따라다니면 외국 여행이 편하다. 1996년에 로마에 갔을 때는 교외에 있는 제자의 집이 사적 발굴 예정지 근처여서, 밀집한 주거지 바로 뒤에 닿아 있는 텅 비고 특이한 넓은 폐허를 볼 기회도 있었다. 시엔키에비치가 투숙했었다는 유서 깊은 잉글테라 호텔Ingleterra Hotel을 소개해준 것도 제자였다. 관광 안내원이 볼 수 없는 곳도 보여주고, 좋은 가이드가 되어주며, 맛있는 한식을 대접하기도 하는 제자들이 세계 도처에 있어서, 이어령 선생의 해외 여행은 불편하지 않았다.

하지만 더 좋은 것은 그때의 제자들이 인문학계를 서포트하는 중진이 되어 있는 경우다. 김승옥, 김지하, 김치수, 김현, 김화영, 염무웅, 오세영, 김원…… 그 빛나던 제자들도 이제는 모두 정년퇴임을 한 지 오랜 노인이 되어가고, 더러 먼저 세상을 떠난 분들도 있다. 이십 대에 만난 제자들이라 칠팔 년밖에 나이 차이가 나지 않기 때문이다. 엊그제도 한 제자의 부음을 들었다. 생명이 있는 자는 사망하기 마련이지만, 손아래 사람들이 앞서는 일은 더는 겪지 않았으면 좋겠다는 생각이 간절하다.

남조 선생과의 만남

청파동 1가에 살 때 김남조 선생을 처음 만났다. 우리 집 앞을 지나 얼마 안 가면 김 선생의 효창동 집이 있어서, 버스에서 이 선생을 우연히 만나 같이 온 것이다. 아이를 맡길 어른이 없어 꼼짝없이 갇혀서 한 달을 지내던 중이어서, 산후에 찾아온 첫 손님인 김 선생이 너무 반가웠다. 나는 선생님의 「목숨」이라는 시에 반한 팬이었다. 대학에 들어가자마자 그 시를 만났는데, 그때 스물네 살이던 김 시인은, 폐결핵을 앓고 있다던 김 시인은, 아흔다섯인 지금도 정정하시어, 계속 때 묻지 않은 언어로 시를 쓰고 계시니 경이롭다.

보스 기질이 있는 남조 선생은 우리 집 메이드가 나가자 후임을 구해주셨고, 그 애가 집이 좁아 불편하다고 나가려 하자 일부러 들러서 주저앉혀주셨다. 나중에 선생님은 내게 숙대 대학원에 들어올 것을 권하셨다. 서울대가 멀어서 대학원에 가지 못하고 있던 나는 그 말에 용기를 얻었다. 내가 근무하는 학교가 같은 동네에 있으니, 두 가지를 같이 하는 게 가능할 것 같았다. 아기도 어리고, 고교 전임 교사였는데, 감히 대학원에 갈 엄두를 낸 것은 남조 선생 덕이다. 숙대에는 서울대 교수님도 두 분이나 계시고 곽종원 선생님도 계시니 열심히 하면 전임이 될 수도 있겠다는 기대가 있었다.

하지만 숙대에 발을 들여놓는 순간 나는 학교 선택을 잘못했다는 것을 알아차렸다. 들어가보니 교내 사정이 복잡했다. 그때 숙대는 두 파로 나뉘어 내분이 일고 있었는데, 대학의 스승 두 분이 서로 다른 파에 속해 있었던 것이다. 그러면 절대로 일이 안 된다. 누구에게 접근해도 한 분은 적군이 되기 때문이다. 숙대가 안 될 줄 알았으면 멀더라도 서울대를 택하는 게 다른 대학에 가는 데는 유리했을 것이다. 그 무렵에 숙대에서는 대학원 강의를 외부 강사에게 맡기는 일이 많아서, 결국 서울대, 서강대 등에서 수강을 했기 때문에, 거리가 가까운 것도 도움이 되지 못했다.

내가 서울대 대학원에 가지 않은 이유는, 거리가 먼 데만 있는 것은 아니었다. 그 무렵의 서울대 국문과 교수님들은 남성 우월주의자들이어서 여자 제자들은 돕지 않는 풍습이 있었다. 다른 대학도 여자를 꺼리는 것은 마찬가지였다. 그러니 천상 여자 대학에 가야 하는데, 이대도 순혈주의를 지켜서 이대 학부 출신이 아니면 어렵다고 하니 숙대가 유일한 출구였다. 그런데 숙대가 가망이 없어지니 앞이 캄캄했다.

끝내 숙대 교수는 되지 못했지만 남조 선생님과의 관계는 지금까지 계속되고 있다. 선생님은 보스 기질 덕에 누군가를 돕는 걸 좋아하신다. 지금도 선생님은 당신이 우리보다 여섯 살이나 연상인 독거노인이라는 사실을 잊고, 우리에게 무언가를 자꾸 보태주려 애쓰신다. 우리가 손아래니까 도와드려야 옳은데 그걸 하지 못하니 무언가를 받으면 무안하다. 그러고 보니 선생님을 만난 지 육십 년이 넘었다.

1960년 3월~1961년 3월

다음 해 봄, 아이의 영역은 보장되는 집을 샀다.

집 사기가 이삼 년이나 당겨져서 많이 힘이 들었지만,
후회하지는 않았다.

자유는 비싼 대가를 요구하기 때문이다.

친구 집에 세 들기

아기가 있는데 방이 하나니까 아빠의 글쓰기가 힘들어졌다. 그래서 일 년의 기한이 지나자 우리는 방 두 개짜리 집을 물색했다. 아기를 철없는 소녀에게 맡기는 일이 불안하니 내 학교와는 가까울수록 좋았다. 그런데 청파동 3가에는 소형 주택이 많아서 방 두 개를 빌려줄 수 있는 집이 거의 없었다. 겨우 찾아낸 것이 세를 놓으려고 해방 후에 지은 이층 건물이었다. 방이 아래위층으로 나뉘어 있었지만 우리는 그쪽을 선호했다. 이층에는 아직 사람이 들어오지 않아 조용해서 서재로는 조건이 좋았기 때문이다. 그 집은 내가 월남해서 살던 집의 바로 옆집이었다. 남동생이 폐렴으로 죽었고, 여동생이 녹내장에 걸렸던 집 옆인 것이다. 그러니 초등학교 시절의 동네로 복귀한 셈이다. 집이 우리 학교 바로 뒤에 있어서 학교와의 거리가 십 분밖에 되지 않았다. 한번은 수업을 마치고 나오다가 이층 베란다에서 보니 우리 집 도우미가 아기를 업은 채 몸을 난간 밖으로 굽혀서 무언가를 집으려고 했다. 너무 놀라서 비명을 질렀더니 그 애가 듣고 일어섰다. 그렇게 가까우니 아기 돌보기에는 조건이 맞았다. 점심시간에 집에 갈 수 있었기 때문이다.

문제는 집주인이 친구라는 데 있었다. 마음을 나눈 친구면 문제가 없는데, 그런 사이는 아닌데도 알기는 아는 어정쩡한 사이니, 모른 척하고 지낼 수도 없고 해서 될 수 있으면 그 집에 안 가고 싶었다. 하지만 다른 집이 없으니 할 수 없어서 우리는 결국 그 집으로 짐을 옮겼다. 집주인은 어머니 교회 권사님의 양녀였다. 그 애 엄마는 우락부락하고 목소리가 큰, 이쁘지 않은 여인인데, 딸은 나긋나긋한 분위기를 지닌 귀티 나는 소녀였다. 내성적인 딸은 양엄마의 거센 분위기에 치여서 늘 외로워 보였다. 엄마는 그 딸을 하늘같이 떠받들고 있었지만, 천성이 남성적이어서 항상 목소리가 컸고, 아이는 그 소리에 주눅이 들어 있는 것같이 보였던 것이다. 고등학교 시절에는 눈에 슬픔이 고여 있어서, 보고 있으면 가슴이 저려오는 애잔한 소녀였는데, 같은 집에 살 무렵에는 그 애잔함이 전신으로 침잠해서, 깊은 우수를 담은 눈이 암담한 느낌을 발산하고 있었다.

그녀의 남편은 전역한 고위층 장교였다. 핸섬하고 당차 보이는 분이었는데, 불행하게도 그에게는 헨리 8세처럼 아들에게 지나치게 집착하는 병이 있었다. 그래서 그 옛날의 영국 왕처럼 계속 여자를 갈아댔는데, 어느 여자도 아들을 낳아주지 않았다. 내 친구는 그의 세 번째 여자였는데 그녀도 딸만 둘을 낳아서, 남자가 새 여자를 찾기 시작한 시기였다. 딸은 그 결혼이 싫었지만, 그의 재산에 현혹된 어머니 때문에 참고 결혼을 해서 가족 간에 갈등이 많았다. 그래서 그 집에서는 식구들이 자주 싸웠다.

어느 날엔가 모녀가 싸우다가 어머니가 "너 불효하다고 민아 엄마가 흉봐" 하고 내가 하지도 않은 말을 하는 것이 들렸다. 친구는 그날 히스테리 상태여서 화나는 대로 나를 향해 내뱉는 그녀의 곱지 않은 언사가, 날림으로 지은 벽을 타고 들려왔다. 그래서 나는 그 모녀와 선을 그었다. 사무적인 관계만 유지하고 그 이상의 교섭을 피한 것이다.

그래도 친구는 친구여서, 바닥 모를 슬픔을 간직한 그녀의 깊은 눈을 보면 마음이 아팠다. 마음이 아픈 것은 어머니도 마찬가지였다. 딸에게 구박을 받는 날은 물 맞은 강아지처럼 풀기가 죽어 있는 기상이 센 여인의 늙은 모습이, 쓰다듬어주고 싶은 연민을 자아냈다. 그렇게 주인집 사람들은 늘 마음을 무겁게 하고 있어 나는 편안하지 못했다.

하지만 다행히도 방이 이층에 있어서 이 선생은 주인집 싸움의 피해를 입지 않았다. 그가 결혼하고 이 년 만에 차지한 삼 평짜리 첫 서재는 전망이 좋고 조용했다.

그 집에 살 무렵에 내 건강은 최악의 상태였다. 갑상선 기능항진으로 체중이 삼십육 키로까지 내려간 것이다. 목에는 망고만 한 혹이 솟아 있고, 손에는 수전증이 왔다. 아기 젖을 먹일 때여서 방사능 치료를 받지 않으려고 시간을 끄는 동안에 혹이 팔십 그램까지 커진 것이다. 그 병에는 아무리 먹어도 영양분이 살에 가지 않는 고약한 증세가 있다. 유모차를 밀고 큰길가에 있는 파리제과까지 가서, 빵을 한 보따리 사다가 우기우기 먹어치우는 자신을 나는 혐오감을 느끼면서 마주 보고 있었다. 그렇게 폭식을 해도 영양분은 다 밖으로 새버려서, 몸은 간디처럼 마르니 미친다.

그해 여름방학에야 병원에 갔다. 서울대 이문호 박사에게 가서 검사를 받은 것이다. 방사능을 쏘인 옥소를 먹으면 낫는다면서 이 박사는 나에게 소변 양을 정확하게 재야 옳은 처방을 내릴 수 있으니 입원하라고 했다. 아기 때문에 입원하지 못하고 통원 치료를 허락받은 나는, 소변 양 측정 의도를 잘 몰라서, 암모니아 냄새가 나는 병 여러 개를 들고 전차를 타는 게 창피하다고 소변을 더러 버렸다. 그 때문에 종양의 크기를 측정하는 데 정확성이 떨어졌던 것 같다. 컵에 담긴 옥소액에 방사선을 쏘여서 마시고 목의 혹은 기적처럼 사라졌다. 너무 깨끗하게 사라진 것이 문제였다. 그 대신 악성빈혈이 와서 쉰 살까지 계속되었기 때문이다. 그래서 줄창 영양주사를 맞으며 살았다. 소변 양 측정이 정확하지 않아서, 아무래도 과잉 처방을 한 것 같다고 주치의인 강형룡 박사가 걱정을 하셨다. 하지만 목에 매달고 다니던 망고만 한 혹이 사라지자 나는 금방 체중을 회복해갔다.

내가 그 소동을 부리며 겨우 회생한 1960년은 이어령 씨에게는 아주 좋은 한 해였다. 대학원을 졸업하고 다음 달부터 서울대 강사가 되었으며, 유월부터는 단국대 전임강사도 되었다. 그는 '비평론', '시연구방법론' 같은 본격적인 현대문학 전공 강의를 처음으로 서울대 문리대 국문과에서 한 강사였던 것 같다. 그때까지 서울대 국문과에는 신소설 전문 교수가 한 분 계셨을 뿐 현대문학 교수가 한 명도 없었다. 일제시대에는 한국문학과가 없었기 때문이다. 그래서 우리는 비평론이나 소설론을 배우지 못한 채 졸업했다. 백철 선생의 '신문예사조사'와 '문학개론'만 듣고 졸업했다. 그 상태가 1960년까지 계속되다가 이 선생이 처음으로 본격적인 현대문학 강의를 시작한 것이다.

그의 강의는 인기가 대단해서 타과 학생들도 몰려왔다. 백 명용 강의실에 두 배가 넘는 학생이 밀려오는 소동이 벌어진 것이다. 그 인기가 그의 서울대 입성을 저지시켰다. 반대파의 방어 전선이 강화되었기 때문이다. 영문과와 국문과 교수 두 분이 사표를 낸다면서 결사반대를 하기 시작했다. 객관적으로 볼 때, 이어령 씨는 그때 서울대에 꼭 필요한 현대문학 교수 후보였다. 하지만 반대파는 그가 들어가지 못하게 원천봉쇄를 해버렸다. 그래도 강의는 계속해야 하니까 이어령 씨는 그 후에도 강사로 서울대에 나갔다. 강사 생활은 그가 이대 교수가 된 1966년 팔월까지 계속되었다. 강사를 시작한 지 육 년의 세월이 지나간 것이다.

시간강사만 하면서 신문사 논설위원이 주업이 된 세월이 오 년이나 지속되었다. 그는 숙대와 성균관대에도 출강하면서 강의를 했다. 어느 학교에서나 그의 강의는 학생들의 사랑을 받았지만, 아무 데도 전임이 되지 못했다. 다른 학교에서도 현대문학 교수들의 이어령포비아가 심각했기 때문이다.

셋방살이의 의미망

우리는 그동안에 세 번이나 셋방을 옮겨 다녔지만, 셋방에 산다고 설움을 받은 기억은 별로 없었다. 친구네 집에서도 마찬가지였다. 내게 열등감이 없기 때문에 친구 엄마가 아무리 험하게 굴어도 신경에 거슬리지 않았고, 그 집과는 거리를 두어 부딪힐 일도 없었다. 그런데 아기가 커가니 문제가 생기기 시작했다.

그 집에서 우리의 첫아기는 홍역을 앓았다. 홍역을 무사히 치러낸 아이는 나날이 재롱이 늘어갔다. 그 무렵에 라디오에서 연속극 〈장희빈〉을 하고 있었는데, 아이는 그 주제가를 흉내 내는 재주도 생겼다 "장희비인이이인아!" 하는 마지막의 긴 가락을 제대로 부르는 그 애의 노래는 우리 귀에는 명창으로 들렸다. 하지만 아이는 아이어서 네 집 내 집의 경계선을 인식하지 못했다. 그래서 문밖에 있는 마루에서 걸어 다니는 것을 좋아했다. 그곳은 안방과의 공용구역이라 좀 조마조마했다. 그러던 어느 날 드디어 문제가 터졌다. 돌이 막 지난 아이가 현관의 한 단짜리 쪽마루를 혼자 힘으로 내려갔다 올라오는 재주를 익힌 것이다. 아이는 너무 신이 나서 종일 거기서 놀고 싶어 했다. 제힘으로 내려갔다 올라오면 아이는 알프스라도 정복한 것 같은 자랑스러운 표정을 지었다. 그래서 현관

바닥을 깨끗하게 걸레질을 해놓고 집이 비는 낮에는 그 장난을 할 수 있게 해주었다. 그런데 결벽증이 심한 친구의 어머니가 그걸 못 견뎌했다. 아무리 닦는다 해도 맨발로 그곳을 오르내리면 마루가 더러워진다는 것이다. 그 말은 맞았을 것이다. 현관 바닥은 어른들이 신발을 신고 다니는 곳이기 때문이다. 그러니 탓하는 것은 참을 수 있었다. 하지만 그 입이 험한 여인이 그때 우리 아이 발을 "개 발 같다"라고 표현한 것은 참아지지 않았다.

내 마음이 크게 다쳤다. 아이를 낳았을 때, 축하한답시고 찾아왔던 마음이 곱지 않은 친척 여자가 "어쩌자고 셋방에서 아이를 낳는담. 철딱서니도 없지!" 하고 중얼거리던 말이 생각났다. 그 여자 말이 맞았다. 셋방에서 아이를 낳은 것은 철딱서니 없는 짓이었다. 아이에게 저런 욕이 돌아오기 때문이다. 그날부터 우리 부부는 되도록 빨리 집을 사야겠다는 비장한 결심을 하게 되었다. 우리는 긴축정책을 더 강화해서 양말이나 손수건도 새로 사지 않고 저축했다. 처음으로 걷는 재미를 터득한 내 아이의 발이, '개 발 같다'는 모욕을 당하지 않게 하기 위해 우리는 있는 힘을 다 짜냈다. 그래서 다음 해 봄에 게딱지만 하기는 하지만 아이의 영역은 보장되는 집을 샀다. 형제들에게 돈을 빌려서 무리하게 산 것이다. 친정이 가까운 삼각지에 있는 대지 스무 평에 건평이 십칠 평쯤 되는 일본식 나가야(長屋-연립주택)였다. 집 사기가 이삼 년이나 당겨져서 우리는 많이 힘이 들었지만, 후회하지는 않았다. 집이 작은 것도 문제가 아니었다. 자유는 비싼 대가를 요구하기 때문이다.

가난한 마님의 품위

3가 집 입구에 있는 초가집에 세 들어 사는 여인이 나중에 알고 보니 이 선생의 먼 친척이었다. 자그마한 체구에 귀티가 흐르는 오십 대 초반의 그 부인은, 주정뱅이인 남편이 풍을 맞아 누워 있는 복도같이 긴 방에서 바느질을 하여 생계를 이어가고 있었다. 그분은 가난했는데도 언행에 품위가 있었다. 부잣집 망나니 아들이었던 그녀의 남편은 과음하다가 반신불수가 되었는데, 방탕을 하다 풍을 맞은 주제에 의처증까지 있어서, 밤낮으로 아내에게 행패를 부렸다. 손에 닿는 물건은 닥치는 대로 그녀에게 던지는 것이 그의 일과였다. 움직이지 못하니 그 이상의 폭행을 당할 염려는 없었지만, 차마 봐주기 어려운 화상이었다.

그런데 여인은 깍듯이 그에게 가장 대우를 해주었다. 그러면서 그 역경 속에서 바느질을 해서 자신도 사람답게 사는 일에 성공을 거두고 있었다. 그이를 보고 있으면 진흙 뻘에서 흙탕물 하나 묻히지 않고 깔끔하게 개화하는 연꽃이 연상되었다. 그건 감동이었다. 아이를 두고 출근하는 나는 그 여인이 많이 의지가 되었다. 그녀의 올곧은 인품에 대한 믿음 때문이었다. 먼 친척이기는 하지만 어쨌든 성이 같은 점잖은 어른 하나가 아이 근처에 있으니 든든했던 것이다.

장판 소동

그 집에서 일어난 일 중에서 가장 잊지 못할 것은 장판을 뜯어 새로 바르고 야단맞은 사건이다. 우리 방에는 장판지가 발려 있었는데, 니스를 너무 일찍 칠해서 장판 밑에 여기저기 곰팡이가 피어 있었다. 장판을 새로 발라달라고 들어올 때 조건을 내세웠어야 하는 건데, 아는 사람이니까 그 말을 안 한 게 잘못이었다. 곰팡이는 계속 퍼져갔다. 지저분한 걸 못 견디는 나는 물역 가게에 부탁해서 시멘트 포대를 구해다가 깨끗한 안 종이를 모아 방바닥을 새로 바르기로 작정했다. 4.19로 인한 긴 휴교 기간에 친구와 둘이서 종이를 똑같이 잘라 그 작업을 완성했고, 일주일 후에 니스까지 칠했다. 썩은 부분이 사라지니 내 눈에는 전보다 좋아 보였다.

그러다가 주인집 할머니에게 들켜서 야단을 맞았다. 친구와 내가 성취감을 느끼면서 한 그 작업은 주인의 눈에서 보면 위법행위였다. 그녀가 방을 버려놓았다고 길길이 뛰었다. 그녀는 아무 때나 소리를 지르는 버릇이 있지만, 경우 없는 짓은 하지 않는 성격이다. 그러니 우리가 잘못한 거였다. 곰팡이가 사방에 핀 방을 장판방이라고 유세를 떠는 것은 가소로운 일이었지만, 결과적으로 남의 장판방을 시멘트 포대를 바른 방으로 만들었으니 방을 격하시켰다는 말은 맞는다. 더구나 남의 집 방바닥을 주인에게 묻지도 않고 뜯은 것은 변명할 여지가 없는 잘못이다. 그래서 나는 그 집에서 나올 때 장판값을 물어주기로 하고 그 일을 수습했다. 장판지값과 인건비를 아끼려고 종일 시멘트 포대를 걸레로 닦고, 손에 풀을 묻히며 법석을 떨었는데, 장판지값과 인건비를 모두 물어냈으니 우리의 절약 정책은 수포로 돌아간 것이다. 고지식한 편인 친구와 내게는 그 일이 큰 충격이어서, 우리는 육십 년이 지난 지금도 만날 때마다 그 이야기를 하면서 웃는다.

그 후 일본에서 다다미에 커피 가루를 흘린 일이 있다. 놀랍게도 커피는 순식간에 갈색 액체가 되어 다다미에 얼룩을 만들었다. 아무리 닦아도 지워지지 않는 고동색 얼룩으로 인해 우리는 다다미값을 물어주었다. 동경의 여름은 습도가 그렇게 높다. 하와이에서 외손자가 침대 매트리스에 라면 국물을 엎질렀을 때도 매트값을 물어준 일이 있다. 대부분의 아파트가 월세인 미국이나 일본에서는 그런 사항이 계약서에 명시되어 있어서 분쟁도 없다고 한다. 그 일을 저지를 무렵의 우리나라에는 세입자의 법도가 명문화되어 있지 않아서 그런 실수를 한 것이다. 친구와 나는 그때 세상을 몰라도 한참 모르는 결혼 이 년 차의 새내기 주부들이었던 것이다.

4.19

그 집에 이사 가서 한 달 만에 4.19가 터졌다. 그건 내가 본 가장 순수하고 아름다운 항거였다. 학생들은 옳지 않은 것을 옳지 않다고 말하기 위해, 오직 그 일만을 하기 위해 빈손으로 총칼과 마주 섰다. 그들에게는 조직도 없었고, 정권 장악욕도 없었으며, 자신들의 권익을 지키려는 대비책도 없었다. 3.1 운동처럼 민의가 뭉쳐서 순수하게 이루어진 엄청난 함성이었는데, 주체가 학생들이고, 희생자도 학생들이어서 더 감동스러웠다. 학생들은 산발적으로 사방에서 모여들었는데, 어느새 하나의 성난 물결을 이루고 있었다. 일사불란하게 움직이는 자연발생적인 팀워크가 일품이었다. 다친 동료들을 응급조치하는 의대생들도 장해 보였고, 교수님들의 후원 데모도 경이로웠다. 목숨을 걸고 청와대 앞까지 쳐들어가는 학생들의 기

개가 너무 장해서 전 국민이 동조하고 나섰다. 그건 누구도 막을 수 없는 자연발생적인 성난 물결이었다. 민심이 천심이 되는 순간이다. 4.19는 내가 동참하고 싶었던 유일한 정치 운동이었다. 게으른 나 같은 사람도 발 벗고 나서서 구호를 외치고 싶을 만큼 순수하고 아름다운 의거였던 것이다.

하지만 열 달밖에 안 된 아기가 있어서 엄두가 나지 않았다. 갓난아이 엄마는 목숨을 거는 모험을 할 권리가 없다. 갓난아이 엄마는 죽음을 선택할 권리도 없다. 엄마가 없으면 막 낳아놓은 한 생명의 일생이 망가지기 때문이다. 아이 하나가 전 국민의 정의 구현보다 더 중요하다는 뜻은 물론 아니다. 자식에 대한 혈육으로서의 본능적 사랑 때문만도 역시 아니다. 그건 한 생명을 낳아놓은 자가 인간으로서 짊어져야 할 기본적인 책임감이다. 어머니는 대체할 수 없는 절대적 존재이기 때문에 위험한 시기에 섣불리 아이 곁을 떠나서는 안 된다. 데모는 다른 사람들이 대행해줄 수 있지만 모성은 대체하는 것이 불가능하다. 모유는 다른 사람의 가슴에서는 나오지 않기 때문이다. 자신이 맡은 많은 역할 중에서 내가 모성을 가장 무겁게 생각하는 것은 그 대체 불가능성 때문이다. 그래서 그날 나는 청계천까지 갔다가 눈 딱 감고 아기에게로 되돌아왔다.

학생들이 청와대 앞까지 목숨을 걸고 쳐들어가는 그 기개도 장했지만, 그걸 받아들이는 노 대통령의 결단도 순수했다.

남편의 건강만 염려하는 외국인 부인밖에 가족이 없던 노 대통령은 국내 사정을 제대로 파악하지 못해서, "외교에는 귀신이고 내치에는 등신"이라는 말을 듣고 있었다. 총성이 당신 귀에 직접 들릴 때까지 대통령은 정말로 사태를 파악하지 못하고 있었던 것 같다. 측근들이 그 일을 마지막까지 숨겼다니 어쩔 작정이었는지 이해가 안 된다. 하지만 사태를 파악한 대통령은 "누가 우리 학생들에게 총을 쏘느냐"라고 화를 내며 발포 중지령을 내렸다. 그분에게 가장 소중했던 것은 정권이 아니라 나라를 짊어지고 갈 젊은 학생들이었던 것이다. 대통령은 그 후 자진해서 하야했다. 국내 정세에는 등신같이 어두웠던 늙은 대통령의 그늘 밑에서, 부정선거를 저지르고 국민을 탄압하던 자유당 정권은 대통령의 하야로 간단히 끝이 났다.

하지만 준비 없이 정권이 바뀌니 후유증이 오래갔다. 학생 의거였기 때문에 질서를 바로잡을 주체가 없었던 것이다. 새로 정권을 잡은 장면 총리는, 자기네가 박해당하던 시절을 생각해서 공권력으로 데모를 막는 일을 하고 싶어 하지 않았다. 그 결과로 통제할 수 없는 무질서와 혼란이 생겨났다. 혼란은 4.19 다음 날부터 시작되었다. 그날 나는 아기를 안고 이층 베란다에 서서 동네 한복판에서 벌어지는 약탈극을 종일 보고 있었다.

우리 집 앞 오른쪽 높은 지대에 몇 년 전부터 국회 부의장이 집을 짓고 있었다. 야당 출신인 부의장 한희석 씨는 재력이 모자랐는지 건축 공사가 지지부진했다. 몇 해 만에 겨우 마무리하고 커튼이 쳐진 단계에서 4.19를 맞이했다. 그런데 무정부 상태가 되자 동네 양아치들이 그 집 집기와 물건들을 약탈하기 시작했다. 혁명을 통해 야당이 이겼는데, 야당 출신 부의장 집도 약탈 대상이 되는 난장판이었다. 여자가 안에 들어가서 커튼을 뜯어 물건을 싸서 던지면, 뒷담 밑에서 남자가 받아 나르는 조직적인 약탈꾼도 있었다. 몇 년 걸려 겨우 완성된 집이 하루 동안에 거덜이 나고, 어항에서 금붕어들까지 집어 던지는 소동이 벌어졌다. 해방 후에 겨우 다져놓은 질서가 하루 아침에 완전히 무너진 것이다. 분개한 학생 데모대들이 몽둥이를 들고 와서 약탈꾼들을 쫓아내려 했지만 역부족이었다. 약탈꾼들은 베테랑이어서 학생들의 곤봉으로는 다스려지지 않았다.

무질서와 혼란은 그날을 기점으로 하여 파죽지세로 전국으로 퍼져갔다. 도처에서 데모가 벌어졌다. 모든 업체에서 노동쟁의가 벌어졌고, 온갖 종류의 데모가 시작되었다. 심지어 문중 쟁의까지 빈발하여, 시청 앞은 일 년 내내 교통이 마비되는 상태가 되었다. 나중에는 그 광풍이 사립학교까지 휩쓸었다. 모든 사립대생과 중고교생이 일제히 교장, 이사장 물러가라

는 구호를 외쳐대기 시작했다. 휴교령이 내려졌다. 언제 열릴
지 모르는 긴 휴교령이었다. 그런 난장판은 군인들이 총을 메
고 올 때까지 계속되었다.

1961년 3월~1963년 4월

자기만의 공간을 가지게 된 것이 고마웠다.

작으나마 침실이 생긴 것도 좋았으며,
골목이 조용해서 아이가 마음 놓고 놀 수 있는 것도
감사했다.

그 작은 집은 우리 가족 모두를 만족시켰다.

내 집 갖기

1961년 봄에 우리는 드디어 집을 샀다. 결혼한 지 사 년째 되는 봄이다. 독립가옥이 아니고 일본인들이 나가야라고 부르는 연립주택이었다. 등을 맞붙여 양통으로 지은 나가야여서 서쪽은 막혀 있었다. 저녁 해를 볼 수 없으며, 낮에도 안방에는 불을 켜야 했고, 현관이 길에 면해 있었다. 대지가 스무 평 정도여서 건평은 열일곱 평도 안 되었을 것 같다. 그래도 방은 세 개였다. 다다미 삼 조(한 평 반), 사 조 반(두 평 반), 육조(삼 평)의 세 방 중에서 제일 작은 방을 우리 침실로 썼다. 그 방만 바닥이 마루여서 침대를 들여놓으니 경대 하나 놓을 자리가 없었다. 사 조 반인 방은 안방 겸 식당으로 썼다. 그 방은 세 살이 된 아이와 도우미가 같이 자는 침실이기도 했다.
육 조인 방은 서재 겸 응접실이었고, 그 앞에 현관에서 들어오
는 마루방이 있었다. 오시이레*를 모두 없애버리니 방이 반 평
씩 커진 대신에, 밤이면 옆집의 말소리가 들렸다. 하지만 벽이
맞붙어 있는데, 양쪽 집 사이에 각각 부엌이 있어서 침실과는
거리가 멀어 별 지장이 없었다.

　같은 적산가옥敵産家屋**이라도 청파동 1가는 고급주택가
이고, 3가는 일반 주거지역이며, 한강로 뒷길에 있는 나가야
는 급수가 가장 낮은 서민용 연립주택이었다. 용산우체국에
서 삼각지 쪽으로 오백 미터쯤 가면 우측으로 일본 절로 들어
가는 길이 있다. 그 길로 들어가서 오른쪽 첫 골목의 오른쪽
세 번째 집이 우리 차지였다. 집 끝에서 길이 막혀 있으니 막
다른 골목이다. 사람들은 막다른 골목에 있는 집을 좋아하지
않았다. 운세가 막힐 것 같아 불안하기도 하고, 도둑이 들어와
도 도망갈 퇴로가 없어 그런단다. 하지만 우리는 막다른 집을
좋아했다. 마지막 집인 데다가 맞은편 집들은 출입문이 다음

---

*　지진 때문에 일본인들은 방 안에 옷장 같은 큰 가구를 놓지 않는다. 그 대신 깊이가
일 미터쯤 되는 수장 공간을 방의 길이대로 만들어, 모든 것을 거기에 집어넣는다. 그곳이
오시이레로, 쑤셔 넣는다는 뜻이다.

**　'적산敵産'은 '적의 재산'이라는 뜻으로 해방 후 한국에서는 일본인 소유의 집을 그렇
게 불렀다.

138

길에 나 있으니, 사람이 다니지 않아서 조용했기 때문이다. 길이 막힌 부분을 막아 두어 평 되는 마당도 만들었다. 그 작은 마당에는 원추리가 몇 그루 심겨 있었는데, 거기서 내가 찍은 이 선생 사진이 잘 나와서 『흙속에 저 바람 속에』의 저자 사진으로 사용했다. 손바닥만 한 마당이었지만 사진을 찍어놓으니 배경이 그럴듯했다.

전에는 맞은편 집과의 경계에 야트막한 목책이 있었는데, 일본 사람들이 떠나간 지 십육 년이나 되니 너무 낡아서 갈아야 했다. 우리는 낡은 목책을 걷어내고 시멘트 벽돌로 담을 쌓았다. 담쌓기는 내가 세상에 나서 처음으로 해본 토목공사였다. 아마추어 주부답게 나는 기초공사를 해야 한다는 사실을 몰랐다. 그래서 일꾼의 말을 듣지 않고 평지에 그냥 시멘트 블록을 차곡차곡 쌓게 했다. 막아놓으니 아늑해서 좋았다. 그런데 며칠 안 가서 앞집 사람이 일을 하다가 건드리자, 뿌리가 없는 담이 속절없이 무너져서 사람이 다칠 뻔했다. 어머니가 담을 다시 쌓는 것을 감독하러 오셨다. 그렇게 해서 나는 모든 건축물에는 밖에서는 보이지 않는 기초라는 것이 있어야 한다는 너무나 당연한 사실을 비싼 대가를 지불하고 배웠다. 보이지 않는 부분이 더 넓고 견실해야 한다는 것도 터득했다. 얕잡아 본 현실 앞에서 이런 식으로 시행착오를 거듭하면서 나는 새댁티를 벗어갔다. 그러면서 내공을 쌓아서 반세기가 지

나자 영인문학관 공사(2007년)를 감독할 만한 실력을 갖추게
되었다.

　작기는 하지만 집이 생기니 자유로워서 좋았다. 이제는 아
이가 맨발로 현관에 내려서도 참견할 사람이 없다. 고작해야
아이가 맨발로 현관에 내려서도 되는 것뿐인 그 '간장 종지만
한 자유'*가 우리를 정신적으로 해방시켜주었다. 우리 어머니
는 자존심이 강해서 괜찮은 집에 세 들어 사는 것보다는 불편
해도 판잣집에 단독으로 사는 쪽을 선호했다. 그래서 피난을
다니면서도 셋방에 살지는 않았다. 결혼해서 처음으로 셋방
에 살면서, 나는 방이 작은 것이나 한데 부엌의 추위 같은 것
보다 사생활이 침해되는 것이 견디기 어려웠다. 사 년 동안에
네 번이나 셋방을 바꾸면서, 같은 공간에서 남과 같이 사는 것
이 얼마나 불편하고 복잡한 것인가를 실감했기 때문에, 자기
만의 공간을 가지게 된 것이 무조건 고마웠다. 작으나마 침실
이 생긴 것도 좋았으며, 골목이 조용해서 아이가 마음 놓고 놀
수 있는 것도 감사했다. 그 네모난 작은 테두리가 그때 우리
자유의 폭이었는데, 그것이 그렇게 고마울 수가 없었다. 그 후
에 더 큰 집을 사도 다시는 그때처럼 감사한 마음이 들지 않

* 박완서의 소설 『조그만 체험기』에 나오는 글이다.

을 정도로 그 작은 집은 우리 가족 모두를 만족시켰다.

더 좋은 것은 친정이 가깝다는 점이었다. 우리 집이 한강로 2가 100번지인데 어머니 집은 2가 2번지였다. 어머니는 창덕 여고에 나가는 언니를 데리고 사는데, 언니가 아이들을 두고 나가니 돌보아주어야 해서 우리와 같이 살 수 없었다. 언니가 어머니를 먼저 점령한 것이다. 하지만 집이 가까우니 감독은 해줄 수 있었다. 친정 근처로 이사 간 이유가 거기 있다. 학교 옆을 떠나니 아이를 종일 남의 손에 맡겨야 해서 불안했던 것이다. 내가 학교에 가면 도우미는 집을 대강 치워놓고 아이와 함께 어머니 집으로 출근한다. 종일 거기 있다가 세시경에 돌아와 아이를 재우고 집안일을 시작하는 것이다. 어머니 집에는 우리 아이 또래의 조카가 둘 있어서, 셋이 어울려서 잘 놀았다. 마당이 넓어서 놀이터도 넉넉했다. 도우미 언니가 똑똑해서 아이들에게 동요를 가르치기도 하고, 책을 읽어주기도 하며 잘 데리고 노니, 어머니에게도 도움이 되었다. 사실은 우리 도우미가 언니네 아이들까지 돌보는 셈이었지만, 아이가 다치거나 아프면 어머니가 해결해주시니, 언니도 나도 마음 놓고 일을 할 수 있고, 어머니도 아이들에게 얽매이지 않아서 모두에게 좋았다. 주말이나 방학에도 아이를 놀러 보낼 수 있는 점은 더 좋았다. 그때 나는 대학원에 다니고 있어서 방학에는 논문을 써야 했기 때문이다. 아이가 나이를 먹어가니 아기

한강로 집 앞에서 민아와(1962년)

때보다는 손이 덜 가서, 엄마 집에 보내면 나는 조용히 앉아 공부를 할 수 있었다.

그 집은 순전히 이어령 씨와 내가 우리 힘으로 산 것이어서 대견하게 느껴졌다. 그만큼만 참고 노력하면, 앞으로도 이 정도의 안정은 누릴 수 있으리라는 기대가 삶에 대한 자신감을 심어주었다. 그건 그이나 내가 해방 후에 처음으로 찾은 안정감이었다. 나는 피난민이었고, 이어령 씨는 어머니가 안 계신 기간이어서 우리는 둘 다 그동안 너무 힘이 들었던 것이다. 그렇게 우리의 이십 대는 삼각지의 나가야에서 마무리되어갔다. 둘 다 스물아홉이 되어 있었던 것이다.

야밤에 들려온 총소리

하지만 그 안정과 평화는 오래가지 못했다. 한 달도 못 되어 한밤중에 느닷없이 기관총 소리가 들려왔기 때문이다. 양쪽에서 난사하는 요란한 총격전 소리가 아주 가까운 곳에서 났다. 방향을 가늠해보니 육군본부 쪽이었다. 라디오도 텔레비전도 없던 때여서, 무슨 일이 일어났는지 모르고 앉아 있으니, 어둠 속에서 몸이 자꾸 땅속으로 함몰되어 가는 것 같은 느낌이 들었다. 종류는 알 수 없지만 난리가 난 것은 분명했다. 서울 한복판에서 전쟁터를 방불케 하는 총소리가 들려온 것은 6.25 때도 드물던 일이어서 불안이 컸다. 아기를 낳은 지 이 년밖에 안 되었는데, 그사이에 두 번이나 총소리를 듣게 되니 기가 막혔다. 이런 나라에 낳아놓은 아이에게 미안한 생각이 들었다.

피난을 가야 한다고 생각하니 다리가 후들거렸다. 나는 전에 쓰던 아기 업는 처네와 띠를 찾아 머리맡에 가지런히 개켜놓았다. 피난을 가려면 아이는 꼭 내가 업고 가야 한다고 생각했기 때문이다. 처네로 싸매고, 그 위를 띠로 다시 칭칭 동여매야 할 것이다. 죽든 살든 나는 아이와 같이 있어야 한다. 그런데 현기증이 자주 나니 네 살된 아이를 업고 몇 발자국이나 걸어갈 수 있을지 자신이 서지 않아 공포에 휩싸였다. 6.25 때 부모를 놓친 아이들이 양아치가 되어 거리를 헤매는 것을 수없이 보아와서, 총소리는 나의 모성을 패닉에 빠뜨렸다.

아침에 일어나보니 쿠데타였다. 나는 'Coup d'État'라는 불어 단어를 그때 처음으로 제대로 실감했다. 그게 현실이 되었기 때문이다. 총소리는 4.19 때와는 규모가 달랐다. 혁명군들은 신속하고 은밀하게 총격전을 시작할 준비를 다 해놓고 있었던 것이다. 군대가 조직적으로 움직였다. 사방에 총을 든 무장 군인들이 널려 있었다. 호루라기 소리와 군인들의 고함 속에서 재빨리 거리가 통제되어 갔다. 4.19 이후 일 년 동안 이

완될 대로 이완되어, 난장판 같던 도시를 군인들이 삽시간에 장악했다. 일사불란한 움직임이었다. 사방에 널려 있던 데모대의 현수막과 쓰레기들이 누군가의 손에 의해 재빨리 치워졌다. 그 청결해진 거리가 갑자기 공포를 몰고 왔다. 그것은 무소불능해 보이는 군사정권의 민얼굴이었다. 삼엄한 경계가 전 시가지에 펼쳐졌다. 거리에는 살기가 등등했다. 총소리로 시작된 5.16은 계엄령과 통행금지를 몰고 왔다.

또다시 '계엄령'이 내려진 것이다. 거리에 나가보니 헌병들이 권총을 차고 호루라기를 불며 교통정리를 하고 있었다. 인적 없는 거리를 걸어서 아이를 엄마 집에 맡겨놓고, 학교로 갔다. 학교에서는 아직 구체적인 행동 지침이 내려오지 않아서 선생들이 우왕좌왕하고 있었다. 이윽고 혁명정부의 지시가 내려오기 시작했다. 선생들은 그들이 시키는 대로 그들이 적어준 혁명의 당위성을 학생들에게 시간마다 설명해야 하는 난업을 떠맡게 되었다. 문예반 아이들을 데리고 혁명을 예찬하는 시를 지어 낭독하는 프로그램을 방송국에 가서 하라는 지시도 내려왔다. 통행금지가 된 후에도 골목에서는 개 짖는 소리가 시끄러운 때가 있었고, 그럴 때마다 사람들이 잡혀가는 공포의 시대가 시작되었다. 6.25 때보다 더 살벌한 분위기였다. 6.25 때 북한군은 낙동강 작전에 전력투구하고 있어서, 서울 시내를 저런 식으로 빈틈없이 장악할 만한 병력이 없었다. 그래서 군인들이 시내에 깔려 있는 일은 거의 없었다. 그 대신 폭격이 엄청났다. 원효로 일대가 단번에 폐허가 될 정도로 폭격의 규모가 컸다. 하나밖에 없는 한강 인도교가 끊어져서, 서울에 갇힌 시민들은 독 안에 든 쥐였다. 하지만 길거리에 무장을 하고 다니는 군인의 수는 이번처럼 많지 않았다.

큰일 났다. 그때 이어령 씨는 한국일보 논설위원이었기 때문이다. 그래서 계엄령하에서 매일 '지평선'이라는 칼럼을 써야 했다. 군사정권이 들어서자 제일 먼저 시작된 것은 당연하게도 언론 통제였다. 자기네 비위를 조금이라도 거슬리는 말이 있으면 그들은 가차 없이 그 부분을 긁어냈다. 시커멓게 글자들이 긁혀나간 자리에는 끌로 깎인 것 같은 네모난 잉크 자국이 불규칙하게 생겨난다. 그것은 겨울 논에서 썩어가는 벼 그루터기 같은 형상을 하고 있다. 긁힌 부분의 분량만큼 글 쓴 사람에게는 징벌이 무거워진다. 일제 말기와 흡사했다. 일제 말에는 검열에 걸려서 대부분의 책이 저렇게 긁어낸 자국을 가지고 출판되었고, 곧 판매금지가 되었다. 친일파로 몰리고 있는 이광수의 소설도 예외가 아니어서, 그의 작품도 대부분이 판매금지 대상이었다. 신문들은 저런 식으로 기사가 긁혀나오다가 얼마 안 가서 폐간당했다.

하지만 일제 강점기에 우리는 초등학생이어서 그 피해를 직접 입지는 않았다. 이삭 수를 세어가며 징발하는 가혹한 곡물 공출이나, 집을 뒤져서 찾아내는 놋그릇이나, 청동화로 등의 쇠붙이 공출 같은 것은 어른들에게 내려진 재난이었을 뿐이다. 언론 통제는 더욱 우리와는 관련이 없었다. 책임을 질 나이가 아니었기 때문이다. 나는 지금도 일제시대에 내가 어려서, 성을 바꾸거나 상투를 자르는 것 같은 엄청난 선택을 직접 하지 않아도 되었던 것을 늘 하나님께 감사한다. 가족을 부양해야 하는 책임이 없었던 것도 감사할 항목이다. 일용할 양식을 식구들에게 날마다 제공해야 하는데, 일제 말기의 문인들처럼 일본 글자로 그들이 원하는 글을 쓰지 않으면 생활이 무너져버리는 상황이 계속되었다면, 대체 어떻게 그 난관을 감당할 수 있었을까? 그 기간이 자그마치 삼십육 년이나 되는데 말이다.

일제 말에 이용악[*] 씨가 최정희 선생에게 쓴 편지 생각이 난다. 시국이 경색해가니 친일을 강요당할 것이 눈에 보인다면서, 그는 최 여사에게 될 수 있으면 직장을 빨리 그만두라고 간곡하게 권한다. 그러면서 파인에게 부탁해서 자기를 총독부가 내는 신문에 취직시켜달라는 모순된 부탁을 한다. 산후

---

[*] 이용악(李庸岳, 1914~1971): 6.25 때 월북한 시인으로 『분수령』, 『낡은 집』 등의 작품을 펴냈다.

가 좋지 않은 아내와 갓난아기가 있는 집의 가장이었기 때문에 그에게는 선택의 여지가 없었던 것이다. 일본의 패색이 짙어지던 무렵이라, 해방이 되면 평생 친일의 굴레를 쓰고 살아야 할 가시밭길이 환히 보이는데…… 이미 그걸 예측하고 있었는데도, 가족 부양 때문에 간절하게 그 길로 가게 해달라고 부탁을 해야 했던 것이, 일제 말의 식민지 문인들이 놓여 있는 자리였다. 문인 아닌 사람들도 마찬가지였다. 아이들이 잠든 야밤에, 아이들이나 동네 사람들이 모르게 자기 밭에 숨어 들어가서, 영근 곡식 이삭을 가위로 잘라오던 어머니 생각이 난다. 그것을 손으로 바수어서 식구들의 양식을 장만하던 생각을 하면 지금도 등골이 서늘하다.

일제시대와 6.25를 겪으면서 우리의 부모들은 얼마나 겁나는 선택들을 강요당하며 사셨을까? 오빠가 학도 징용에 갔다가 전신 신경통에 걸려서 집에 와 있을 때, 어머니가 일본이 요구하는 모든 것을 다 들어주던 생각이 난다. 놋그릇을 내놓으라면 수저까지 깡그리 갖다 바쳤고, 퇴비를 만들 풀을 바치라고 하면 사람을 사서 남의 두 배를 갖다 바쳤다. 막바지에는 주재소 소장에게 김치까지 담가다 바치면서 어머니는 아들을 겨우 지켜냈다. 해방이 되어도 재난은 끝나지 않았다. 결국 어머니가 모든 것을 다 버리고 월남하던 때와 나이가 같아지던 해에, 나는 목백일홍이 만발한 정원에 앉아서 어머니를 생각하며 여러 번 울었다. 어머니는 손수 지은 새집을 두고 떠나야 했기 때문이다. 남보다 펌프를 열 자나 더 깊게 파며 지은 집이었다. 대대손손 모여 살려고 한껏 크게 지은 집이었다. 그 꿈과 사십팔 년간의 삶을 거기 다 벗어놓고, 가진 것 모두를 거기 다 내려놓고, 자유를 찾아 피난 열차 꼭대기에 올라타던 부모님의 용기를, 경탄하는 눈으로 바라보게 된 것도 그 무렵이었다. 무슨 기운으로 그런 엄청난 결단을 내릴 수 있었을까? 어떻게 그것을 실행에 옮길 수 있었을까? 아이들이 어리고 병약했는데 말이다. 그 엄청난 선택의 후유증을 우리 부모님은 생명이 다할 때까지 앓으셨다. 다시는 그런 집에서 살 수 없었기 때문이다.

이제 그 짐이 우리 세대의 어깨 위에 지워져 있다. 그래서 이어령 씨는 그 살얼음판 같은 세상에서 매일 시사적인 발언을 하지 않을 수 없는 자리에 서 있다. 신문사 논설위원이었기 때문이다. 나는 아침에 신문을 보는 것이 너무 무서웠다. 그가 쓴 칼럼마다 군데군데 끌로 깎은 것 같은 자국이 나 있었기 때문이다. 그러다가 드디어 전문全文이 삭제되는 사건이 발생했다. '지평선' 자리에 '아기산(散)'이라는 약 광고가 들어가 있는《한국일보》를 받아 들고 나는 숨이 막혀왔다. 한 자도 남기지 않고 몽땅 삭제당했으니 예삿일이 아니었다. 통행이 금지된 야밤에만 출동하던 자동차 소리, 개 짖는 소리 속에서 자행되던 6.25 때 숙청 바람의 혹독함이 생각났다.

혁명정부의 박 모라는 장군이 날마다 무장을 하고 사장실에 나타나서 필자를 내놓으라고 으름장을 놓는다면서, 한동안 신문사에 나오지 말라는 전갈이 왔다. 글쓰기를 당분간 쉬고 어디엔가 피신해 있어야 할 형편이었다. 그런데 신경이 면도날처럼 날카로운 저 사람을 대체 누구 집에 숨긴다는 말인가. 다행히도 장기영 사장님이 배포가 크셔서, 협박을 받으면서도 끝까지 필자를 밝히지 않아서 그 사건은 그냥 넘어갔다.

그 일이 있은 지 며칠 후에 정전이 되었는데, 밖에서 수런거리는 소리가 들리더니 어둠 속에서 전지를 든 남자분이 나타났다. 강형용 박사였다. '아기산' 광고를 보고 이어령 씨가 걱정되어 을지로 6가에서 삼각지까지 전지를 들고 오신 것이다. 혁명정부에 고향 친구가 하나 있으니, 혹시 잡혀가게 되면 알리라고 말하고 박사님은 돌아가셨다. 강원용 목사와 강형용 박사 형제분은 내 친척 아저씨들이다. 친척이 적은 우리는 항상 두 분을 의지하며 살았다. 하지만 형님보다는 아우님을 만날 기회가 더 잦았다. 의사였기 때문이다. 평생 우리 가족 모두의 생명을 관리해주신, 우리 집 주치의였던 강 박사님은, 우리 가족이 마음이 아플 때나 위기를 당할 때도 언제나 그렇게 옆에 있어주셨다.

쿠데타의 뒤를 이어 화폐개혁이 일어났다. 1962년 유월의 일이다. 그건 우리가 어른이 되어 직접 겪은 첫 화폐개혁이었다. 1953년 이월에 부산에서 화폐개혁이 일어났을 때는 언니들과 같이 살고 있던 시기였다. 그러니 나는 졸병이어서 구경만 하면 되었다. 하지만 이번 것은 내가 직접 감당해야 하는 화폐개혁이었다. 불과 십 년 사이인데, 책임이 엄청 커져서 갑자기 어깨가 무거웠다. 이사한 지 일 년밖에 되지 않아서 우리는 감춰둔 현찰 같은 게 하나도 없었다. 일 년 동안 집 살 때 빌린 돈 갚고, 새 세간도 사들이느라고 주머니가 텅텅 비어 있던 시기였다. 그러니 숨겨놓은 현찰을 털어내려 감행한 개혁은 사실 우리와는 상관이 없는데도 왜 그렇게 정신이 흔들렸던지 모르겠다. 화폐 가치가 앉은자리에서 십분지 일로 낮아졌기 때문에 가치의 혼란이 왔던 것이다.

6.25 동란과 5.16 혁명은 나에게, 오늘 눈앞에 있는 안정되어 보이는 현실이 언제든지 박살 날 수 있는 불안정한 것이라는 교훈을 남겼다. 6.25도 5.16도 모두 예고 없이 들이닥친, 돌연하고 엄청난 환란이었기 때문이다. "지금은 비상시, 절약의 시대/파마넨트를 하지 맙시다"라는 노래를 부르면서 고무줄놀이를 하던 우리 세대는, 사실 줄곧 비상시를 산 셈이다. 그래서 비상시를 위한 준비를 항상 하고 있다. 코로나가 발생했을 때도 우리 집에는 마스크와 미숫가루가 준비되어 있었다. 사스가 끝날 무렵에 정부에서 박물관에 보낸 마스크 뭉치를

그냥 간수하고 있었기 때문이다. 풍랑이 잦은 제주도에서는 집집마다 육 개월간의 예비 식량을 비축해놓고 산다는 말을 들었다. 태풍 때문에 육지와의 연락이 언제 끊길지 모르기 때문이란다. 재난도 그렇게 교훈을 남긴다.

교사와 학생 겸하기

나는 인복이 많은 것 같다. 아기를 돌보는 언니들이 대체로 유능하고 성실했다. 그 무렵에 시골에서 가출해 오던 소녀들 중에는 나이가 어려서 책임감이 없는 아이들이 많았다. 조카네 도우미는 다섯 살 된 아이를 데리고 길을 가다가, 갑자기 엄마가 보고 싶어지자 아이를 그냥 거리에 버리고 귀향해버렸다. 공장에 들어간다고 후임도 정해놓지 않고 느닷없이 나간 언니네 도우미는, 공장에서 힘들어 견디지 못하게 되자 골탕을 먹이고 떠난 언니에게 빼내달라고 매달린 일도 있다. 그렇게 경우가 없고 책임감이 없는 소녀들에게 아이를 맡겨야 하니 직장 여성들은 제정신이 아니었다.

그런데 우리 집 도우미는 머리가 총명하고 신실했다. 그녀는 아이에게 음계를 정확하게 가르쳐주었고, 동요도 가르쳤으며, 책을 읽어주고, 푸성귀 다듬는 법도 가르쳤다. 가정교사

역할을 한 셈이다. 그녀는 아이들을 잘 다루었다. 부모를 잘 만났더라면 훌륭한 유치원 교사가 될 수 있었을 인품이다. 열여덟에 우리 집에 온 그녀에게 육 년이나 기른 우리 딸은 세상에서 만난 첫 아기여서, 자기 아이를 낳아도 이렇게 이쁠 것 같지 않다며 진심으로 아이를 사랑해주었다.

한번은 아버님이 오셔서 어떻게 남을 믿고 아이를 종일 맡기느냐고 걱정을 하셨다. 과자 같은 것도 제가 먹고 아이에게 안 줄 수도 있지 않느냐는 걱정은 형님이 하셨다. "혼자 다 먹지는 않을 거예요. 그 애 몫도 사놓으니까요" 했더니 어른들이 조그만 여자가 통도 크다며 웃으시더란다. 세 아이를 남의 손에서 기른 내 경험에 따르면, 세상에는 갓난아기를 해치는 여자는 드문 것 같다. 모든 여자에게는 갓 태어난 생명에 대한 모성이 준비되어 있는 건지도 모른다. 자기가 아기 때부터 기른 아이는 누구나 사랑해주어서, 떠날 때는 둘 다 울면서 헤어졌다. 문제는 아이가 커서 말을 안 들을 때부터 시작된다. 자기 고집이 생기니까 충돌하기 때문이다. 그런 시기에는 엄마가 밉게 굴어 생긴 엄마에 대한 도우미의 증오심이 아이에게 전가되지 않도록 조심할 수밖에 없어서, 아이를 통해 관계가 오히려 원활해지기도 한다. 큰아이를 기를 때의 도우미와 나는 호흡이 잘 맞았다. 그녀가 부지런하고 유능해서, 내가 석사 학위를 받을 수 있었던 것 같다. 세상에 나서 가장 많은 신세

를 진 사람이 그녀여서 우리는 지금도 서로 연락을 하며 형제
처럼 지낸다.

하지만 도우미하고 아이가 아무리 친해도 문제는 남아 있
다. 도우미는 엄마가 아니기 때문이다. 첫아이는 다섯 살에 아
우를 보아서 혼자 자란 기간이 길었다. 그래서 엄마에 대한 집
착도 컸다. 내가 집에 있어도 곧잘 나가 놀던 아이가, 이상하
게도 내가 숙제를 하려고 하면, 갑자기 엄마와 놀겠다고 떼를
쓰기 시작했다. 아이는 엄마가 딴짓을 하려고 자기를 밀어내
는 낌새를 귀신같이 알아챈다. 그러면 불안해지니까 엄마에
게 엉겨 붙고 싶어지는 것이다. "조금만 놀다 오면 종일 같이
놀아줄게" 하며 사정을 해도 통하지 않는다. 아이는 화가 나
서 문 앞에서 "엄마 숙제 하지 마!" 하면서 울기 시작한다. 그
래서 나는 이웃 사람들에게 숙제하는 엄마라는 사실이 들통
이 났다.

아침마다 학교에 가지 말라고 매달리고, 숙제 하지 말라고
떼를 쓰는 아이를 기르며, 공부도 하고 일도 하는 것은 인간의
한계를 시험하는 선택을 요구한다. 그건 아이에게 죄스러운
일이기도 해서, 일하며 공부하는 여자는 항상 죄인이 된 것 같
은 기분이 든다. 요즘 같은 유아 학교가 없을 때여서 유치원에
갈 때까지 집에 아이들을 데리고 있어야 했으니 가정에서 양
육 기간이 길었다. 1950년대의 김지영*들은 그런 짐을 지면서

살았다.

　하지만 한강로에 살던 시기는 결혼 후 내가 맛본 처음이자 마지막인 안정기였다. 딸은 네 살이 되어 혼자도 잘 놀았고, 학교에서는 시간을 적게 맡았으며, 건강도 회복되어서 대학원과 직장을 병행할 수 있었다. 석사 과정을 끝내고 논문만 쓰면 되었으며, 경제적으로도 안정되어갔다. 시댁을 도우면서도 저축을 할 여유가 조금씩 생기니 살 것 같았다. 나는 최대한으로 절약해서 온전한 집으로 이사하려고 노력하고 있었다. 아이를 하나 더 낳아야 했기 때문이다.

　뜨는 해밖에 볼 수 없는 어두운 집에서 우리는 5.16을 겪었고, 화폐개혁도 겪었지만, 첫 집은 첫아이 같아서 좋았던 일들만 생각난다. 한강로 2가 100번지. 번지수도 간결하고 이쁜 그 집을 우리는 본적지로 삼았다. 분가해서 따로 호적을 만든 것이다. 그 집에서 1961년 사월부터 만 이 년간 살았다. 우리의 이십 대의 마지막 세월들이다.

＊　누군가의 딸이자 아내, 동료이자 엄마의 이야기를 그린 조남주의 소설 『82년생 김지영』.

텔레비전과 오디오

우리가 그 집에 살 무렵에 처음으로 우리나라에 텔레비전이 출현했다. 국산이 아니라 외제의 조립품이었을 것이다. 그나마 수량이 적으니까 처음에는 제비를 뽑게 했다. 우리는 신청을 하지 않았다. 직장에 배당된 것도 있어서 사고 싶으면 살수도 있었는데, 서둘지 않다가 나중에 신당동에 가서 샀다. 둘다 너무 바쁠 때여서, 시간을 빼앗기고 싶지 않았던 것 같다. 그 대신 이어령 씨는 오랫동안 원하던 오디오 세트를 샀다. 키가 육십 센티 정도 되고 너비가 삼십 센티 정도 되는 R.C.A의 제품이었다. 그 무렵에 그는 음악에 몰입해 있어서, 문을 잠가놓고 혼자 음악을 듣는 것을 좋아했다. 그 집에서 제일 자주들은 곡은 차이코프스키의 〈비창悲愴〉이었다.

새 기계를 좋아하는 그는 삼각지 집에서 카메라도 샀다. 코니카의 작은 카메라였다. 그걸로 딸을 얼마나 열심히 찍어댔는지, 나중에는 아이가 카메라만 꺼내면 돌아서버렸다. 그는 사진사로서도 탁월했다. 내 사진은 그가 찍어야 잘 나왔다. 초점을 나로 잡기 때문이다. 그가 찍은 사진은 구도가 좋다. 이따금 내가 그의 사진을 찍어주는 일도 있지만, 그는 자신이 찍히는 것보다는 찍는 것을 좋아했기 때문에, 아이와 내 사진이자기 사진보다 훨씬 많다.

하지만 그가 내 사진을 가장 열심히 찍은 시기는 내가 뇌하수체에 혹이 난 상태에서 동경대에 객원 연구원으로 가 있던 1992년이었다. 그는 기회만 있으면 동경에 와서 내게 맛있는 걸 사 먹이고 사진을 찍어주었다. 남의 나라여서 미장원에도 다니지 못하는 데다가, 아프니까 모양새가 초라해져서 사진을 찍히고 싶지 않았지만, 내가 죽을까 봐 사진이라도 찍어두려는 것 같아서 참고 또 참았다. 그러다가 신주쿠의 중앙공원에서 드디어 내가 말실수를 했다. 안 죽을게 그만 찍으라고 부탁한 것이다. '죽는다'는 말이 나오니 그는 질겁을 해서, 누가 죽을까 봐 찍는 거냐고 펄펄 뛰며 화를 냈다.

이어령 씨 집안에서는 신기할 정도로 사람이 죽지 않았다. 내가 결혼하고 삼십 년이 훨씬 넘은 1992년까지 그 집에서는 사망한 사람이 한 명도 없었다. 우리 집에서는 다섯 번이나 초상을 치른 기간이다. 어머니와 오빠, 조카 둘. 그리고 아버지…… 그 핵심적인 인물들이 모두 사라지는 기간에 그 집에서는 아무도 죽지 않았다. 우리 시댁은 장수하는 집안이다. 그래서 그 집 식구들은 죽음을, 절대로 일어나서는 안 될 재앙인 것처럼 엄청나게 받아들이는 경향이 있다. 죽음에 대한 면역이 없기 때문이다. 이어령 씨도 마찬가지였다. 그래서 내 병 앞에서 그는 나보다 더 큰 타격을 받고 있었다. 그때 내가 치사율이 높은 뇌하수체 종양 수술을 앞두고 있었기 때문이다.

그래서 그는 내가 눈치챌까 봐 조심하면서 사진을 몰래몰래 찍고 있었는데, 내가 정곡을 찌르니 당황한 것이다.

하지만 내게는 죽음이 그렇게 대단한 사건은 아니었다. 엄마 없이 기르다시피 한 조카 둘을 차례차례로 잃은 일이 있고, 오빠와 어머니를 연거푸 잃었으니, 죽음에 대해 면역이 되어 있기도 했지만, 나 자신이 몸이 약해서 항상 죽음 근처를 배회했기 때문이다. 빈혈 때문에 까부라져 누워 있으면, 정신이 가물거려서, 누가 그 상태대로 흙으로 덮어서 묻어주었으면…… 하는 생각이 든 적이 여러 번 있다. 기운이 없을 때 보는 죽음은 아주 평화롭고 조용하다. 스물일곱 살 때에도 체중이 사십 키로 이하로 내려가는 중병을 앓았다. 수전증까지 오는 병이었다. 그래서 어지간히 아파도 걱정을 하지 않는다. 죽음이 낯설지 않기 때문이다.

그 집에 온 문인 손님들

삼각지 집에 가장 자주 찾아온 문인은 김승옥 씨였다. 문리대에서 이 선생 강의를 들은 제자인 그는, 아직 『서울, 1964년 겨울』을 쓰기 이전의, 직업이 없는 문학청년이어서 한가했던 것 같다. 이 선생이 없는 때 놀러 오면, 승옥 씨는 다섯 살 된 민아와 시간을 보냈다. 말잇기 놀이도 하고 반대말 찾기 같은 것도 했다.

"선생님, 얘가 천잰가 봐요. 반대 개념이 없는 말이 나오면 귀신같이 아네요."

아이가 잘 맞추면 그는 신동을 찾아낸 서당 훈장처럼 신이 나서 내게 소리친다. 한국을 대표할 작가와 어린 나이에 말에 대한 놀이를 자주 했으니 민아는 운이 좋았다고 할 수 있다. 그렇게 민아와 정이 들었던 승옥 씨는 2012년에 민아가 세상을 떠나자 가슴이 많이 아팠던 것 같다. 나만 보면 민아 초상화를 그려주겠다고 했다. 그때 그는 초상화를 잘 그릴 형편이 아니었다. 손이 말을 잘 듣지 않던 시기였기 때문이다. 그런데도 자기가 어릴 때 귀여워했던 아이의 얼굴을 그려주는 것으로 내 아픔을 달래주고 싶은 마음은 변하지 않아서 아주 간절하게 그리하고 싶어했다. 김승옥 씨는 그렇게 정이 많은 사람이다.

삼각지 집에는 최인훈 씨도 이따금 찾아오셨다. 미혼일 때여서 휴가를 나오면 군복을 입고 더러 놀러 오셨다. 최 선생과 덕수궁에도 같이 놀러 간 일이 있다. 이어령 씨가 새 카메라를 사고 사진 찍기를 좋아하던 시기였다. 그는 민아를 안은 최 선생 사진도 찍었다. 나와 민아와 최 선생이 같이 있는 사진도 있다. 아직 셀프 셔터가 없던 시기여서 이 선생은 빠졌다. 최인훈 씨는 이 선생과 호흡이 잘 맞아서, 서재에서 두 분이 오 랜 시간 조곤조곤 대화를 주고받곤 했다.

고대 출신인 이광훈 씨는 청파동 시절부터 찾아오던 문인 손님이다. 그는 키가 껑충하게 크고 목소리도 큰 문학청년이 었다. 그는 서재에서 이 선생과 이야기를 오래 하다가 이따금 자고 가기도 했다. 그 밖에 김태진이라는 문학청년이 자주 놀 러 왔다. 얌전하게 생긴 점잖은 충청도 젊은이다. 그들은 글을 보고 이 선생을 사랑한 열성팬들이어서 정신적으로 엮인 친 족관계 같은 것이 엿보였다. 1962년에 처음으로 집에서 이 선 생 생일을 차렸는데, 선우휘 선생과 신문사 논설위원 두 분이 같이 오신 일이 있었다.

그 집에는 아버님 형제분들도 자주 오셨다. 장수하는 집안 이라 팔남매 중 육남매가 생존해 계시던 때여서 여남은 명의 노인이 함께 오시는 것이다. 하지만 그 시기에 우리는 둘 다 꼬리에 불이 붙은 짐승처럼 정신없이 맴돌면서 사느라고 집 에 잘 붙어 있지 않아서 우리 손님은 가장 적게 왔다.

그 집에서 나는 두 번째 아이를 임신했다. 육 개월 후면 대 학원이 끝나니까 일 년쯤 후에 아이가 생겼으면 타이밍이 맞 는 건데, 그게 여의치 않았다. 1960년에 갑상선 혹 때문에 방 사선 치료를 받아서 우리는 한동안 피임을 했다. 그런데 피임 을 끝냈는데도 임신이 되지 않아서 은근히 걱정이 되던 시기에 아이가 생긴 것이어서 너무 반가웠다. 문제는 아이가 한 학기 일찍 온 데 있었다. 졸업논문을 준비하고 있을 때였기 때문이다.

이 집 남자들은 왜 이리 션찮아?

나는 워낙 이사를 많이 다녀서, 이사하는 데는 베테랑이다. 미리 짐을 다 꾸려놓고, 혼자 이사를 가서, 당일로 착착 제자리에 정리해놓는 것이 나의 이사 패턴이다. 일이 남아 있으면 잠을 못 자는 성격이기 때문이다. 그런데 이번에는 만삭이어서 이사를 이어령 씨가 주도하게 되었다. 집도 그이가 보러 다녔고, 계약도 직접 했다. 집수리도 그의 몫이었다. 공사 감독은 어머니가 해주셨는데, 그 장모와 사위는 닮은 점이 많았다. 우리 어머니는 진취적이고 박력 있는 파트너여서 나보다도 사위와 호흡이 잘 맞았다. 그래서 나는 처음으로 아주 편한 이사를 했다.

이사하는 날 이 선생은, 자기가 다 알아서 할 테니 나는 가만히 앉아만 있으라고 하더니, 일을 도울 청년을 데리고 왔다. 집에 자주 오던 문학청년 중의 하나였다. 여자가 할 일을 나 대신 해주려고 큰댁에서 조카딸도 왔다. 조카들 중에서 가장

엽엽한 아이였다. 우리 집 도우미도 일을 잘하니, 여자들 할 일은 착착 정리되어갔다. 그런데 얼굴이 귀족적인 문학청년은 영 도우미의 기능을 다하지 못했다. 그 시절에는 요즘같이 조직화된 이삿짐센터가 없어서, 주인이 트럭 기사를 도와 짐을 직접 날라야 했다. 그런데 이 선생을 대신할 청년은 장롱 옮기기를 도울 때부터 비틀거리더니 큰 짐이 생길 때마다 휘청거렸다. 그 시절에는 집집이 쌀을 가마니로 사다 먹었는데, 얼마 안 남은 쌀가마니를 그가 메고 나가지 못하자 운전사 둘이 혀를 찼다. 이 선생은 이 선생대로 안 해보던 짐 나르기를 하니 점수가 좋을 수 없었다. 옷장을 같이 옮기던 트럭 운전사들이 수군거리는 소리가 들려왔다. "이 집 남자들 왜 이리 션찮어?"

조카딸과 내가 허리를 잡고 웃었다. 이어령 씨는 논산에서 훈련을 받을 때도 여러 번 그런 말을 들었다 한다. "서울 장정인데 왜 이리 션찮으냐"라며 검사관이 혀를 차더라는 것이다. 그는 평행봉을 해서 운동신경이 발달돼 있는 편이고, 혼자 자취한 적도 있는데, 남의 명령을 따라 움직이는 일이 서툴렀던 모양이다. 어쩌면 결혼 후에 서재에서만 살더니 짐 나르는 능력이 퇴화한 건지도 모른다. 이상李箱이 "자기의 무게는 전적으로 두뇌에 있다"라고 한 말이 생각났다. 무게가 두뇌에 모두 실려 있는 예술가들을 짐꾼으로 쓰고 있으니 "션찮을" 수밖에 없었을 것이다. 회칼로 장작을 패면 성과도 나지 않고 칼날만 상한다. 그런 낭비를 할 필요가 없다고 생각해서 내가 그의 일들을 대신 처리하기 시작한 것이다.

그가 이사에 관한 일을 모두 혼자 처리해주었을 때, 고맙다고 부추겨주고, 아무것도 못 하는 척하고 그냥 주저앉아버렸으면, 나는 아마 멋있게 남편이 수리해주는 집에서 평생을 편하게 살 수도 있었을 것이다. 그런데 나는 그렇게 하지 않았다. 그의 시간이 아까워서 그럴 수 없었다. 못 박고 이삿짐 나르는 일은 다른 사람이 대신해줄 수 있지만, 창조하는 일은 남이 대신해줄 수 없기 때문에, 되도록 그를 일상사에서 멀리해주자는 것이 그 무렵의 나의 사랑법이었다.

이사한 것은 4.19 기념일 이틀 전의 화창한 봄날이었다. 트럭에 짐을 실어 보내고 나는 아이와 시발 택시를 타고 삼각지를 떠났다. 새 집에서는 부모님도 모시고 살 예정이어서 십여 년간 간헐적으로 살았던 삼각지에 대한 미련은 없었다. 그 지역은 우리가 주거지로 선택한 고장이 아니라 생활에 떼밀려 다다른 막다른 고장이었기 때문에 정이 들지 않았던 것이다. 전시와 전후의 신산한 세월을 보낸 삼각지에서, 나는 두 번이나 '나가야'에 살았고, 흙집에서도 살아보았으며, 할아버지와 여섯 살 난 조카를 잃었다. 1949~1950년, 1953~1958년, 1961~1963년…… 나는 세 차례에 걸쳐서 삼각지에서 살았는데, 그 시기는 우리 집이나 나라나 모두 최악의 상태였고, 삼 각지는 주거지역이 아니어서 풍경이 살벌했다. 그 신산한 공 간적 배경은 십칠 세부터 삼십 세까지의 우리 부부의 삶의 모 습이기도 했다. 6.25와 5.16과 화폐개혁을 겪은 고장을 떠나 서 나는 새 아기를 낳기 위해 신당동으로 향했다. 셋방살이 네 번, 나가야살이 한 번을 거쳐서 마침내 온전한 주택으로 이 사를 가는 것이다.

1963년 4월~1967년 3월

온 천지가 꽃대궐이었다.

집집마다 라일락이 피어, 골목을 향내로 휘감았다.

나무들도 손톱 같은 새잎을 달고 있어서
세상이 정갈하고 아름답게 느껴졌다.

1963년 신당동

출산 예정일을 일주일 앞둔 1963년 4월 17일에 우리는 신당동으로 이사를 했다. 대지 사십팔 평에 건평이 이십사 평인 일본식 단층집이었다. 화폐개혁을 한 지 얼마 되지 않아서 사람들이 화폐 단위 두 가지를 같이 쓰고 있었는데, 우리 집 예산이 팔백만 원이라니까 구단위냐 신단위냐고 복덕방 사람이 물었다. 그 동네에 있는 어떤 재벌은 담을 고치는 데만 신단위로 팔백만 원이 들었다고 했다. 우리는 구단위인 데다가 수리비까지 포함된 액수라고 했더니 그 사람이 웃었다. 화폐는 십분지 일로 평가절하되었던 것이다. 어느 날 느닷없이 화폐의 가치가 십분지 일로 주는 것은 충격적인 일이었다.

169

새집에는 네 평짜리 방 두 개와 두 평 반짜리 방이 있었다. 서재와 안방이 붙어 있고, 작은 방은 부엌과 이어져 있었고, 뒤꼍에 네 평짜리 별채가 새로 지어져 있었다. 세를 주려고 지어서 부엌이 딸려 있고, 출입문도 따로였다. 지은 지 얼마 되지 않아서 깨끗하고 볕도 잘 들었다. 우리는 그 방을 부모님께 드리기로 했다. 어머니와 그해부터 같이 살기로 했는데, 우리 손님이 오더라도 방해를 받지 않는 곳을 배정한 것이다.

어머니와 나는 신당동 집에 친근감을 느끼고 있었다. 해방 후에 월남해서 처음 살던 청엽정 집과 구조와 크기가 비슷했기 때문이다. 지대가 길보다 일 미터쯤 높고, 정남향이며, 남쪽도 서쪽도 길에 닿아 있어서 이웃집과 거리가 있는 점도 같았다. 전망도 괜찮았다. 광희문光熙門에서 청구동 쪽으로 내려가는 2차선 도로가 앞을 지나고 있어서, 그 너머에 있는 이층 단지의 윗부분만 보였기 때문에 시야가 넓었다. 신당동은 일본 사람들이 조성한 고급 주택가인데, 장충동에 가까울수록 급수가 높고, 왕십리 길에 접근할수록 격이 낮았다. 골목길이 바둑판처럼 직선으로 되어 있고, 건물의 양식과 크기가 같은 이층집 단지는, 장충동과 왕십리길 중간쯤에 있었다. 정원수의 수종도 비슷하고 건축양식도 같아서, 단지 전체가 통일된 집합미를 지니고 있었다. 봄이면 단지에는 꽃들이 난만했다.

하지만 그런 정연한 집합미는 큰길을 건너면 산만해지기

시작한다. 우리 집은 집합미가 없어지는 지점의 시발점에 있었다. 큰길 건너 왕십리길 쪽에 붙어 있는 단독의 적산가옥이었는데, 우리 집 뒤부터 해방 후에 지은 집들이 잡연하게 들어서 있었다.

조선시대에 그 지역은 공동묘지였다고 한다. 공식적으로 시체가 나가는 일이 허용되었던 시구문 밖이었기 때문이다. 묘지는 양지발라야 하고, 배수가 잘되어야 해서 여건이 주택과 같다고 한다. 그래서 묘지 자리는 집을 짓기에 적합하단다. 산 사람이나 죽은 사람이나 볕 잘 들고 물 잘 빠지는 곳을 선호하는 것은 같은 모양이다.

해방 후에 그 동네로 들어온 한국인들은 모두 다다미를 들어내고 온돌을 놓았지만, 집의 외부에는 별로 손을 대지 않아서, 1963년의 신당동에는 일본 동네 같은 분위기가 농후했다. 우리 집 앞 동네는 이층집이 정연하게 서 있는 주택단지여서 더 일본스러웠다. 하지만 그런 건축미는 우리 집 근처에서부터 흔들리기 시작해서 왕십리로 가는 도로에 가까워질수록 어수선해졌다. 그러다가 일 킬로 정도 동쪽에 있는 개천 근처에 가면 청계천변처럼 무허가 건물이 난립한 판자촌이 된다.

우리 집은 이층 단지와 판자촌의 사이에 끼어 있어서 좀도둑이 자주 들었다. 그때는 누구나 생활용품을 모두 잃은 전후여서, 담이 낮으면 도둑이 아무 때나 들락거리며 살림살이를 걸어 갔다. 그래서 담 위에 쇠로 된 삼지창형 꼬챙이를 박거나, 가시 철망을 둘둘 만 것을 얹어놓아야 하는데, 비를 맞아 녹이 슨 가시 철망은 흉악했다. 그것이 싫어서 우리는 철망이나 삼지창을 올려놓지 않았고, 단층이니까 담이 높지도 않아서, 좀도둑이 넘나들기에 알맞았다. 그래서 빨래나 놋대야, 양은그릇, 신발, 청소도구 같은 것을 집어 가는 도둑이 자주 들렀다. 아이 기저귀나 물 주전자 같은 것이 없어지기도 했다. 그러다가 드디어 집 안에까지 도둑이 들어오는 사태가 벌어졌다. 할 수 없이 밖으로 통하는 모든 문에 철창을 해 붙이고, 마당 쪽에 있는 마루 문에는 알루미늄 여닫이 자바라*를 설치했다. 건물을 완전히 요새화하고, 마당은 도둑에게 개방한 셈이다.

집수리

내가 만삭이어서 신당동에 이사 갈 때에는 모든 것을 이어령 선생이 맡아서 했다. 마침 학교에 전임으로 나가지 않던 시

---

* 알루미늄으로 만든 여닫이 방범장치.

172

기였다. 1961년 유월에 단국대 전임강사 자리를 사임한 후, 1966년에 이화여대 전임으로 갈 때까지 그는 대학의 전임교수가 아니었다. 학교에는 시간으로 나가고 신문사 논설위원만 했기 때문에, 결혼 후 가장 자유로운 시간이 많았다. 그래서 초기의 에세이 세 권을 연거푸 낼 수 있었고, 집수리도 직접 할 수 있었다.

어느 날 어머니와 같이 집을 보러 다니다 온 그가, 마음에 드는 집이 하나 있기는 한데, 오래된 적산가옥이어서 대대적인 수리가 필요해 포기했다는 말을 했다. 일본이 물러간 지 이십 년이 가까워오는데 그 집은 거의 손을 대지 않았더라는 것이다. 출산일이 가까워서 우리에게는 수리를 할 충분한 시간이 없는 처지였다. 다음 날 허실수로 가보니 뼈대는 말짱했고, 구조나 크기, 위치 등이 마음에도 들어서, 수리를 다 끝내지 못할 줄 알면서 그냥 사기로 남편과 합의했다. 공사 감독은 어머니가 맡으셨다.

집짓기를 좋아하는 우리 어머니와, 낡은 집 뜯어고치는 것을 즐기는 사위는 손이 잘 맞는 파트너여서 대대적인 수리가 시작되었다. 방향은 일본색 몰아내기였다. 무조건 오시이레부터 없애버렸다. 천장에 붙인 거무죽죽한 나무 반자들도 뜯어냈으며, 문짝을 몽땅 바꾸고, 방바닥에 리놀륨을 깔기로 했다. 내가 이사 갔을 때는 큰 수리가 대충 끝난 후였다. 오시이레를 없애고 그 자리에 아홉 자짜리 장롱을 들여놓았으며, 문도 전부 완자창으로 바꿔서 새집 같았다. 그런데도 손보아야 할 구석이 많이 남아 있어서 한 달 가까이 수리가 계속되었다. 그랬는데도 시간이 모자라서 온돌을 새로 놓지 못했다. 기둥을 뽑았으면 바닥은 반드시 새로 고쳐야 후환이 없는 건데, 출산이 임박하니, 위험한 부분만 시멘트로 때우고 리놀륨으로 덮어버린 것이다. 당연하게도 탈이 났다. 그 겨울 내내 우리는 연탄가스에 시달렸다. 가족 중에서 제일 몸이 약한 내가 언제나 먼저 가스에 중독돼서 동치미 국물을 마셔댔다. 앰뷸런스에 실려 갈 정도로 중태였던 적도 있었다. 다음 해에 결국 바닥재를 걷어내고 다시 온돌 공사를 했다.

하지만 외관상으로는 굉장히 많이 개선되었다. 이 선생은 변화를 좋아해서 낡은 집 고치는 일을 좋아했다. 신당동 집에서 그가 시도한 획기적인 변화는 건물 외벽의 색을 과감하게 바꾼 것이다. 일본집은 오카베(大壁)*식이어서 벽을 부분적으로 고치는 일이 불가능하다. 그래서 외벽은 무광의 컬러 페인트에 백회를 섞어서 분사했다. 색상은 자주색으로 했다. 우중

---

* 기둥 양쪽에 판자를 붙이거나 회칠을 해서 기둥이 외부로 드러나지 않게 한 일본식 건축법으로 방한에 약하다.

충한 시멘트 벽을 자주색으로 바꾼 것이다. 그는 색의 뉘앙스를 직접 조절해서, 가라앉으면서도 밝은 느낌을 주는 색을 만들어냈다. 단층인 데다가 담이 벽을 반은 가려주니, 조금밖에 드러나지 않는 자주색 벽이 신선했다. 거기에 하얀 창틀과 회색 담이 곁들여지니 깔끔한 새집이 된 것이다.

내부도 대폭적으로 고쳤다. 서재는 낡은 나무판 천장을 걷어내고, 적갈색 프레임 안에 하얀 석고보드로 이중 천장을 만들어 왜색을 밀어냈으며, 후스마襖*로 막았던 안방과의 사이를 벽으로 막고, 출입문만 남겨서 서재가 한갓지게 조정했다. 바닥의 리놀륨도 베이지색에 약간의 무늬가 있는 것을 골랐고, 창문은 몽땅 완자창으로 바꾸었다. 이 선생은 무언가를 과감하게 바꿀 수 있는 낡은 집 고치기 같은 것을 좋아하지만, 대학에 전임이 된 후에는 신문사 논설위원을 겸한 데다가 글도 써야 하니 다시는 그런 일을 할 시간이 없었다. 그는 완벽주의자여서 공사 감독을 시작하면 너무 많은 시간을 빼앗기기 때문이다. 그래서 그때부터는 집 고르기, 수리하기, 이사하기, 심지어 집 짓기까지 내가 전담했다. 그의 시간을 아껴주기 위해서였다. 그는 아이디어만 제공하는 선에서 손을 뗀 것이

---

* 양쪽으로 종이를 발라서 만든 일본식 분합문.

다. 나는 그 무렵부터 십 년 동안 시간강사만 했기 때문에 자유로운 시간이 많았다. 그가 손을 대면 집은 세련되고 참신해지는데, 그 대신 자잘한 후유증이 생기고, 내가 하면 후유증은 적고, 수리비도 싸게 들지만 모양이 평범해진다.

나는 아직 새내기 주부인 데다가 성장기가 내내 전시여서 서양식 생활 문화에 대한 안목이 없었다. 전시에는 방바닥에 신문지를 깔고 밥을 먹기도 했으며, 사과 궤짝을 책상으로 쓰기도 했고, 해방 후에는 일본 사람들이 쓰던 기물들을 주워 썼기 때문에 생활 문화를 즐길 여유가 없었던 것이다. 해방 전에 우리가 살던 고향 집에 있던 가구는 이층장이나 반닫이가 아니면, 이층으로 된 개량형 이불장 같은 것이었다. 옷이나 이불을 개켜서 쌓아두는 평면 수장형 가구들이었다. 해방 후에는 모든 것이 미국식이 되어 아이 어른이 모두 양복을 입었으니 기능과 모양이 다른 가구들이 필요했고, 소파나 식탁 의자 같은 낯선 가구들도 필요해서 나는 새집에 들일 집기들 앞에서 당황하고 있었다.

그러니까 별수 없이 주변 사람들에게 자문하게 되어 시류에 휩쓸려간다. 1960년대는 호마이카가 유행하던 시기였다. 우리도 유행을 따라 올리브빛 호마이카 옷장을 안방에 들여놓았다. 그건 경이로운 선택이었다. 평생 나무로 된 야트막한 장롱만 보며 살다가 색상과 재질이 전혀 다른 기다란 옷장을 벽에 가득 채우니, 처음에는 그렇게 신선할 수가 없었다.

다음으로 유행을 따른 것은 스테인리스 그릇이다. 그 무렵에 국산 공장이 생겨나서 우리에게 맞는 수저와 밥그릇, 대접 같은 것들이 '스테인리스스틸'이라는 새로운 금속으로 만들어졌다. 영어로 'Stainless Steel'이라는 근사한 글자가 새겨져 있는 다양한 종류의 그 은빛 그릇들은, 단박에 주부들을 매혹시켰다. 놋그릇처럼 녹이 슬지 않으니, 닦는 수고가 절약되는데다가, 양은 그릇처럼 우그러들지 않고, 사기 그릇처럼 깨지지도 않으니, 스테인리스는 주부들을 현혹시키는 빛나는 신소재였다. 그래서 집집마다 스테인리스 그릇 사기가 유행했다. 양은 그릇보다 많이 비싸니까, 큰 그릇은 계를 만들어 사기도 했다. 심지어 조상에게서 물려받은 질이 좋은 방짜유기에 스테인리스 칠을 입히는 주부들도 있었다. 놋그릇 닦기는 지저분하고 힘이 들어서, 주부들은 새로 나온 스테인리스 그릇에 매혹당할 수밖에 없는 형편이었다.

우리도 스테인리스 그릇을 열심히 샀다. 알루미늄 그릇을 모두 스테인리스로 바꾸기 시작한 것이다. 가까운 친지 중에 스테인리스 공장을 하는 분이 있어서, 주말마다 새로운 품목을 가지고 오는 통에, 스테인리스 그릇 사기는 자의 반 타의 반으로 계속되었다. 냄비와 양푼과 대야를 바꾸고, 티스푼이나 포크 같은 것도 세트로 샀다. 나중에는 신선로 그릇까지 세트로 산 기억이 난다. 현대적 생활 문화가 자리잡히기 전에 생활용품이 먼저 새로워지니, 막 여유가 생기기 시작한 개발도상국의 소시민들이 시류에 휩쓸리게 되어, 호마이카와 스테인리스의 시대가 열린 것이다.

아직 한국도자기의 홈 세트가 나오기 전이라, 손님용 식기 세트는 일제를 사는 것이 유행했다. 요즘처럼 백화점에 널찍한 리빙 코너가 있는 것이 아니어서, 그런 물건들은 미제 물건을 들고 다니는 야미 장사에게서 사야 했다. 물건이 많지 않으니 선택폭이 좁았다. 동생은 운이 좋아서 하얀색에 같은 무늬가 있는 것을 샀는데, 나는 꽃무늬가 있는 것밖에 없어서 할 수 없이 그걸 샀다. 비슷한 시기에 결혼한 박완서 선생님도 노리타케 세트를 사셨다고 해서 웃은 일이 있다. 그릇만이 아니다. 카메라도 전기기구도 일제를 사는 일이 많았다. 1920년대에 싱가 미싱이나 빅타 레코드, 세고비아 기타 같은 것들이 일본인을 통해 우리나라 시골까지 보급되던 것처럼, 해방 후에도 이십 년 동안은 여전히 우리나라가 일본의 시장 역할을 하고 있었으니 아이러닉한 일이다.

하지만 방바닥에 리놀륨을 깐 것은 유행 때문은 아니었다. 나는 제대로 콩됨질*을 한 장판방을 아주 좋아한다. 지물포 같은 것이 없던 우리 고장에서는 바닥을 장판지로 바르지 못했다. 그래서 서울에 온 나에게 장판은 새로운, 경이로운 바닥재였다. 하지만 나는 한 번도 완벽한 장판방에서 살아본 일이 없다. 장판방을 제대로 살리려면 시간과 수공을 많이 들여야 한다. 한지를 여러 겹 겹쳐서 만든 두꺼운 종이에 된 풀을 먹인 장판지가 속까지 완전히 마른 다음에, 오래오래 콩됨을 해서 남은 습기까지 걷어내며 길을 들여야 호박琥珀색의 아름다운 장판이 생겨난다. 콩됨질은 숨을 쉬는 칠이어서 습기를 싫어하는 장판에는 필수적인 공법이다. 정말로 습기가 조금이라도 남아 있으면 안 되기 때문이다.

그러려면 여유 있게 이사를 해야 한다. 그런데 대부분의 경우 어느 한쪽이 급한 사정이 있어서 서둘러 이사를 하게 되니, 나쁜 줄 알면서도 니스를 칠하게 된다. 니스는 완벽하게 숨구멍을 막아버리는 도료니까, 습기가 아주 약간만 남아 있어도 탈이 난다. 니스 밑에서 곰팡이가 생겨나기 때문이다. 장판방은 불길이 고루 미쳐야 썩지 않으니까 사이즈가 크면 안 된다. 방이 크면 불길이 닿지 않는 부분이 생겨서 구석이 썩는다. 다다미를 까는 일본 사람들은 바닥 난방을 하지 않으니, 방을 우리보다 크게 만든다. 작은 집에도 다다미 여덟 장짜리 방이 하

* 콩을 맷돌에 갈아서 만드는 천연 도료. 방수 효과가 있으면서도 종이가 숨을 쉴 수 있어서 장판방을 칠하는 데는 적합하지만 시간과 기술이 필요해 해방 후에는 니스로 대체하기 시작했다.

나는 있기 마련이다. 그런 방은 연탄으로 덥히기에는 면적이 너무 커서 구석이 잘 마르지 않는데, 그냥 두면 종이에 때가 묻으니 마냥 기다릴 수도 없어서 칠을 서두르게 된다. 니스를 서둘러 칠하면 곰팡이가 피기 시작한다. 지금처럼 코일을 구석까지 깔아 방을 고루 덥힐 수 없는 것이 연탄 아궁이의 약점이어서, 구석이 썩은 방이 많았다. 요즘처럼 열을 견디는 점잖은 마루 같은 것도 없었을 때였으니, 아름다운 장판방을 지니기가 어려워서, 할 수 없이 리놀륨을 깔게 되는 것이다. 더구나 우리는 장판을 천천히 말릴 시간이 없으니 리놀륨은 불가피한 선택이었다. 국산이 나오기 전이어서, 리놀륨은 비쌌고 대담한 무늬가 있었다. 마루방에 까는 유럽산이 많았기 때문이다.

살림을 하면서 자기만의 취향을 알아내려면 시간이 필요하다. 나의 고가구 취미는 그보다 오륙 년이 지나서야 생겨났다. 선배를 따라 인사동을 돌아다니다가 고가구의 유현한 품위에 홀려버린 것이다. 고가구의 아름다움에 매료되니 호마이카의 천격스러움이 눈에 띄어서 다시 목가구 체제로 돌아갔다. 스테인리스나 리놀륨도 마찬가지다. 스테인리스 식기 줄이기는 힘이 들지 않는데, 멋진 장판방을 가져보려는 꿈은 이루지 못했다. 그래서 리놀륨보다는 격이 높은 온돌마루로 만족해야 하니 안방이 마루방같이 느껴져서 편안하지 않았다. 생활이 서구화되어가서, 의자 밑에 카펫을 까는 집도 많아 수요까지 줄고 있으니, 장판 문화가 되살아날 가망은 없어 보인다.

대궐 같은 집

신당동 집은 그때까지 우리가 산 집 중에서는 제일 근사했지만, 객관적으로 보면, 크기는 시골의 국민주택 수준을 넘지 못하는 낡은 적산가옥이었다. 적산가옥은 값이 쌌다. 처음에는 소유권이 확실하지 않아서였다. 하지만 마루방을 사이에 두지 않고 침실이 맞붙어 있는 구조여서, 대가족이 사는 한국인에게는 맞지 않아 후일에도 인기가 적었다. 집이 낡은 데다가 대부분이 교통이 불편한 사대문 밖에 있는 것도 반갑지 않은 조건이어서 가격이 파격적으로 쌌던 것이다.

우리 새집은 그런 적산가옥인 데다가 대지가 사십팔 평이고 건평은 이십사 평에 불과했다. 부속 건물까지 합쳐도 이십팔 평밖에 되지 않아서, 어느 모로 보아도 호화 주택이라고는 할 수 없었다. 그런데 그 집이 문단에서 화제가 되었다. 이어령이 베스트셀러를 내서 대궐 같은 집을 샀다고 소문이 난 것이다. 그건 틀린 말이다. 그의 첫 베스트셀러였던 『흙속에 저 바람 속에』는 우리가 한강로에서 살 때 연재가 시작되었지만

(1962년 팔월) 끝난 것은 이사 간 지 한참 후였고, 책이 나온 것은 그해인 1963년 십이월이었다. 우리가 이사 간 지 팔 개월 뒤에야 나온 것이다. 젊은 작가가 대중소설도 아닌 에세이집 인세로 대궐 같은 집을 샀다면, 그건 문단을 위해서 경하할 일이지만, 인세로 집을 샀다는 말은 시기적으로 맞지 않는다. 호화 주택이라는 말도 마찬가지다. 이십사 평짜리 낡은 호화주택은 없기 때문이다.

결혼한 지 사 년이 된 맞벌이 부부가 국민주택 수준의 집을 마련한 것이 화제가 되었다는 것은 그 무렵 우리나라가 얼마나 가난했는지 짐작하게 한다. 그때는 온 국민이 모두 가난한, 절대빈곤의 시기였고 그중에서도 문인들은 더 가난했다. 직장을 구하기 어려워서 대부분의 문인들이 생계에 위협을 받고 있었기 때문이다. 개인용 집필실이 있는 작가들이 많은 요즘 문인과는 비교도 되지 않는 처절한 빈곤이었다. 글을 쓰라고 제공하는 작가의 집 같은 것은 상상할 수도 없던 시기의 이야기다. 그때 우리나라에는 아직 베스트셀러 작가라는 개념도 없었고,*어쩌다가 글을 써도 원고료를 못 주는 매체가 많

---

* 1960년대 우리나라에는 『자유부인』 같은 대중소설을 제외하면 베스트셀러가 거의 없었다. 밀리언셀러가 나온 것은 70년대부터였다.

신당동 집 담 밑에서 노는 삼남매

았다. 1963년은 아직 1970년대가 아니어서 '조국의 근대화'는 시발점에 머물러 있었다. 우리 집이 대궐같이 보인 것은 그런 시대적 분위기가 반영된 일종의 착시현상이었을 것이다.

사 년 후에 우리가 막상 큰 집을 샀을 때는 그런 말이 나오지 않았다. 신당동 집보다 두 배나 큰 성북동 집을 샀던 1967년에도 이어령 씨는 계속 베스트셀러 작가였다. 그래서 우리는 소문처럼 인세로 큰 집을 성북동에 샀는데, 그때에는 아무 말이 없었다. 그 사 년 동안에 집이 있는 문인이 늘어날 정도로 우리나라의 경제가 고도로 성장했기 때문일 것이다. 불과 몇 년 동안에 우리나라의 GNP는 엄청나게 뛰어올랐던 것이다.

남자아이의 엄마 되기

출산 예정일이 일주일밖에 남지 않았기 때문에 우리는 수리가 채 끝나지 않은 집에 이사를 갔다. 이사 가자마자 4.19 기념일이 되었다. 그 시절에는 4.19 기념일이 휴일이었다. 예정일을 앞둔 마지막 휴일이어서 그날 나는 너무 많은 일을 했다. 출산 전에 할 일이 쌓여 있었기 때문이다. 이삿짐을 정리하고, 고추장을 담그고, 김치도 담갔다. 일을 다 끝내고 목욕을 하고 오니 일곱시였다. 지쳐서 드러누웠더니 진통이 느껴졌다. 시작된 지 한참 된 것 같은데, 일에 열중해서 의식하지 못했던 것 같다. 예정일이 닷새나 남았는데, 너무 움직여서 일찍 낳게 되는 모양이었다. 당황했다. 시일이 남아 있어서 어머니도 아직 이사를 오지 않았으니 다섯 살짜리를 도우미와 둘만 두고 입원하는 것도 문제였다.

하지만 우물거릴 여유가 없어서 남편과 함께 남대문에 있던 원금순산부인과에 달려갔고, 다음 날 새벽에 아기를 낳았다. 아들이었다. 어머니가 좋아하셨다. 어머니는 남아선호형이어서, 딸들이 당신을 닮아 여자애를 자꾸 낳을까 봐 늘 신경을 쓰셨기 때문에 기쁨이 더 컸던 것 같다. 하나 더 낳을 예정이어서 우리는 성별에 별로 신경을 쓰지 않았는데, 막상 아이를 안아보니, 어머니가 왜 그렇게 남자아이를 좋아하는지 알 것 같았다. 그건 남존여비나 정통론 같은 관념적인 것과는 상관이 없는 세계였다. 아들을 낳는 것은 남자의 어머니가 되는 것을 의미하기 때문이다. 여자들이 모르는 새로운 세계로 들어가는 것이다. 놀랍지 않을 수 없다. 사람이 사람을 낳는 일 자체가 기적 같은 일이지만, 내 안에서 남자가 태어난다는 것은 더 기적 같은 일이었다. 남자들에게 딸이 자신의 female ego를 의미하는 것이라면, 아들은 여자들에게 자신의 male ego를 확인시키는 존재다. 젖을 세게 빨아 가슴이 빨려 들어갈 것 같은 느낌이 들 때도, 아기의 그 힘찬 흡인력이 믿음직스럽게 다가와서, 가슴이 가득 차오르는 것 같은 충만감을 느꼈다. 아기는 3.4킬로였다. 누나보다 사백 그램이 많았다. 그래서 낳기도 힘들었지만 안고 있는 중량감도 달랐다.

그 애는 내가 학기 도중에 낳은 유일한 아이었는데, 유난히 배가 커서 마지막 주까지 학교에 나가는 것이 부끄러웠다. 배만 부끄러운 것이 아니다. 얼굴도 기미가 끼어서 여기저기 얼룩이 져 있고, 걷기도 힘들어 어기적거리는 곱지 않은 모양새였다. 그런 몰골로 종일 남의 눈에 노출되니 민망스러웠다. 딸은 방학에 낳아서 미리 쉬었기 때문에 그런 경험은 처음이었다. 이번에는 학기 도중이어서 차마 미리부터 쉬겠다고 말할 수 없었다. 하지만 남산만 한 배를 안고 출근하는 것은 학교나 학생들에게 많이 미안해해야 할 일 같았다. 보는 사람들이 얼마나 부담스러울까 싶어 종일 마음이 불편했다. 그래도 수업은 제대로 했다고 떠들 일도 못 된다. 숨이 차서 헉헉거리는 막달의 임산부가 단상에 서 있는데 듣는 사람이 편안할 수 없으니, 아무리 수업을 충실히 해도 민폐는 여전히 민폐다.

우리에게는 아무 혜택이 없지만 이제라도 출산휴가가 석 달인 세상이 온 것이 너무 고맙다. 석 달은 되어야 아주 힘들어하는 모습을 남에게 보이지 않을 수 있고, 산모가 충분히 쉴 수도 있기 때문이다. 세종대왕은 참 놀라운 제왕이었던 것 같다. 15세기 그 옛날에 대왕은 종들의 출산휴가를 삼 개월로 책

정했다. 그리고 남편에게도 출산휴가를 주었다. 신문고가 제 구실을 한 것도 세종 때뿐이었다고 하니 "일마다 천복이시니"라는 용비어천가의 구절에 맞는 통치자였던 것이다.

그런데 내가 고용주가 되어보니 삼 개월 휴가는 또 하나의 재난이었다. 한 명밖에 없는 큐레이터가 석 달을 자리를 비우는 것은 너무 많은 지장을 주었기 때문이다. 자료가 놓인 자리를 임시 직원이 모르니 일하는 것이 두 배나 힘들었다. 봉급이 두 배로 는 것도 부담이 되는 일이었다. 직장에서 가임여성을 기피하지 않게 하려면, 그 일로 생기는 경제적 부담만이라도 국가가 책임을 져주어야 될 것 같았다. 우리처럼 영세한 사립 박물관에서는 갑자기 삼 개월분의 초과 임금이 나올 곳이 없기 때문이다. 우리가 다니던 사립학교도 마찬가지였을 것이다. 더구나 학교에서는 여럿이 겹칠 가능성도 많다. 그래서 우리 학교에서는 여선생들이 의논해서 교장에게 대리 교사 강사료를 자부담으로 하겠다고 자청했다. 학교에서 젊은 여교사들을 너무 부담스러워했기 때문이다.

경이로운 신세계

원금순산부인과는 남대문 시장 초입에 있어서 시끄럽고 주변이 지저분했다. 하지만 원 선생은 탁월한 의사였다. 그분은 진통 때문에 비명을 지르는 산모를 손만 잡아주어도 진정하게 만드는 신통력이 있었다. 인품과 의술에 대한 신뢰감 때문일 것이다. 집수리가 끝나지 않아서 나는 병원에 닷새나 있게 되었다. 그동안 딸아이는 내가 보기로 했다. 엄마가 갑자기 없어지니 아이가 충격을 받을 것도 염려스러웠지만, 수리 중이라 어머니가 아이에게까지 신경을 쓰면 너무 힘드실 것 같고, 아이의 안전도 문제가 될 것 같아서 힘들더라도 내가 데리고 있기로 한 것이다.

딸은 오 년간 엄마를 독점했던 아이여서 새 아기가 나타나니 신경이 곤두섰다. 자기 자리가 갑자기 아기에게 젖을 물리고 있는 엄마의 등 뒤로 밀려났으니 마음이 편할 수 없는 것이다. 아이는 내 등에다 손으로 글자를 쓰기도 하고 그림을 그리기도 하면서 주의를 끌려고 애를 썼지만, 온돌에 누워서 아기에게 젖을 먹이고 있으니 돌아보는 것도 어려웠다. 사람은 아우를 보면서 실낙원을 체험하기 시작하는 것 같다. 하지만 다행히도 병원에서는 수유 시간 외에는 아이를 데려오지 않으니, 둘이 같이 있을 시간이 넉넉했다. 내가 나다니지 못하니 놀 장소가 좁아서 답답했겠지만, 병실이 온돌이어서 바닥에서 같이 뒹굴 수 있어 괜찮았다.

하지만 다섯 살짜리 아이를 홀린 것은, 병실이 아니라 처음으로 보는 집 밖의 세계였다. 난생처음으로 버스를 타고 먼 거리를 이동하면서, 아이는 세상을 구경하는 재미에 빠져 있었다. 갑자기 행동반경이 신당동에서 남대문까지 넓어졌으니 희한한 일이 많았던 것이다. 상상력이 풍부하고 호기심이 많은 아이는, 버스 속에서 일어나는 일들을 열심히 관찰하고, 그것을 다섯 살의 상식으로 해석하고 의미 부여를 하느라고 바빴다. 세상에는 놀라운 일이 많았기 때문에 아이는 날마다 새로운 경험을 하고 있었다.

첫날에 탄 버스에서는 자기가 사람들에게 물건을 나누어주면서 줄창 "감사합니다"라는 말을 되풀이하는 너그러운 아저씨(잡상인)를 만나는 기적을 경험했다. 두 번째 날에 만난 사람은 계속 눈을 감고 견디는 놀라운 사람(장님)이다. 아이는 병원에 오자마자 나를 보고 눈을 감고 있어보라고 했다. 눈을 감았는데도 눈시울이 계속 미세하게 움직이는 것을 본 아이는 버스 속의 남자에 대한 점수를 더 높였다. 엄마도 할 수 없는 일을 그는 오래도록 하고 있었기 때문이다. 세 번째 날에 들어가본 남대문 시장은 더 경이로웠다. 거기에는 너무나 많은 물건이 진열되어 있어서 가게마다 신천지였다. 자기가 가지고 싶은 물건들이 줄줄이 꿰여 매달려 있는 장난감 가게는 더 말할 필요가 없다. 거기에는 집까지 있는 소꿉놀이 세트도 있었기 때문이다. 부엌에는 접시도 있고 냄비도 있고, 찻잔도 있었다. 놀라웠다.

시장에서 아이는 처음으로 인파에 휩싸이는 경험도 했다. 잠시도 쉬지 않고 사람들이 움직이는 그 활력이 아이를 흥분시켰다. 그중에서도 가장 경이로운 것은 그 난장판 속에서 땅바닥을 기어 다니며 남에게 음악을 들려주는 외다리 아저씨였다. 바짓가랑이가 하나밖에 없는 옷을 입고 기어 다니는 그 사람을 아이는 인어 아저씨라고 생각했다. 그래서 눈이 회등잔만 해가지고 병실로 달려왔다. 인어를 본 놀라움을 엄마에게 빨리 알리고 싶어서였다. 그런 식으로 매사가 경이로워서 아이는 날마다 할 말이 많았다. 하지만 내가 움직이기 어려우니 다섯 살 된 아이의 기동력을 감당하는 일이 힘들었다. 산후여서 많이 자야 하는데, 잠시라도 눈을 붙이면 아이가 사라지니 쉴 수가 없어서 부기가 빠지지 못했고, 몸이 무거웠다.

사월 이십일에 출산했으니 퇴원하는 날에는 온 천지가 꽃 대궐이었다. 그때 신당동의 주택단지에는 집집마다 라일락이 피어 있었다. 흰색과 보라색이 섞여 있는 라일락 나무들은 나이가 많아서 담을 넘어온 골목을 향내로 휘감았다. 일본 사람들은 라일락을 좋아하는 것 같다. 동숭동에 있는 서울대 캠퍼스에도 보랏빛 라일락이 풍성했다. 라일락뿐이 아니다. 다른 꽃들도 일제히 피어 있었고, 나무들도 모두 손톱 같은 새잎을 달고 있어서, 세상이 너무 정갈하고 아름답게 느껴졌다. 곧 수염이 날 것 같은 근엄한 얼굴을 한 아들을 가슴에 안고 있어서 세상이 더 현란하게 느껴졌는지도 모른다.

수리가 끝나지 않아서 아빠는 날마다 연재 중인『흙속에 저 바람 속에』를 이 방 저 방 옮겨 다니며 쓰고 있었다. 방바닥이 지저분하니까 매트리스를 끌고 조용한 방을 찾아다니면서 밥상을 놓고 글을 쓴 것이다. 어떻게 그런 난장판 속에서 글을 쓸 수 있는지 나는 그의 집중력에 경탄을 금치 못했다. 낡은 집을 뜯어고친 거니까 파상풍이 무서워서, 아기와 나는 뒤쪽 별채에 머물었다. 딸아이도 따라와서 같이 있었다. 그때 아이는 자기 세계에 쳐들어온 동생 때문에 주야로 심기가 불편했다. 아이들이 동생을 볼 때 마음이 착잡해지는 것은, 상대가 미우면서도 너무 이쁜, 그 상반되는 감정의 뒤얽힘 때문일 것이다. 동생은 자기 자리를 허락 없이 빼앗은 침입자니 말하자면 적군인데, 자기를 누나로 만들어준 신기한 존재인 데다가, 손마저 아기 단풍잎같이 앙증맞으니 미워할 수가 없었다. 무단으로 자기 세계를 침범한 그 말랑말랑한 새 생명이 너무나 너무나 신기하고, 한정 없이 사랑스러우니 환장하지 않을 수 없는 것이다. 자다가 깨보면 누나가 아기를 황홀한 눈으로 들여다보는 장면과 부딪치기도 했다. 하지만 가구들 사이의 좁은 틈새에 비집고 들어가서 버림받은 아이 같은 삭막한 표정을 하고 쪼그리고 있는 일도 많았다. 너무 헛헛해서 꼭 끼는 틈새에 끼여 있는 편이 덜 허전했던 모양이다. 누구에게나 아우 보기는 인생고와 생존경쟁의 시작인 동시에, 생명에 대한 경외감이 환기되는 착잡한 시기이기도 해서 여러모로 마음이 불편하기 마련이다. 우리 딸은 예민해서 그게 더 고통스럽게 다가온 것뿐이다.

마음이 제일 홍성한 것은 나였다. 산후 휴가가 남아 있어서 나는 아늑하고 깨끗하게 수리된 집에서 어머니를 모시고 아이들과 같이 흐뭇한 시간을 보내고 있었다. 태어나 처음으로 경험하는 태평연월이었다. 하지만 그 태평연월은 오래가지 못했다. 석사학위 논문을 다음 학기까지 끝내야 했기 때문이다. 대충 준비는 되었지만, 다듬어서 제대로 쓰려면 두 학기는 필요했다. 그런데 한 학기를 더 하려면 등록금을 한 번 더 내야 하는 것이 문제였다. 무리를 해서 이사를 했기 때문에 우리에게는 그럴 만한 여유가 없었다. 할 수 없이 다음 학기에 끝마쳐야 하니 어머니의 도움이 절실하게 필요했다. 그래서 같이 살기로 했는데, 하필이면 그때 청천벽력 같은 재앙이 몰려왔다. 이십 년 전에 앓았던 아버지의 폐농양肺膿瘍이 느닷없이 재발한 것이다.

1963년의 4중고

형편이 어려워질 것을 알면서도, 나는 그해에 고등학교 교사직을 그만둘 작정이었다. 논문도 논문이지만 아이가 둘이 되니 어머니가 오셔도 감당하기 어려울 것 같아서였다. 때마침 S대 교수인 언니 친구가 자기 학교에서 교양과목 시간을 얻어주마고 하셨다. 네 시간을 맡아서 하루만 나가는 것으로 이야기가 거의 확정되었다고 말해주었다. 그래서 그 학교와 가까운 신당동에 집을 산 것이다. 그런데 마지막 인터뷰에서 차질이 생겼다. 학장이 갑자기 일 년간 부속 고등학교에서 가르치다가 내년에 대학에 오는 것으로 하자고 선언한 것이다. 경력이 적으니 테스트를 해보자는 의도인 것 같았다. 하지만 테스트하는 일은 대학에서도 얼마든지 할 수 있다. 절차도 간단하다. 마음에 안 들면 다음 학기에 시간을 안 주면 되는 것이다. 그런데 갑자기 고등학교 건을 꺼낸 것은 이해하기 어려웠다. 인사 문제에는 언제나 이런 변수가 있기 마련인데, 아기 출산 때문에 미리 이사 간 것이 잘못이었다. 강사가 되는 것을 예상하고 모든 계획을 짜놓아서 나는 학장의 말에 치명적인 타격을 입었다. 낯선 고등학교에 가서 전임으로 일을 시작하는 것은 불가능한 상황이었기 때문이다. 대학 강의 경력이 없어서 불신당하는 것 같아 모욕감도 느껴졌다.

하지만 모욕감 같은 것은 문제도 아니었다. 현실적으로 그 일은 불가능했기 때문이다. 1963년 봄 부임하는 달에 나는 아기를 낳아야 하는 것이다. 그때는 학기 초가 사월이었다. 일주일에 하루만 출강을 하게 된다면, 한 달 늦게 강의를 시작하고, 빠진 수업은 나중에 보강하기로 실무자와 합의가 되어 있었다. 신입생들은 학기 초에 행사가 많으니 별로 지장이 크지 않을 것 같다고 그분이 말했다. 그런데 고등학교 전임은 그게 어렵다. 업무가 많아서 그렇게 할 수가 없다. 출산 후 적어도 한 달은 쉬어야 몸이 견딜 수 있는데, 그때면 중간고사를 볼 시기에 가깝다. 그건 해서는 안 되는 경우 없는 짓이다. 그뿐 아니다. 어느 학교에서나 신임교사는, 더구나 나처럼 테스트하기 위해 쓰는 신임교사는, 첫 학기에 일을 잘해야 끝이 좋다. 그런데 나는 그럴 형편이 전혀 아니니 전임으로 가는 것도 보장받기 어려울 것 같았다.

새 학교에 가서 잘할 수 없을 바에는 있던 학교에 눌러앉는 편이 났겠다는 생각이 들었다. 학기 초에 출산을 해도 오 년 동안 열심히 근무한 학교에서는 미안해할 필요가 없다. 한 달이라는 출산휴가가 보장되어 있기 때문이다. 그 후에도 급할 때는 동료들이 대강을 해줄 수도 있다. 여자는 경력에 공백이 생기면 다시 잡기 어려우니, 강사가 못 되면 고등학교를 그만둘 수 없다. 그래서 눌러앉기로 하고 새 학교를 거절하니, 내

앞에는 악몽 같은 일 년이 기다리고 있었다.

학교는 멀어졌지, 일하는 사람은 바뀌었지, 어머니는 아버지 때문에 가버리셨지, 논문은 써야 하지…… 그해 봄에 사중의 난관이 나를 기다리고 있었다. 전에 있던 학교에 일 년 더 있기로 하니 모든 일에 차질이 생긴 것이다. 첫 번째 문제는 출근 전쟁이었다. 집이 멀어져서 아침 일곱시에는 나가야 했다. 아이들이 기분이 좋지 않을 시간대다. 그래서 우리 집 아침은 난리도 아니었다. 아이 둘이 매달리니 집을 나서는 것 자체가 힘이 들었다. 러시아워에 중간역에서 버스를 얻어 타는 것도 결사적인 투쟁을 요구했다. 나는 그동안 러시아워에 출근 전쟁을 치러본 경험이 없다. 야간에 나가다가 학교 근처로 이사를 했기 때문이다. 대학에 다닐 때도 마찬가지였다. 서울대는 자기 시간표를 자기가 짜니 러시아워를 피하게 편성하는 일이 가능했다. 그러니 중간 역에서 버스를 타는 출근 전쟁은 고등학교 이후 처음으로 겪는 새로운 재난이었다. 버스들은 이미 만원이 되어 와서, 내리는 사람이 없으면 서지도 않는 일이 많았고, 버스 안도 찜통 같아서 내리면 양말이 찢기고, 머리가 흐트러져 있었다.

아이 둘을 돌볼 도우미를 새로 구하는 것도 보통 문제가 아니었다. 육 년간 같이 생활하던 언니가 떠나면 큰아이가 받을 타격도 심각한 문제였고, 모든 것을 새로 가르쳐야 하니 부엌도 난리였다. 아이가 하나 더 느는데도 신당동으로 이사 갈 생각을 한 것은, 순전히 어머니가 같이 살기로 했기 때문이었다. 마침 언니네가 학교 근처로 이사를 해서 그때 어머니 집에는 내외분만 계셨다. 그래서 어머니가 우리와 합칠 생각을 하게 된 것이다. 똑같이 직업을 가진 딸인데, 언니만 데리고 있는데 대한 죄의식이 있었고, 갓난아기의 젖비린내를 환장하게 좋아하는 취향도 한몫했으며, 우리가 집 살 돈이 모자라니 당신 집 전세금을 빌려주고 싶기도 하셨고, 내가 공부를 계속하게 돕고 싶기도 해서, 어머니는 우리와 같이 사는 결단을 내리셨다. 언니는 당신 집에 들어와 산 거지만, 이건 당신이 딸네 집에 들어가는 것으로 어머니가 좋아하는 일은 아니어서 어머니로서는 크게 양보를 한 것이다. 그래서 어머니는 삼 년 만이라고 시한을 붙였다. 그런데 두 달도 못 채우고 우리 집을 떠나지 않을 수 없는 사건이 생겼다.

남자아이를 유난히 좋아하는 어머니는 내가 아들을 낳으니 신명이 나셨다. 당신이 고르고 수리한 집도 마음에 들어 하셨다. 종일 어른들은 없는 데다가 일하는 사람이 있으니, 아기와 오붓하게 즐거운 시간을 누릴 수 있어서 어머니는 만족해하고 계셨다. 그런데 아기를 낳고 한 달쯤 지났을 때, 오랫동안 잠잠하던 아버지의 폐농양이 느닷없이 도졌다. 마른하늘에서 벼락이 떨어진 것이다. 하필 그때에, 하필 그 중요한 때에 그런 일이 일어난 것이다.

예상하지 못한 재난이어서 어머니도 나도 넋을 잃었다. 결핵성 질환이라 아기와 같이 있지 말라는 선고가 내려졌다. 결벽증이 있는 어머니는 아기에게 혹시라도 병을 옮길까 봐 매정할 정도로 아버지를 본채 근처에 오지 못하게 하셨다. 그러면서 번번이 아버지가 그렇게 좋아하는 아기를 만지지 못하게 된 현실에 가슴이 무너져 내려서 눈시울이 뜨거워지셨다. 아버지는 아버지대로 아기가 너무 보고 싶어서 몰래 창 너머에서 들여다보는 일이 많았고, 아기는 아기대로 낳자마자 폐결핵 예방주사를 맞아야 했으니, 서로 못할 일이었다. 되도록 빨리 따로 살 준비를 하기로 합의했다.

산후의 부기도 가라앉기 전에 나는 그 문제로 골치를 앓았다. 어머니가 나가려면 어머니에게서 빌린 돈을 돌려드려야 하는데, 돈이 없었기 때문이다. 집수리를 하느라고 형제들 돈까지 다 긁어 써서 돈을 빌릴 곳이 없었다. 남에게서 돈을 빌린 일이 없던 나는 완전히 패닉 상태에 빠졌다. 보다 못해 김 선생이 한 동료에게서 돈을 꾸게 주선해주셨다. 그 선생이 시키는 대로 차용증을 써주고 돈을 받아 백에 넣는 순간에 눈물이 주르르 쏟아졌다. 울지 말라며 김 선생이 등을 쓰다듬어주셨다. 그냥 쓰는 것이 아니고 이자를 주는 건데 울어야 할 이유가 없다는 것이다. 이슬람 교도들은 빚을 지는 것을 수치로 여긴다고 한다. 나도 그렇게 생각하고 있었기 때문에 다시는 형제가 아닌 사람에게 빚을 지지 않고 살기로 결심을 했다. 이제는 집이 있으니까 돈이 필요하면 은행을 찾으면 되었다. 돈이 없으면 굶는 것이 내 방식이어서 다음부터는 집도 그렇게 무리를 해가면서 늘리지 않기로 했다. 다행히도 이 선생은 가족에 대한 책임감이 아주 강한 가장이었고, 계속 베스트셀러 작가여서 다시는 돈 문제로 나를 번거롭게 하지 않았다. 그는 모든 수입을 내게 맡겼으니 내가 조심하면 되었다. 나는 그 점을 늘 남편에게 감사한다. 그건 내가 사람답게 살 수 있게 해주는 기본 요건이었기 때문이다.

아기를 못 잊어서 어머니는 돌아보고 또 돌아보고 하면서 아버지를 모시고 이사를 가셨다. 칠남매의 넷째로 태어나서 항상 어머니를 그리워하면서 산 나는 이 기회에 어머니를 독점해서 마음껏 잘해드리고 사랑도 듬뿍 받고 싶었는데, 결과가 그렇게 나쁘게 나왔다. 부모 자식 사이에도 궁합이 있는가 보다. 어머니와 나는 그때부터 해마다 봄가을로 도지는 아버지의 폐농양 때문에 끝내 한집에서 살아보지 못하고, 칠 년 후에 영원한 이별을 맞이했다.

하지만 어머니와 같이 살 수 없게 된 것은 그런 감정적인 상실감만을 주는 한가한 사건이 아니었다. 밤에 논문을 쓰려면 아기를 어머니가 데리고 주무셔야 하는데, 그게 불가능해져서 논문 쓰기에 차질이 생겼다. 그건 치명적인 타격이었다. 낮에는 학교에 가야 하니까 밤에 써야 하는데, 어머니의 도움이 가장 절실하게 필요한 때에 어머니를 놓쳤으니, 이 난국을 어떻게 헤쳐 나가야 할지 앞이 캄캄했다. 아기와 내가 밤새도록 엉겨서 잠도 못 자고 논문도 못 쓰는 난장판이 계속된 것은 순전히 어머니가 안 계셨기 때문이다.

설상가상으로 육 년이나 있던 도우미까지 결혼을 하기 위해 나간다고 해서 바꾸었으니, 아이들을 돌보던 손이 한꺼번에 다 바뀌었다. 세상이 뒤집힌 셈이니까 아이들도 난리였다. 어머니가 아기에게 너무 잘해놓아서 아이가 새 사람에게 적응하지 못했다. 어머니는 아이가 감기에 걸리면, 업은 아이를 앞으로 돌려 가슴에 폭 껴안고 그대로 앉아 주무신다. 아기 냄새를 좋아하는 어머니는 자주 그런 식으로 밤을 새우면서, 새로 태어난 혈육과의 일체감을 즐기셨고, 가슴에 코를 박고 자고 나면 아기는 자궁에 돌아간 것처럼 편안해서 감기도 배탈도 싹 나았다. 그런 최상의 서비스를 하다가 어머니가 떠나시니, 아기가 새 사람에게 적응을 할 리 없었다. 하루는 학교에 갔다 오니 스물세 살이나 된 도우미 언니가 아이를 달랠 방법을 몰라서 울고 있었다. 그러니 말도 못 하는 아이는 또 얼마나 힘이 들었겠는가?

갓난아기를 돌보면서 논문을 마무리하는 것은 불가능에 가까운 난업이었다. 논문은 마무리 작업이 어렵기 때문이다. 어머니가 떠나신 후, 나는 하룻밤에 열 번도 더 깨는 아기와 싸우면서 밤새도록 논문을 쓰려고 기를 썼다. 내 조바심이 전달되는지 아기는 재워놓고 일어나려고 하면 매번 같이 깬다. 밤새도록 그짓을 되풀이한다. 잠은 잠대로 못 자고, 글은 글대로 못 쓰면서 모자가 녹아웃이 되는 악몽 같은 일이 되풀이되었다. 미칠 것 같았다. 그러면서 학교에도 나가 전임 몫의 수업을 해야 했다. 지옥이 따로 없었다.

그 와중에 석 달을 잘 있던 새 도우미가 갑자기 나간다고 했을 때는 하늘이 노래 보였다. 그녀는 일요일 밤에 월급을 받더니, 그 자리에서 나간다고 보따리를 들고 나와 나를 경악하게 만들었다. 혼수할 돈이 없어서 약혼자가 군대 간 사이에 몰래 상경했는데, 남자가 갑자기 휴가를 나오게 되었다는 것이다. 후임은 구해놓고 가야 하지 않느냐면서 일주일만 봐달라고 사정을 했다. 그랬더니 고향을 떠날 때 어른들이 월급을 받은 직후에 나간다고 해야 손해를 안 본다고 훈수해서, 막바지에 말을 꺼냈기 때문에 하루도 양보할 수 없는 형편이라고 실토했다. 당장 아침에 출근을 해야 하는데 어찌해야 할지 알 수 없었다. 할 수 없이 시댁 조카와 시누이가 하루씩 교대로 와서 낮에만 아이들을 봐주기로 했다. 아버지 상태가 좋지 않아서 어머니는 올 수 없었기 때문이다. 워낙 몸이 약한 나는 너무 힘이 들어서 사흘 만에 퇴근하다가 길에서 그만 까무러치고 말았다.

상황이 그렇게 절박했던 나는 다음 날 학교에서 돌아오다가 길에 넋을 잃고 앉아 있는 낯모르는 여인을 그냥 데리고 들어왔다. 차비를 소매치기당해서 집에 못 가게 되었다는 그 여인은, 고맙게도 열흘 동안 아이와 집을 잘 봐주다가 후임을 구한 후에 떠났다. 그녀와 나는 서로에게 의인이었던 모양이다. 그런 난리를 겪느라고 나는 참 형편없는 논문을 써서 졸업을 했고, 그 후에 다시 다듬은 논문이 잡지에 실리면서 평론가로서 등단했다.

하지만 다음 해부터 사는 일이 쉬워졌다. 고등학교를 그만두고 국학대학에 시간강사로 이틀만 나가게 되었기 때문이다. 내가 집에 있는 시간이 많아진 데다가 아기는 돌이 지났고, 누나는 유치원에 들어갔으며, 도우미도 안정이 되어 생활이 한결 편해졌다. 내가 일찍 출근을 하지 않으니 집 안이 조용하고 평화로워서 아이들도 남편도 모두 안정을 얻었다. 이 선생이 『흙속에 저 바람 속에』를 출판해서 베스트셀러 작가가 되어 경제적으로도 안정이 되었다.

그때부터 십 년 동안 나는 전임이 되지 못해서 숙대, 건대, 국민대 같은 여러 학교에서 시간강사를 했다. 시간 수는 전임과 같은데 강사료는 한 강좌가 쇠고기 한 근 값밖에 되지 않았다. 평가절하된 인생이다. 그런데도 어느 학교에 먼저 자리가 날지 모르니 학교 수를 줄일 수가 없었다. 숙대가 불가능해진 것을 안 후에 내가 주력한 대학은 건국대였다. 작은할아버지가 건립위원이었던 학교여서 같이 초대이사를 하시던 분이 도와주겠다고 하셨다. 그런데 다음 해에 이사장이 바뀌자 원로교수들을 사임하게 하니 그분이 미국으로 이민을 가셔서 차질이 생겼다 .학교에서는 계속 교수를 채용하는데, 나는 번번이 나보다 조건이 나쁜 남자들에게 밀려났다. 나중에는 사학과 출신에게도 밀려났다. 그런 기간이 자그마치 십 년이나 계속되었다. 언제나 나보다 평점이 낮은 분들이 새치기를 하니 공정성에 대한 불신이 분노를 자아냈다. 건국대는 민주적이어서 과의 권한이 컸는데, 과의 남선생들 모두 여교수 기피증이 있었던 것이다. 그분들은 사이가 나빴던 사람끼리도 여교수 밀어내기에는 일사불란하게 스크럼을 짜는 놀라운 메일 쇼비니즘을 과시했다. 그 면에서는 모교의 교수님들도 다를 것이 없었다.

하지만 다행스럽게도 내 좌절의 시간들이 아이들에게는 축복의 시간이 되어주었다. 나는 막내가 열 살이 넘은 다음에 대학교수가 되었으니, 아이들이 어릴 때는 같이 나가 자전거를 태워줄 수도 있었고, 동화책을 읽어주거나 옛날이야기를 해줄 시간이 있었다. 신당동 시절에는 아들 손을 잡고 딸을 유치원에 데려다주는 일도 했다. 그러면서 낮에 비는 시간을 이용해 정양완 선배와 임창순 선생님 댁에 가서 한문 공부를 했다. 텍스트는 『幼學須知要解』라는 책이었다. 동네 여자들과 꽃꽂이를 배울 시간도 있었다. 일주일에 사흘은 집에 있을 수 있으니, 글도 쓰고 공부도 하면서 취미 생활도 즐길 수 있었던 것이다.

석사학위를 받은 1965년에 나는 《현대문학》을 통해 평론가로 데뷔했다. 곽종원 선생 추천이었다. 아마 내가 해방 후에 나온 첫 여류 문학평론가였던 것 같다. 원고청탁이 간간이 들어와서 원고도 쓰고, 시간강사도 하면서 그 세월을 즐겼다. 만약 십 년 후에라도 전임이 된다는 것만 보장된다면, 여선생들은 육아 기간에 시간강사만 하는 것도 나쁘지 않을 것 같았다. 요즘은 아이를 적게 나으니 일이 년만 시간강사를 해도 훨씬 살기가 쉬울 것이다. 아이가 엄마를 절대적으로 필요로 하는 시간은 그다지 길지 않기 때문이다. 하지만 누가 십 년 후를 보장해줄 수 있는가? 십 년 후에라도 전임이 되었으니 나는 운이 좋았다고 생각하기로 했다. 그래도 이십 년 근속상을 받고 퇴임했으며, 그다음에도 영인문학관을 이십 년 동안 경영하는 일이 가능했으니 내 잔이 넘쳤다는 생각을 하면서 살기로 했다.

세 번째 아이

1966년에 나는 세 번째 아이를 낳았다. 하얗고 이쁘고 약한 아기였다. 루이제 린자 여사가 그 애를 보더니 '아기 부처'라는 별명을 지어주셨다. 아이의 분위기에 어울리는 별칭이었다.

셋째 아이가 태어나자 우리 부부에게는 적지 않은 변화가 왔다. 이 선생은 다음 날 방송국 직원들을 모아놓고 강연을 하다가, 문득 저들이나 자기나 다를 것이 별로 없는데 그들에게 강의를 하는 것이 멋쩍다는 생각이 들더란다. 이상해서 주변을 살펴보니, 자기 앞에 아이가 셋이나 앉아 있더라는 것이다. 대가족의 책임자가 되었다는 자각이 자신을 성찰하는 계기를 준 것 같다.

그에게 일어난 또 하나의 변화는, 걸핏하면 직장을 그만두는 버릇이 없어진 것이다. 그때까지 그는 직장에서 마음에 안 드는 일이 생기면, 그 자리에서 보따리를 싸는 습관이 있었다. 그런데 그 버릇이 없어졌다. 5인 가족을 짊어진 가장이라는 책임감 때문이었을 것이다. 그해에 들어간 이화여대에서 그는 삼십 년간 근속했고, 조선일보에서도 문학사상을 시작할 때까지 육 년이나 있었다.

변화는 내게도 왔다. 세 번째 아기 옆에 누워서 나는 나무꾼과 선녀 이야기를 생각했다. 아이가 셋이 되면 하늘 옷이 있어도 하늘에 돌아갈 수 없다는 것을 알고, 나무꾼이 선녀에게 하늘 옷을 돌려준다. 아이가 셋이면 하늘 옷이 손에 있어도 지상을 이탈하는 일이 불가능하다는 것을 그 이야기가 일깨워 주었다. 지상과의 거리가 그만큼 좁혀지는 걸 느끼는 그런 증상들은 우리가 이미 청년기를 벗어났다는 것을 의미하기도 했다. 베르테르식 감상적인 세계나 제임스 딘 같은 반항아의 세계와는 인연을 끊어야 할, 어른의 시기가 온 것이다.

남의 부모가 된다는 것은, 하늘 옷 같은 모든 비상하는 것들과 인연을 끊는 것을 의미한다. 그때부터는 취향이나 꿈이 아니라 책임감과 의무감으로 세상을 살아야 하기 때문이다. 그래서 어떤 사람들은 아이를 낳는 일을 두려워한다. 한 생명을 책임지고 키울 자신이 서지 않는 것이다. 그만큼 부모의 길은 무겁고 벅차다. 먼 후일에 미국에 갔을 때, 외손자가 갑자기 열이 너무 높아져서 앰뷸런스를 부른 일이 있다. 가는 동안에 아이의 열이 좀 가라앉는 기미를 보이자 기사와 애 엄마가 부모가 된다는 것의 의미를 되새기고 있었다. 그들은 아이가 생기면 하지 못하는 일을 즐겁게 나열하기 시작했다. 'no trip', 'no baseball game', 'no cinema', 'no opera', 'no party'…… 나열하는 항목은 끝이 없었다. 부모가 된다는 것은 그런 것이다. 우리는 자기가 하고 싶은 것을 다 내주고 부모라는 거룩한 타이틀을 얻는다. 세상에서 가장 무겁고 가장 자랑스러운 직함이다.

　나도 막내가 초등학교를 졸업할 때까지 저녁 모임과 혼자 하는 여행, 친구들과의 모임 같은 것을 다 포기하며 살았다. 여행광인데 여행을 하지 못했고, 보고 싶은 친구도 만나지도 못했으며, 무얼 배우러 다니지도 못했고, 전시회에도 발을 들여놓을 겨를이 없었다. 평창동으로 이사 온 후에는 거기에 학교에서의 저녁 회식도 추가되었다. 우리 집은 삼 년간 외딴집이었고, 길에는 외등도 없었기 때문에 밤에 아이들만 집에 둘 수 없어서 밤 외출을 포기한 것이다. 그렇게 많은 것을 희생하면서 지켜주어야 할 세 생명이 앞에 있는 삶은, 힘들고 많이 무거웠지만, 보람 있는 소중한 것이었다. 내가 길러야 하는 아이들은 대한민국의 국민이며, 동시에 인류의 일원이어서, 그들을 정성스레 키우는 것은 사람이 해야 할 가장 기본적이고 거룩한 과업처럼 생각되었다.

　그렇게 한 단계 더 무거운 책임감 속에 침잠하면서, 우리는 아이를 가진 부모라는 점에서 온 세계의 부모들과 유대가 생기는 연대의식도 얻었다. 그건 살아 있는 생명체 전부에 대한 외경심의 확대다. 어느 날 버스가 개를 치어서 급정거를 한 일이 있다. 그때 남편과 나는 승객 중에서 자식이 있는 사람과 아닌 사람을 쉽게 식별할 수 있었다. 자식이 있는 사람은 모두 경악하고 있었기 때문이다. 자식이 있는 사람은 어떤 생명도 소홀하게 여길 수 없게 된다. 아이들은 태어나면서 그렇게 부모를 성숙시킨다. 6.25 때 남편과 시아버님을 한꺼번에 잃은 선배님께 아이 넷을 어떻게 혼자 기르셨는가 물어보았더니 "애들이 나를 길렀어" 하던 생각이 난다. 대들보가 기울면서 큰 집이 쓰러지려 하는데, 그 밑에 누워 있는 네 아이를 지키기 위해 자기가 두 다리로 기우는 대들보를 받칠 힘을 얻었다는 것이다. 어머니가 아니면 가질 수 없는 괴력이다. 전생에 무슨 인연이 있으면 이승에 와서 부모와 자식으로 맺어지는가? 그 많은 인연 속에서 우리 집까지 찾아온 아이들에게 늘 감사하다는 생각을 한다.

우리 막내는 좀 예민한 아이여서, 어렸을 때부터 자기가 태어나지 않았으면 엄마가 덜 아팠겠다는 생각을 하는 이상한 버릇이 있었다. "태어나서 미안합니다." 사람만 보면 그런 말을 하며 머리를 숙였다는 일본 작가 다자이 오사무*처럼 태어난 것을 자주 미안해한 것이다. 세 번째 아이는 안 낳아도 지장이 없다는 말을 어디에선가 들은 모양이다. 우리는 그렇지 않았다. 둘째까지는 정신없이 낳았는데, 세 번째는 선택해서

---

* 다자이 오사무(太宰治, 1909~1948): 일본 쇼와 시대의 문인으로 『사양』, 『인간실격』 등의 작품이 있다.

낳았기 때문이다. 그해가 말띠 해여서 아기가 생겼다니까 딸을 낳을까 봐 어른들이 걱정을 하셨다. 말띠 여자는 혼인 때 꺼리니까 상처받을 일이 생길지도 모른다는 속 깊은 염려셨다. 하지만 우리는 그 애를 기쁘게 받아들였다. 우리는 띠 같은 것에는 신경을 쓰지 않았다. 닭띠인데도 그이와 나는 노상 말띠처럼 달리면서 살고 있기 때문이다. 그뿐 아니다. 내게는 그 애가 아들일 것이라는 예감이 있었다. 아이 둘을 낳으면서, 남자와 여자는 엄마 몸에 자리 잡는 자세가 다르다는 것을 감지했기 때문이다.

그 애는 어머니 상을 치르고 있는 내가 입고 있는 상복에 대해서도 유별난 반응을 보였다. 어머니가 돌아가신 그 정월에 시댁 큰아버님이 세배를 오지 않았다고 자꾸 전화를 주셨다. 보고 싶으신 것이다. 사정을 알려드렸는데도 연만하셔서 자꾸 잊으시니 할 수 없이 음력설에 세배를 갔다. 친정 상복을 입고 시댁에 세배갈 수 없으니까, 감색 공단 치마에 흰 명주 저고리를 입고 화장도 좀 했다. 막 나가려는데 막내가 동네 아이들을 모두 데리고 들어왔다. 오늘 우리 엄마 이쁘니 보러 오라고 친구들을 불러들인 것이다. 막내가 내 상복 차림을 얼마나 싫어했는지 알 것 같았다. 다른 아이들과 남편도 마찬가지였을 것이다. 세상에 슬퍼서 죽는 사람은 없다. 그런데 내가 슬퍼하면 죽는 줄 아는 아이들을 지켜야 하니까, 다시 화장을 하기 시작했고 수수한 평상복을 꺼내 입었다. 어쩌면 지하의 어머니도 나의 상복 차림을 질색하셨을지도 모른다는 생각이 들었다. 그래서 백 일만에 탈상을 해버렸다.

아이들에게 부모는 흔들리지 않는 존재여야 하고, 항상 건강하고 밝게 사는 모습을 보여주어야 하는 존재라는 것을 무겁게 확인했다. 우리 형제는 아버지가 독립운동을 한 전력 때문에 형사가 미행해서 집에 못 오는 가정에서 자랐다. 그래서 어머니가 혼자 길렀는데, 어머니는 아이들 앞에서 약한 모습을 보이지 않아서 모두 밝게 자랐다. 성 안에 있는 외딴집에 살 때, 밤이 되어 검은 우단같이 밀도가 높은 어둠이 천지에 내려 덮이면, 우리는 부둥켜안고 어둠이 무서워서 울기 시작했다. 하지만 어머니만 나타나면 그 공포감이 사라졌다. 어머니는 반석처럼 흔들림이 없는 거목 같은 여인이었기 때문이다. 어머니가 그렇게 흔들림이 없이 건재함을 우리에게 보여주기 위해 남몰래 칼슘, 포도당 같은 주사를 맞기도 하고, 돼지고기 삼겹살에 찰밥을 곁들여 영양을 보충하기도 하면서, 인위적으로 기력을 가다듬었다는 것을 안 것은 어른이 된 뒤였다. 나도 어머니처럼 흔들림이 없는 어머니가 되고 싶었는데, 어머니보다 약한 육체를 타고나서 그 일은 참 힘이 들었다. 그래도 흉내는 열심히 냈다. 어머니에게서 받은 것을 갚아야 했기 때문이다.

부록:『흙속에 저 바람 속에』

내게는 사중고가 겹쳐 있던 1963년에, 이어령 씨에게는 좋은 일이 많았다. 첫아들을 낳은 데다가 《경향신문》에 〈흙속에 저 바람 속에〉를 연재해서 독자들의 뜨거운 호응을 받았기 때문이다. 그이는 이미『저항의 문학』(1959),『지성의 오솔길』(1960) 등의 평론집을 내서 인정을 받은 평론가였는데, 에세이 연재도 성공했으니 감회가 깊었다. '흙속에 저 바람 속에'는 그가 붙인 제목으로 논문 같은 내용을 에세이 형식으로 쓴 최초의 작품이어서, 그에게는 아주 중요한 책이었다.

연재는 한강로 집을 떠나기 전에 이미 시작되어서, 그는 수리를 하는 동안에도 계속 글을 써야 했다. 이사 간 다음 날도 그는 글을 썼다. 아기가 태어나던 날도 마찬가지다. 집수리가 덜 끝나서 한동안은 침대 매트리스를 이 방 저 방으로 끌고 다니면서 그 위에 밥상을 올려놓고 〈흙속에 저 바람 속에〉를 써야 했다. 그렇게 노상 글을 써야 해서 그에게는 서재가 필요했다. 내가 그의 서재를 치외법권 지대처럼 일상 세계와 격리시키려고 기를 쓰는 이유도 거기에 있다. 어쩌면 나는 힘들고 번거로운 일을 대신 해서 그의 글 쓰는 시간을 늘려주기 위해 서둘러 결혼했는지도 모른다. 그는 학교에 나가면서 연재를 계속했기 때문에 언제나 피곤했던 것이다.

『흙속에 저 바람 속에』

펜으로 쓰는 글 쓰는 작업은 사람을 잡는다. 김훈 씨가 육필로 장편소설을 썼더니, 베스트셀러가 된 그 소설의 인세가 치과에 거의 다 들어가더라는 글을 읽은 일이 있다. 이어령 씨도 마찬가지여서, 그의 글은 늘 그의 생명을 축내고 있었다. 그는 글을 쓰고 나면 몸이 소금으로 절인 푸성귀처럼 까부라진다. 글쓰기는 정신노동이면서 동시에 육체노동이기 때문이다. 그래서 사십 대 후반부터는 연재를 시작하면 미리 보약을 준비했다. 그런데 초창기에는 경험이 없어서 맨몸으로 그 일을 감당했으니 그는 연재가 끝날 때마다 체중을 잃었다.

'아기산' 사건이 있은 지 일 년쯤 지나서 이어령 씨는 경향신문에 스카우트되어 한국일보를 그만두었다.[*] 그 무렵에 경향신문은 동아일보와 어깨를 겨루는 유명한 야당지여서 인기가 높았다. 〈흙속에 저 바람 속에〉가 그 인기를 증폭시켰다. 젊은 논설위원이 부수를 늘리는 좋은 글을 써주니까 이준구 사장님이 보너스로 1964년 사월부터 삼 개월간 유럽여행을 시켜주셨다. 그이는 폐소공포증이 심해서 비행기 타는 것을 좋아하지 않았지만, 유럽은 너무 보고 싶은 곳이어서 용기를 내서 떠났다.

[*] 경향신문 재직기간은 1962년 7월부터 1965년 7월까지다.

그건 그의 첫 비행기 여행이었다. 첫 해외여행이기도 했다. 삼 개월간의 유럽 여행은 그의 생애에서 아주 큰 의미를 지녔다. 유럽 문화를 육안으로 검색할 수 있었기 때문이다. 유럽에 가자마자 그는 좋은 여행 파트너를 만났다. 워커힐의 힐탑을 설계한 건축가 석주선 씨였다. 그때 석주선 씨는 건축물 취재를 위해 유럽 도시들을 혼자 순례할 계획을 세워놓고 있었다. 그러다가 목적이 같은 이어령 씨를 만나 동행하게 된 것이다. 그건 서로를 위해 크게 도움이 되는 만남이었다. 그분은 운전을 잘하셨고, 연상인 데다가 해외여행 경험도 있어서 이 선생에게는 의지가 되었고, 그분에게는 지도를 읽어주면서 대화를 나눌 다른 예술 분야의 전문가 친구가 생겼기 때문이다. 그런데 문제가 있었다. 보고 싶은 것이 달랐던 것이다. 이어령 씨는 유럽의 옛날 건물들이 보고 싶은데, 석 선생은 유럽의 미래의 건물이 보고 싶었기 때문이다. 이어령 씨는 사원과 작가의 집과 미술관을 보아야 하는데, 파트너는 도심 한복판에 있는 아라모드à la mode*의 첨단 빌딩에만 관심이 있으니 일이 복잡해졌다.

　하지만 큰 안목으로 보면 두 분 다 유럽의 어제와 내일을

---

* 최신 유행을 뜻하는 프랑스어.

보아야 온전히 취재할 수 있었기 때문에, 되도록 양쪽을 모두 보는 쪽으로 타협해서, 석 달 동안의 자동차 여행이 시작되었다. 더치페이로 자동차 여행을 감행한 것은 두 사람 모두에게 행운이었다. 자기가 원하는 곳을 마음대로 볼 수 있었기 때문이다. 석 선생은 운전하고 이 선생은 지도를 보면서 그들은 프랑스를 보았고, 독일을 보았으며, 이탈리아를 구석구석 돌아다녔다. 제가끔 자기 분야의 문화를 탐색하는 그 여행은 시야를 넓히는 기회도 되어서 원원의 효과를 나타냈다. 이 선생은 까다로운 편인데 처음 만난 분과 석 달 동안 침식을 같이 하는 일을 무사히 끝낸 것은 놀라운 일이어서 나도 그 여행을 잊을 수가 없다.

이 선생은 유럽 여행에서 취재한 자료를 바탕으로 하여 다음 해에 〈바람이 불어오는 곳〉이라는 새로운 연재 에세이를 썼다. 그 〈흙속에 저 바람 속에〉와 〈바람이 불어오는 곳〉 두 에세이를 통해서 이어령 씨는 우리나라에서 에세이의 개념을 바꾸어놓았다. 그때까지 한국에서는 평론이 아닌 산문글은 모두 수필이나 에세이라고 불렀다. 이삼십 매 이내의 신변잡기인 경우가 많았다. 이 선생의 첫 에세이집은 그것을 formal essay 와 informal essay로 분류하는 데 기여했고, personal essay가 아닌 장문의 formal essay는 평론이나 논문과 같은 성격을 지닌다는 것도 독자들에게 인식시켰다. 논문처럼 같은 주제를 논리적으로 전개해나가는 글을 책 한 권 분량만큼 써서 에세이라고 부른 것은 한국에서는 아마 이어령 씨가 처음이었지 싶다. 그는 처음부터 같은 테마로 일관되게 진행되는 문명론 같은 것을 에세이라는 이름으로 발표했던 것이다. 그를 폄하하고 싶은 사람들이 그를 에세이 나부랭이나 쓰는 문인으로 보고 싶어 하는 근거는 에세이를 종전의 개념으로 본 데 있다고 할 수 있다.

〈흙속에 저 바람 속에〉는 한국 문명과 유럽 문명을 탐색하는 그의 오랜 문명론 연구의 시작이었다. 그는 한국론이 거의 없던 그 시절에 한국 문화에 대하여 물었으며, 그것을 새로운 방법론과 새로운 문체로 탐색하고 있었다. 한자 두 글자형 축약적 제목이 대세를 이루어오던 나라에, 〈흙속에 저 바람 속에〉, 〈바람이 불어오는 곳〉, 〈하나의 나뭇잎이 흔들릴 때〉와 같이 토착어로 된 긴 제목을 들고 나온 것도 그가 처음이었던 것 같다. 그의 새롭게 하기 기법은 제목과 문체와 접근 방법 등에 고루 스며 있어서, 젊은 독자들에게 어필했다. 『흙속에 저 바람 속에』는 그의 명성을 높여주었으며, 집안 경제를 안정시켰고, 그에게 유럽 여행의 보너스까지 안겨준 책이다.

이어령 씨는 한국의 기층문화에 대한 조예가 깊다. 그건 우리나라의 기층문화가 그대로 보존되어 있는 중부지방의 중상층 집안에서 자란 사람만이 지닐 수 있는 문학적 자산이다. 한국의 기층문화에 대한 그의 지식은 정확하고, 깊고, 다양해서 그의 새것 찾기 취향을 뒤에서 받쳐주는 든든한 지주가 되고 있다. 그래서 그의 연재 에세이들은 매번 폭풍 같은 반향을 불러일으킨 것이다. 육십 년대는 이어령의 가장 이어령스러운 특징이 부각되고 형성되던 시기였다.

1966년도 그에게 행운이 이어지던 해였다. 그해에 이어령 씨는 두 번째 아들을 얻었으며, 조선일보 논설위원이 되었고, 평생의 직장인 이화여대 교수가 되었다. 그때까지는 이어령 씨도 나처럼 여러 대학에 나가고 있는 시간강사에 불과했다. 그런 기간이 오 년이나 계속되었다. 서울대 교수 자리가 무산 되면서 좋지 않은 부작용이 생겨났다. 다른 대학에서도 같은 이유로 이어령 블로킹 현상이 나타났던 것이다. 김옥길과 이 남덕이라는 두 거인이 그 편견의 벽을 부수고 그를 전임 자리 에 앉혀주었다.

그가 대학의 전임이 아니었던 기간은 장관을 그만둔 후에 도 있었다. 전직 장관을 데려다 어떻게 예우를 해야 할지 몰라 서인지 퇴임 후에도 4년간 그는 대학에 시간으로만 나갔다. 아직 오십 대였는데 전임으로 나가는 대학이 없었던 것이다. 이우환 선생이 정상급 화가가 되신 후에 이 선생에게 "이제 어디로 가야 하지?" 하고 묻는 편지를 보내신 일이 있다. 장관 도 마찬가지여서 그다음에 갈 곳이 마땅하지 않은 자리라는 것을 나는 그때 배웠다. 이번에도 구원의 밧줄은 이대에서 왔다. 1995년에 이화여대의 이배용 총장님이 학교의 학술원을 강화시키려고 석학교수라는 새 제도를 만들어서 이 선생을 다시 대학에 모셔 간 것이다.

이대는 공직에 나갔던 교수를 절대로 받아들이지 않기로 유명한 학교였다. 이태영 교수님이 돌아가지 못할 정도로 그 룰은 엄격했다. 그런데 이 총장님과 윤 이사장님이 그 금기를 과감하게 깨고, 석학교수라는 새로운 제도를 만들어서 이 선생을 다시 모셔 갔으며, 그 시한이 차자 석좌교수로 재임명하여, 중앙일보 상임고문이 될 때까지 정년을 연장시켜준 것이다. 그가 이화여대에서 고별 강연을 한 것이 2001년도 구월이었다. 일흔이 되어가던 시기다. 파격적인 예우였다고 생각해서 늘 감사하고 있다.

그 집에 온 손님들

신당동 집에서 우리가 가장 많이 한 것은 잔치였다. 아이가 둘이나 태어났으니 백일잔치 돌잔치가 여러 번 있었고, 시어른의 생신, 남편의 생일 같은 때에도 손님을 초청했다. 손님들이 앉을 자리가 있는 첫 집이었기 때문일 것이다. 이 선생은 어릴 때, 손님이 많이 오는 집에서 자랐다. 거대 가족이어서 친척이 많았고, 서울에서 오는 손님도 많았기 때문이다. 그에게 '집'은 어머니가 계시는 곳이고, 손님이 오는 곳이다. 그래서 그는 손님을 초청하는 것을 좋아했다. 어쩌면 그때 자신이 손님을 초청할 여건이 된 것이 기뻤는지도 모른다. 잔치는 평화로운 가정의 상징이기 때문이다. 나는 고양잇과에 속해서 잔치를 좋아하지 않지만, 그가 좋아하니 그의 취향에 호응해 주었다. 그 무렵에 내가 덜 바빴던 것도 그럴 수 있는 여건이었다고 볼 수 있다.

우리는 그 집에 친구들도 초대했다. 그 무렵에 가장 많이 만난 것은 내 여고 동창생 커플들이었다. 1966년에 이범준 씨가 미국에서 귀국해서 친구들을 자주 초청했다. 그 멤버들이 답례로 서로 초대하면서 그 일은 시작되었다. 오덕주, 이범준, 임원명, 정영자, 정영희 부부 등 남편끼리도 친한 친구들이 주축이 되었다. 그때 우리 친구들은 모두 결혼한 지 십 년이 가까워서 아이들이 유치원에 갈 만큼 자란 상태였다. 정신없이 아이들 치다꺼리를 하다가 겨우 숨 쉴 틈이 생긴 기쁨을 그런 식으로 교환한 것이다. 중학교 1학년 때부터 사귄 친구들이어서 만나면 너무 반가웠고, 남편들도 학벌이나 직종이 비슷한 경우가 많아서, 허물없이 농담도 하고 장난도 치며 놀았다. 하지만 술이 나오는 일은 거의 없었다. 이 선생이 술을 못하는 데다가 친구 남편 중에도 애주가가 없었기 때문이다.

그 무렵에 우리를 자주 초대한 집은 이범준 씨네와 김함득 선생(단국대 고병국 총장 부인) 댁이었다. 정치가 부부인 이범준 씨 집에서는, 다양한 분야의 사람들을 만나 시계를 넓힐 수 있었으며, 고병국 총장님 댁에서는 교육계의 어른들을 뵐 수 있어서 많은 가르침을 받았다. 유기천, 김옥길 같은 총장님들도 그 댁에서 만났다. 이 선생과 김옥길 총장님이 처음 만난 것은 유기천 총장님 댁에서였다. 1964년 연말이었던 것 같다.

신당동 집에는 문인들도 자주 오셨다. 문인 중에서는 이 선생이 추천해서 등단한 이광훈 씨가 가장 많이 드나들었다. 그 무렵에 고대를 졸업하고 《세대世代》* 잡지를 편집하던 그는, 잡지를 만들다가 모르는 것이 있으면 아무 때나 달려왔다. 이 선생을 《세대》의 문학 관계 자문위원으로 추대해놓고** 마음대로 드나든 것이다. 한강로에 살 때부터 와서 자고 가기도 하던 분이라 부담이 되지 않았다. 한번은 그가 서재에 와 있는 걸 모르고 우리가 부부 싸움을 한 일도 있다. 노상 오는 사람

---

* 1963년에 창간되었던 월간 교양잡지.

** 석 달만 맡아 했다.

이니 도우미가 문을 열어줬는데, 다투고 있으니 고하지 못한 것이다. 그래서 그는 우리 싸움의 자초지종을 옆방에서 모두 경청할 희한한 기회를 얻게 되었다.

그 무렵에 이어령 선생이 담배를 끊었는데(1차), 금연 스트레스 때문에 너무 자주 신경질을 부렸다. 그날은 도가 지나쳤다. 아침부터 얼마나 신경질을 부리는지 견디다 못해 내가 폭발한 것이다. 화장실에 가려고 서재 쪽으로 나가던 이 선생이 광훈 씨를 발견하고 낭패한 얼굴이 되었다.

"안 되겠습니다. 선생님 담배 도로 피우세요."

그의 목소리가 들려와서 나도 기함을 했다. 이광훈 씨는 말을 높은 소리로 느리게 하는 버릇이 있다. 머리의 뒷덜미에서 나오는 것 같은 그 높고 태평한 목소리가 부부 싸움을 하다가 손아래 사람에게 들킨 우리의 민망함을 무산시켜주었다. 키가 크고 맺힌 데가 없는 호인인 광훈 씨는, 아무리 급할 때에도 말을 빨리하지 않는다. 그 느린 템포가 긴장된 분위기를 진정시키는 데 효과가 있다. 그는 어디에서나 자기 할 말을 다하는 타입인데도, 상대방을 긴장시키지 않는 이유가 거기에 있다. 그런 점이 이 선생의 급한 성격과 궁합이 맞은 것 같다. 언제 어디에 가도 이 선생 옆에 항상 그가 있어 마음이 든든했다. 그런데 이십여 년 전에 아쉽게도 먼저 세상을 떠났다. 시골에 나와 같이 가 있던 이 선생은 그의 사망 기사를 보고 다음 날 새벽에 그가 있다는 강남성모병원으로 달려갔는데, 길이 막혀 늦어서 영구차가 막 떠나고 없었다. 향 한 줄기도 피워주지 못하고 헤어져서 늘 마음이 무겁다.

현대문학에 계시던 오영수 선생도 자주 들른 손님 중의 한 분이시다. 이 선생에게 원고청탁을 하러 오시는 거지만, 때로는 내가 담근 머루술을 맛보러 오시기도 했다. 신당동은 현대문학에서 가까웠기 때문이다. 이호철, 최인훈 선생이 같이 와서 술에 취해 하룻밤 주무시고 간 일도 있다. 아이들만 있는 집에 손님을 두고 출근하면서 마음이 놓이지 않던 생각이 지금도 나는데, 이제는 두 분이 모두 세상을 떠나고 없다. 한강로 시절부터 드나들던 김태진 씨도 자주 온 손님 중의 하나였다.

하지만 신당동 시절에 가장 가깝게 지낸 문인은 신동문 씨였다. 이어령 씨는 신 선생을 좋아해서 가는 곳마다 함께 가서 같이 일을 했다. 샘터에도 같이 있었고, 신구문화사에 가서도 신 선생을 모셔 갔다. 이종익 사장 댁과 한강에서 뱃놀이를 할 때에도 같이 갔던 생각이 난다. 신구에서 『세계전후문제작품집』을 만들 때도 같이 있더니, 자기가 경향신문에 가니까 거기에도 신 선생을 모셔 갔다. 신 선생과 이 선생은 호흡이 잘 맞는 좋은 파트너여서 아주 친했다. 서울에 혼자 와 계시던 신 선생은 집에도 자주 오셔서 아이들과도 놀아주던 가족적인 손님이셨다.

하루는 신 선생이 버스를 타고 오다가, 가방을 멘 조그만 여자애가 도로변의 연석에 올라갔다 내려왔다 하면서 걸어가는 것을 보셨다 한다. 자세히 보니 우리 아이더란다. 외로워 보이기도 하고, 힘들어 보이기도 해서 마음이 짠해지더라고 하셨다. 그때 딸아이는 동북유치원을 졸업하고, 사대부국에 다니고 있었다. 사대부국은 우리가 신당동으로 이사 간 이유 중의 하나이기도 하다. 거기 오래 살면서 아이들을 모두 사대부국에 보내려 한 것이다. 그런데 막상 들어가보니 1학년 아이가 혼자 걸어 다니기에는 거리가 너무 멀었고 노정도 불안정했다. 한 정거장 반쯤 되는 애매한 거리여서, 차를 타고 가기에는 반짓 바르고, 걸어 다니기에는 버거웠다. 큰 건널목이 둘이나 있는 것도 걱정이었다. 을지로 6가의 건널목이 아이의 보폭으로 건너기에는 너무 넓어서, 다 건너기 전에 신호가 끝날까 봐 날마다 조마조마했다. 그래서 처음에는 데려다주었는데, 세 살짜리 동생이 따라다니는 데다가 내가 임신 중이어서 시간이 너무 걸렸다. 그래서 한 달 후부터 혼자 다니게 했는데, 신 선생 말을 들으니 그 애를 위해 무언가 대책을 세워야겠다는 생각이 들었다. 그래서 집을 학교에서 가까운 곳으로 옮겨보려 했는데, 그 주변에는 주택가가 없었다.

신당동 집에 살 때 이 선생이 경향신문 논설위원이어서 같은 직장에 계시던 주요한 선생님을 몇 번 뵐 기회가 있었다.

그때 선생님은 높은 분이어서 가까이에서 뵌 것은 두어 번밖에 되지 않는다. 처음 뵌 것은 1963년도에 워커힐에서 있은 간부 송년회 때였다. 그날 우리는 주 선생님 내외분과 같은 테이블에 앉게 되었다. 고도 근시여서 두꺼운 안경알이 무거워 보이는 선생님은, 그마저도 학생티 같은 것이 남아 있는 장신의 날씬한 노신사였다.

《창조》를 내다가 일본에서 중국으로 가서 호강대학에 입학했는데, 그 학교에서는 강의를 영어로 해서 처음에 고전했다는 말씀을 들었다. 그런데 일본인 교수가 전공 분야의 두꺼운 원서를 빌려주면서, 여러 책에서 단어를 배우려 하는 것보다 이 책 하나를 철저하게 마스터하는 편이 어학과 전공을 동시에 공부할 수 있어 훨씬 효과적일 거라고 하시더란다. 처음에는 책이 너무 두꺼워서 겁을 먹었는데, 해보니 그 방법이 정답이더라면서 유쾌하게 웃으시던 생각이 난다. 《창조》 동인이었던 김동인, 전영택 등과의 일화도 주 선생님에게서 많이 들었다. 일본 아이들을 제치고 일고一高*에 합격해서 명치학원에서 이름을 날렸던 천재답게, 영어로 강의하는 호강대학도 거뜬히 졸업하신 선생님이 우러러 보였다.

---

* 1919년 도쿄 제1고등학교. 일본 제1의 고등학교다.

십여 년이 지난 1979년에 나는 건국대에서 지도교수 자리를 맡고 있던 '예평회藝評會'라는 서클의 전시 자료를 받기 위해 압구정동에 있던 선생님 아파트에 학생들과 찾아간 일이 있다. 중학교에서 배운 「빗소리」라는 선생님 시에서 "오늘도 이 어두운 밤을 비가 옵니다"라는 구절을 육필로 써주십사고 부탁하러 갔는데, 선생님은 건강이 아주 좋지 않으셨다. 그런데도 "내가 그런 것도 썼던가?" 하시면서 내가 부르는 대로 스케치북에 그 시를 써주셨다. 손이 많이 흔들려서 글씨가 삐뚤빼뚤했다. 남은 기운을 다 모아 쓰신 것 같아서 눈물겨웠다. 그것이 선생님이 마지막 남긴 글씨가 되었다. 얼마 안 가서 돌아가셨기 때문이다. 팔남매를 기르면서 조카들도 데리고 있어서, 날마다 의사 가운을 몇 개씩 다리는 것이 즐거운 일과였는데, 이제는 모두 떠나서 둘만 남았다면서 사모님은 노년의 외로움을 말씀하셨다. 21세기에는 선생님 자녀분들과 친분이 생겼다. 내가 추진하고 있는 종로문학관에 선생님 자료를 기증받으려고 몇 번 만나는 사이에 가까워진 것이다. 그 자료 속에 선생님이 자녀들에게 남겨주신 「부모의 기도」라는 시가 있었다.

주여 내 아들을 세우사…… 패할 때에 고개를 쳐들게 하시옵고 이길 적에는 겸손하게 하소서 개브리얼 히터Gabriel Heatter의 시구라고 했다. 선생님은 이 시를 좋아하셔서 자녀 모두에게 써 보내주셨다. 선생님이 자녀들에게 써준 그 시구를 나도 좌우명으로 쓰기로 했다. 어느 날 둘째 아드님이 우스운 이야기를 하나 하셨다. 아드님이 유학 갈 때 공항에 나오신 선생님이 구석에 자기를 데리고 가시더니 무서운 얼굴을 하고 "남의 처녀 아 배게 하지 말라우" 하시더라는 것이다. 패할 때에 고개를 쳐들 용기를 가지라는 말과, 남을 해치지 말라는 계율은 모든 부모가 자녀에게 해야 할 말인 것 같다.

일터에서 만난 친구들

은인 같은 친구: 정금자

1960년 삼월에 나는 직장에서 아주 귀한 친구 네 명을 만났다. 그 첫 주자가 영어교사인 정 선생이다. 그녀를 처음 만난 곳은 부속 유치원 복도였다. 그때 우리는 어느 고등학교 교사였는데, 내 청소 감독 구역과 정 선생 구역인 유치원이 붙어 있어서 그 복도에서 만나게 된 것이다. 그때 정 선생은 좀 나른하고 피곤해 보였다. 아흔이 된 지금도 여전히 아름답지만, 이십 대의 정 선생은 눈부신 미인이었다. 맑고 투명한 피부에

슬기로움을 담은 눈이 너무 아름다워서 마주 보고 있으면 눈이 부셨다. 영혼의 청정함을 드러내는 그 맑은 아름다움에 나는 담박에 반해버렸다. 피로한 기색이 어려 있어 더 애잔한 매력이 감도는 그녀를 보면서, 내가 편찮으시냐고 물었던 것 같다. "네. 제가 좀 편찮습니다." 그녀가 당황하며 정중하게 대답했다. 그때 정 선생은 첫아기를 임신하고 있었는데, 그 말을 꺼내기가 거북했던지 말투가 지나치게 경직돼 있었다. 정 선생에게는 그런 지나치게 고지식한 면이 있다. 겁먹은 것 같은 그녀의 표정이 재미있어서 내가 그만 웃어버렸다. 그녀도 따라 웃었다. 둘 다 사교적인 성격이 아닌데 그렇게 쉽게 우리는 마음의 문을 열었다. 그때 정 선생은 첫아기를 가지고 있었고, 나는 돌이 되어오는 아기의 젊은 엄마였다. 동갑인 우리는 그때 둘 다 이십 대였으니 육십여 년 전의 일이다.

1960년 사월에 그렇게 만난 우리는 금방 뜻이 맞아서, 곧이어 터진 4.19 휴교 기간을 줄창 같이 보냈다. 학교는 문을 닫았지만 선생들은 출근을 해야 했다. 하지만 할 일이 없으니까 아침저녁으로 출퇴근 도장만 찍으면 되는 상태가 한동안 계속되었다. 멀리 나가도 되는데, 돌아와 퇴근 도장을 찍어야 하는 게 귀찮아서, 모두 학교 근처에서 목욕도 하고 식사도 하면서 어슬렁거렸다.

집이 학교 바로 옆인 나는 운이 좋았다. 집에 가 있으면 되기 때문이다. 정 선생과 나는 우리 집에 가서 종일 누워 쉬었다. 임신 중인 정 선생도 고달팠지만, 나도 그때 건강이 최악이었다. 갑상선 혹이 팔십 그램이나 커진 상태였기 때문이다. 그래서 우리는 방에만 들어가면 베개부터 찾았다. 돌이 되어 오는 딸아이를 가운데 앉혀놓고 누워서 데리고 놀다가 아이가 잠이 들면 이야기를 하기 시작한다. 누구와 그렇게 많은 이야기를 주고받으며 보낸 기간은 평생 다시는 없었다. 그렇게 한가한 시간이 없었기 때문이다. 4.19 휴교 기간은 우리의 내면에 상대방에 대한 믿음과 사랑이 쌓여가던 일종의 밀월 기간이었다. 우리가 셋방의 장판을 잘못 도배해서 주인에게 야단맞은 사건도 그 기간에 일어났다.

석 달이 지나니 첫아이의 돌이 되었다. 내가 장 보러 간다니까 정 선생이 같이 가주마고 했다. 내가 건강이 너무 나빠서 잘 걷지도 못하던 시기여서, 마음이 안 놓여 자원한 것이다. 정 선생은 메뉴를 짜고 쇼핑 품목을 차근차근 적더니, 장을 자기가 다 봐서 나를 시발 택시에 태워주고 나서 집으로 향했다. 짐이 많아서 마지막으로 수박을 몇 통 쑤셔넣고 차 문을 겨우 닫던 생각이 난다. 만삭이라 종일 서 있으면 다리가 붓는 상태여서, 자기도 친정까지 가려면 누군가의 도움이 필요한 처지였는데 나를 위해 남대문 시장에 들러 장까지 봐주고 간 것이다. 정 선생이 장을 봐준 덕에 나는 겨우 아이 돌잔치를 치를 수 있었다. 혼자서는 수박 한 통도 들 기운이 없었기 때문이다.

그날 나는 새로 사귄 친구의 인품에 너무 압도당해서 말이 나오지 않았다. 나도 남을 많이 돕는 형이어서, 도움을 받는 일은 드물었는데, 그런 완벽한 보살핌을 받으니 어리둥절했다. "세상에 어떻게 저렇게 착하면서 저렇게 유능한 사람이 존재하지?" 나는 경탄하는 눈으로 그녀를 바라보았다. 어지러워서 전차를 못 타던 열세 살 때에도 내게는 저런 친구가 하나 있었다. 1학년 때 짝꿍이었던 양찬집이다. 정금자와 양찬집은 둘 다 은인 같은 친구라는 사실을 발견하니 기쁨이 넘쳐났다. 생색을 전혀 안 내면서 병든 친구를 완벽하게 돌봐주는 친구를 다시 만난 기쁨이 종일 내게서 떠나지 않았다. 내가 빈사상태가 되면, 하나님이 너무 불쌍해서 저런 친구를 보내주시는 것 같다. 나는 그날의 장보기를 지금도 잊을 수 없다.

잊을 수 없는 일이 어찌 그것뿐이겠는가? 1964년에 내가 남영동 파리 제과점 앞에서 위경련을 일으켰을 때도 정 선생은 내게 그런 구원의 손길을 보냈다. 까무러친 나를 병원에 데리고 갔다가 집에까지 데리고 와준 것이다. 같이 퇴근하다가 내가 길에서 까무라치니 정 선생이 끌고 병원에 가면서 "민아 엄마야! 말랐는데 왜 이리 무거우니" 하며 비명을 지르는 소리가 아득한 곳에서 들려왔다. 하지만 일은 집에 데려다 놓는

데서 끝나지 않았다. 다음 날 아침에 정 선생은 영계를 백숙으로 만들어가지고 청파동에서(그때 그녀는 거기 살았다) 신당동까지 와서 내게 먹이고 다시 청파동으로 출근하는 무리를 했다. 환자를 집으로 데리고 와보니, 아빠는 안 돌아왔고 임시로 도우러 온 친척은 돌아갈 준비를 하고 있었다. 다섯 살과 한 살짜리 아이밖에 집에 없어서, 환자를 맡길 사람이 없었던 것이다. 아침인들 누가 제대로 차려줄까 싶어서 우선 살려놓고 보자고 자기가 그런 무리를 한 것이다. 그때 우리 집은 도우미가 느닷없이 나가고 없던 시기였다.

정 선생의 백숙을 먹고 나는 소생했다. 그것은 내가 세상에서 먹은 가장 귀한 음식이었다. 나는 그 후 반세기가 지나는 동안 그 백숙을 잊은 날이 없다. 아침에 주부가 남의 집으로 달아나버렸으니, 아이가 둘이나 있는 그녀의 집 아침은 또 얼마나 어수선했을까? 너무 고마워서 눈물이 나왔다. 그건 친형제도 하기 어려운 정성이었기 때문이다. 그 후에도 그녀는 내가 곤경에 처할 때마다 항상 옆에서 손을 잡아주었다. 그 손은 언제나 약손이었다. 나보다 일찍 대학에 자리를 잡은 그녀는, 내가 대학원을 나오자마자 첫 강사 자리도 만들어주었다. 국학대학에 계신 시댁 어른께 청탁해서 힘들게 만든 자리였다. 그 강의는 내 대학교수직의 시발점이 되었다.

내가 장관 부인이 되었을 때도 정 선생은 가만히 있지 않았다. 장관 부인들은 해마다 추석 무렵에 이웃돕기 바자를 해야 한다. 나는 문화부의 관례라면서 직원들이 마련해준 문배주와 오미자차 같은 것을 파는 역할을 맡았다. "당신은 무얼 팔지?" 하고 아침에 이 선생이 묻길래 "술" 하면서 마주 웃었던 생각이 난다. 정 선생은 내가 팔아야 할 문배주를 남편 회사의 추석 선물로 정해서 몇십 상자를 팔아주었다. 그러더니 마지막으로 작년에 내게 많은 후원금을 보내왔다. 내내 월납으로 후원해왔었는데, 마지막으로 그런 목돈을 보낸 것이다. 정신이 어리바리해지기 전에 미리 줘야 한다면서 손수 송금한 그 후원금을 앞에 놓고 나는 너무 난감했다. 받으면 천벌을 받을 것 같은 돈이었다. 잘나가던 남편의 사업이 망해서 파산한 일이 있는데, 그때 남편의 사업 빚을 갚느라고 그녀는 안 내놓아도 되는 자신의 퇴직금까지 다 내놓았다. 그러지 않아도 워낙 검소해서 택시 한번 타는 법이 없는 양반이다. 그런 친구한테서, 가난하지도 않은 내가 후원금을 받는 건 죄를 받을 일이다. 하지만 그건 돈이 아니라 사랑이어서 거절할 수 없었다. "꼭 주고 싶어, 민아 엄마! 제발 받아줘" 하는 말이 너무 간곡했기 때문이다.

내가 그녀에게서 이런 눈물 나는 돈을 받은 건 처음이 아니다. 뇌하수체에 혹이 난 채로 동경대에 객원 연구원으로 가 있을 때, 직장 친구 세 명이 나한테 놀러 왔는데, 떠날 때 그녀는 다른 친구들 몰래 내게 봉투를 내밀었다. 오만 엔이나 되는 거금이 들어 있었다. 자신을 위해서는 선물용 엽서도 사지 않는 사람이 그런 큰돈을 내게 주는 건 말이 안 된다. 여행자 돈이 얼마나 갈급한 것인가. 받을 수 없다고 내가 펄펄 뛰니까 그녀가 울면서 애소했다. "민아 엄마. 꼭 주고 싶어. 주게 해줘."

외손자를 잃었던 2007년에 나는 사람 만나는 것을 피했다. 만나서 그 인사를 받는 것이 너무 고통스러웠기 때문이다. 그래서 금자 씨 팀에는 그 소식을 알리지 않고, 그들과만 만나면서 삼 년을 지냈다. 삼 년 후에 딸이 집에 와 있던 어느 날 정 선생이 전화를 걸어왔다. 마침 딸이 나도는 우스갯소리를 듣고 와서 내게 전하는 중이었다. 여든 살이 되면 "산 년이나 죽은 년이나 같아진다"라는 말을 듣고 내가 막 웃음보가 터져 있을 때였다. 전화를 건 그녀가 웬일인지 한참 잠자코 있더니, 전화기 속에서 탄식하듯이 "민아 엄마! 당신이 웃는 소리를 다시 들으니 내가 너무 기뻐" 하는 것이다.

왈칵 눈물이 쏟아졌다. 그건 애초부터 그 사실을 알고 있었다는 것을 의미한다. 그러면서 평소처럼 대해서, 내 슬픔을 환기시키지 않으려고 삼 년 동안 줄곧 그녀가 나를 배려해온 것을 의미하기도 한다. 그녀가 웃음을 잃은 나를 얼마나 가슴 아파하면서 지켜봐주었는지 알 수 있을 것 같았다. 그 침묵의 위로가 나를 감동시켰다. 그녀의 말을 통해서 내가 웃음을 잃은 채 살아온 세월들이 쓸려 내려갔다. 그런 깊은 애정을 가진 친구가 옆에 있어서 그 고통을 견딜 수 있었던 것 같다.

내게만 그러는 것이 아니다. 은인처럼 남을 돕는 정 선생의 생활 패턴은 주변 사람들에게 고루 적용되었다. 그녀는 남편과 자식을 그런 극진한 손으로 평생을 보듬었고, 친정과 시댁 식구 한 명 한 명에게 언제나 그렇게 성심을 다한 헌신을 했다. 동료와 제자들에게도 마찬가지다. 그래서 조용한 시간에 정 선생 생각을 하면 늘 가슴이 아프다. 도스토옙스키의 무쉬킨처럼 항상 남의 약손 노릇만 하니, 자기는 대체 누가 돌봐주나 싶어 걱정이 되는 것이다.

정 선생은 나쁜 사람이다. 그렇게 많은 것을 주기만 하면서 받을 줄을 모르기 때문이다. 자신이 장 유착으로 큰 수술을 받을 때 내게 알리지 않았고, 그렇게 사랑하던 오빠가 세상을 떠났을 때도 역시 알리지 않고 혼자 견뎌냈다. 그 친구는 고해를 받는 신부처럼 남의 고충을 들어주는 일을 잘한다. 너무 잘 들어주니까 사람들은 누구나 그녀를 만나면 속상하던 일을 다 털어놓고 위로를 받는 것이다.

문제는 그녀의 내면이다. 그녀는 자신의 고통을 남에게 호소하는 법이 없다. 대가족 속에서 겪었을 갈등, 시부모를 모시고 사는 데서 오는 고충, 남편에게서 들었을지도 모르는 섭섭한 언사, 직장에서 생기는 스트레스 같은 것을 그녀는 누구에게도 털어놓지 않고 모두 혼자 삭인다. 그러니 내면에 얼마나 많은 고독과 슬픔이 쌓여 있었겠는가? 그것이 언젠가 병으로 나타날 것 같아 나는 늘 아슬아슬했지만, 다음에 만나면 또 자기 고민만 털어놓는 버릇은 고쳐지지 않았다. 고해바칠 말이 너무 많이 쌓여 있었기 때문이다.

정 선생은 자제력이 강한 사람이다. 궂은일일수록 남에게 말하지 않는 것이 상책이라는 것을 그녀는 잘 알고 있어서 늘 혼자 참으며 살고 있다. 비밀스러운 일도 마찬가지다. 비밀을 지키려면 상대방이 힘이 든다는 것을 알고 있기 때문에, 그녀는 누구와 감정적으로 얽혀 있는 이야기를 입 밖에 내는 법이 없다. 그녀를 보면 『바람과 함께 사라지다』에 나오는 멜라니 생각이 난다. 그래서 남의 이야기를 다룬 글을 발표할 때에는 언제나 그녀에게 먼저 모니터링을 시킨다. 항상 적절한 판단을 내려주기 때문이다.

그런 정 선생도 자제력을 잃은 일이 두 번 있다. 첫 번째 사건은 하와이로 유학을 가던 날에 일어났다. 어린 남매를 시어머니에게 맡기고 해외로 공부하러 가는 것은 엄마에게는 너무나 고통스러운 선택이다. 그런데 떠나는 날 아침에, 어수선한 분위기 속에서 아들애가 넘어져 머리에서 피가 나온 것이다. 그 피를 보고 그녀의 자제력의 마지노선이 무너졌다. 검은 안경으로 부은 눈을 가리고 학교에 인사하러 들른 그녀는, 나를 붙잡고 생전 처음 흐느끼며 울었다. "민아 엄마! 석호가…… 석호가……"하면서 울던 그녀의 등을 쓸어주던 생각이 난다. 그건 그녀가 육십 년 동안 내게 보여준 첫 번째 눈물이다.

다음은 어머니가 돌아가셨을 때였다. 여자 장로까지 하시던 그녀의 어머니는 알츠하이머에 걸려서 자주 길을 잃으셨다. 효자 아드님이 지킴이까지 붙여놓았는데, 어느 이른 아침에 어머니가 몰래 집에서 빠져나와 먼 곳에 있는 자기 집 초인종을 눌렀다. 정 선생은 오빠가 얼마나 놀랐을까 하는 생각에 너무 당황해서 서둘러 어머니를 귀가시켰다. 그 며칠 후에 어머니가 교통사고로 돌아가셨다. 자기가 서두는 통에 미처 챙기지 못해서 남은 어머니의 돋보기가 그녀의 자제력을 무너뜨렸다. 안경을 붙잡고 정신없이 흐느끼며 울던 그녀의 모습이 생각난다. 마지막 만남인 줄 모르고 서둘러 어머니를 돌려보낸 것이 못이 되어 가슴에 박힌 것이다.

정 선생은 직장에도 그런 식으로 헌신했다. 그녀는 나보다 십여 년 먼저 대학교수가 되었다. 하와이에서 이 년간 연구를 하고 돌아온 그녀는, 모교이며 평생 직장이 된 숙대를 위해 혼신의 힘을 기울여 봉사했다. '아세아 여성 문제 연구소' 소장이 되었을 때 금자 씨는 전임자가 만들어놓고 떠난 『아세아 여성 문제 연구』라는 열세 권짜리 대형 서적을 엄청나게 많이 물려받았다. 그걸 판매하는 것이 그녀의 소임이 되었다. 그녀는 그 일에 올인했다. 그때 건국대에 있던 나도 세 질을 팔아드렸는데, 책이 정 선생 부군의 차를 타고 배송되어서 너무 놀랐다. 내가 그때 처음으로 그 검은 차를 보았을 정도로 정 선생은 남편 차를 타고 다니지 않는 여자였다. 그런데 건국대가 너무 멀고, 큰 책이 마흔 권 가까이 되니 조교들이 힘들 것 같아서 금기를 깬 것이다. 그 정성이 눈물겨웠다. 그래서 그해 연말에 만났을 때 혹시 표창장이라도 받지 않았느냐고 농담을 했더니, 표창장은커녕 야단만 맞았다면서 즐겁게 웃었다. 책이 워낙 무겁고 방대해서 택시를 타고 배송해야 하는데, 택시값을 사전에 결재받지 않고 미리 지불해서 감사에 걸렸다는 것이다. 죽도록 일하고 야단만 맞고도, 그녀는 화를 내지 않고 그 일을 다음 해에도 열심히 계속했다. 그게 정금자식 근무 패턴이다.

삼십여 년 동안 그렇게 혼신의 힘을 다해 숙대에 헌신하는 그녀의 모습을 보며 참 아름답다는 생각을 했다. 정 선생은 꼭 물려주어야 할 제자가 있어서 일찍 정년을 하고 나보다 오 년쯤 먼저 교정을 떠났다. 몇십 년 동안 일하던 생활의 터전을 떠났으니 얼마나 힘들까 걱정을 하면서도, 나는 집을 수리하는 중이어서 구월 한 달을 그녀를 만나지 못했다. 시월에야 겨우 시간을 내서 만나기로 했는데, 비행기 사정이 갑자기 바뀌어서 이틀 전에 미국에 있는 따님 집으로 떠났다는 소식이 나중에 전해져왔다. 나는 회한에 휩싸여 한동안 마음의 평정을 잃었다. 그녀가 외롭고 힘든 시간에 옆에 있어주지 못한 잘못을 나는 그 후에도 오래 아파했다.

정 선생은 얼마 안 가서 여성개발원장이 되어 우리 집 근처로 일하러 오게 되었다. 숙대에 있을 때도 내가 숙대 대학원을 육 년이나 다녔으니 학교가 달라져도 우리는 줄창 만났지만, 여성개발원 시기에도 거리가 가까우니까 자주 만났다. 하지만 정말 가깝게 지낸 것은 둘 다 정년퇴직을 한 후인 21세기부터였다. 우리는 첫아기를 낳을 무렵부터 죽이 맞던 친구여서, 가고 싶은 곳과 보고 싶은 것이 비슷했다. 그래서 우리 남편이 출장 갈 때마다 국내 여기저기로 자동차 여행을 다녔다. 내가 플랜을 짜가지고 같이 가자고 하면 그녀는 언제나 즐겁게 따라나섰다. 낙안읍성에 가고, 땅끝마을에 가고, 평사리에 가고, 부여와 공주에도 가면서 우리는 자주 만났다. 한번은 기차를 타고 강릉 바다를 보러 가는 당일치기 여행을 한 일도 있고, 제주도까지 간 일도 있다. 기회만 있으면 아무리 먼 데라도 같이 다니던 세월도 이제는 끝났다. 체력이 줄어드니까 근래에는 행동반경을 좁혀서 용인 자연공원이나 남한산성 같은 데를 선호하게 되었다. 그녀의 집과 가깝기 때문이다.

그 학교에서 나는 친구를 넷이나 만났는데, 그동안에 두 친구가 떠나서 지금은 셋 밖에 남아 있지 않다. 하나는 하남에, 하나는 미금동 근처에 사니 근래에는 만나는 일이 점점 어려워졌다. 그래서 경복궁에서 만나기 시작했다. 전철역과 가깝기 때문이다. 그 근처에는 화랑이 많아서 볼거리가 흔하다. 하지만 피곤한 날에는 그냥 경복궁 정원에서 놀다가 헤어진다. 만나는 게 목적이니까 장소는 시끄럽지만 않으면 되는데, 경복궁은 어느 계절에도 아름답고 넓으니 금상첨화였다. 이 년 전까지 내가 가까운 곳은 운전할 수 있어서 우리는 삼청동 길의 은행나무 단풍을 해마다 감상할 수 있었다.

경기도에 사는 두 친구가 모두 건강이 안 좋아서 최근에는 내가 분당의 미금역까지 원정을 가기도 했다. 코로나 때문에 작년에는 몇 번 만나지 못했지만, 그 광풍이 멎으면 앞으로도 나무가 우거진 한갓진 곳에서 우리는 다시 만날 것이다. 숨이 붙어 있고 걸을 수 있기만 하면 늘 만나 따뜻한 손길을 주고받고 싶다. 금자는 내게 친구 이상의 존재이기 때문이다. 죽고 나서도 서로 잊지 못할 것 같은 절절한 길동무가 있어 나의 반생이 풍성했다. 은인 같은 친구를 가졌다는 건 얼마나 눈물겨운 행운인가.

이제 우리는 늙어 기억력도 줄어들고 소리도 잘 들리지 않는다. 그래서 점심을 먹고 나면 금자 씨 방으로 올라가서 머리를 맞대고 한잠씩 자고 오기도 한다. 머지않아 우리는 앞서거니 뒤서거니 하며 먼 길을 떠날 것이다. 그때는 아무도 같이 갈 수 없으니 이제는 만날 때마다 마지막 같은 생각이 든다. 만약 그녀가 나보다 먼저 떠나면, 나는 그녀의 관에 꽃장식을 풍성하게 해주고 싶다. 평생 넘침을 몰랐던 검소한 금자에게, 내 사랑하는 친구 정금자에게 넘치도록 많은 꽃을 꽂아주고 싶다.

보호자 같던 연상의 친구: 김함득

혼자 사시던 선배가 교통사고로 입원을 하게 되었는데, 사람들이 자꾸 보호자를 부르라고 재촉하더란다. 그분은 보호자가 없는 신세다. 그래서 "내가 내 보호잡니다" 하니 못 알아들어서 설명을 하고 있으려니까 갑자기 서글퍼지더라고 하셨다. 그건 사실 너무 슬픈 일이다. 아프고 괴로울 때 우리에게는 보호자가 필요하기 때문이다.

다행스럽게도 내 주변에는 사람이 많다. 남편도 있고, 자식도 둘이나 있으며, 형제도 있으니, 자신이 자기의 보호자가 될 걱정은 없다. 양가가 모두 대가족이어서 사람 그리운 줄을 모르고 산 것은 조물주가 내게 베푼 가장 큰 은사다. 더 고마운 것은 사회적인 면에서도 내게는 늘 보호자가 있었다는 사실이다. 선배 교사였던 김함득 선생은 그런 분 중의 하나다. 전공이 같은 김 선생은 내게 많은 자문을 해주어서, 사회성이 부족한 내가 같은 학교에서 칠 년이나 있을 수 있는 사회인이 되게 하는 데 도움을 주셨다.

나는 김 선생을 정금자 씨에게서 소개받았다. 김 선생은 우리보다 육 년 연상인 데다가 삶에 대하여 아는 것이 많아서 금자 씨와 나는 그분에게서 많은 것을 배웠다. 내가 김 선생을 보고 감탄한 것은 그분의 사건 처리 방법의 유연성이다. 그분은 대가 센 여걸형이지만, 문제가 생겼을 때 정면충돌을 하지 않고, 서로가 다치지 않게 결말을 짓는 비법을 아셨다. 그중에서도 재미있었던 것은 그분의 선물 처리 방법이다. 김 선생은 그때 동숭동의 서울대 교수관사에 살고 계셨고, 부군은 어느 사립대학의 총장님이셨다. 손님들이 자잘한 뇌물성 선물을 가져올 확률이 많은 자리다.

나는 남편이 장관이 되었을 때, 겁을 먹고 선물을 일절 받지 않는 쪽으로 방침을 세웠고, 그것을 서툴게 집행하다가 오래 이어지던 인간관계에 흠집을 낸 일이 있다. 그런데 김 선생은 나처럼 선물을 받지 않겠다고 손님과 실랑이를 하지 않았다. 웃으면서, 고맙다면서 무조건 선물을 받아서 손님을 편하게 해주셨다. 그러고는 그분이 보는 앞에서 선물을 두는 선반에 그 선물을 올려놓는다. 그러다가 그 사람이 돌아갈 때, 선반에서 다른 사람이 가져온 채 뜯지 않은 선물을 답례라면서 내주신다. 가져온 것과 비슷한 가격대의 품목을 주는 것이 요령이다. 그러면서 그것이 다른 사람이 가져온 물건이라는 것도 숨기지 않는다. 자기네는 가족이 적어서 이렇게 많은 물건이 필요 없으니 "나눠 먹읍시다아" 하고 애교를 부리면서 드리니, 가져온 사람은 자기 선물을 받지 않은 것을 알아차리지만, 마음이 상하지는 않는다. 그 과정을 유연하고 자연스럽게 연출해서 상대방이 무안하지 않게 만들기 때문이다.

뇌물성 선물이 아니어도 김 선생은 누가 무얼 가져오면, 더 많은 것을 들려 보내기 때문에 빈손으로 가는 손님이 없으니, 뇌물을 준 사람이 자격지심을 느끼지 않아도 되었다. 선물이 무효화된다고 해서 선생이 그분의 용건을 모른 체하는 것은 아니다. 반드시 바깥 선생님께 보고하여 일단 진상을 조사하게 하며, 도울 수 있는 명분이 확실하면 돕도록 부탁을 드리는 것을 잊지 않으니 앙심을 품는 사람이 적다.

선생님은 또 집에 오는 모든 손님에게 언덕을 올라오는 택시값을 꼭 지불해드렸다. 걸어 오기에는 먼 거리였기 때문에 매번 택시를 타고 오도록 유도하고는, 사람을 대기시켜 요금을 자기네가 내는 것이다. 나도 그것을 배워서 평창동에 온 후에 애용했다. 걸어 올라오기에는 너무 힘든 언덕이었기 때문에, 보행이 불편한 어르신들에게는 돌아가는 택시를 잡아드렸다.

보스 기질이 있는 김 선생은 이웃돕기에도 적극적이셨다. 후배가 직물공장을 새로 시작하자, 그녀가 자리를 잡을 때까지 자기가 아는 집에 같이 다니면서 열심히 그 집 상품을 팔아주셨다. 우리는 새로 이사를 가서 커튼도 쿠션도 필요했는데 필요한 헝겊은 모두 선생님 후배의 상품으로 해야 했을 정도로 여러 번 그 일을 되풀이하셨다. 그 후배가 번쩍이가 많이 든 옷감을 자주 가져와서, 우리 집은 커튼도 쿠션도 화려해졌다. "이 집은 왜 이렇게 모든 게 ébulouissant(현란하다)해." 불문과 선배가 흉을 보셨지만 웃고 말았다. 몰라서 그런 게 아니기 때문이다. 그건 모두 필요한 물건들인데, 김 선생 체면을 살려드려야 하고, 앉아서 산 이점도 있으며, 도매가로 샀으니 경제적으로도 나쁘지 않아 마음에 덜 드는 부분은 참기로 한 것이다.

스테인리스 그릇도 마찬가지였다. 1960년대는 스테인리스의 전성기였다. 그때 스테인리스 공장을 하던 친구가 남편이 돌아가셔서 허덕이기 시작하자, 김함득식 구제 사업이 시작되었다. 그래서 나는 한동안 주말마다 스텐 그릇을 샀다. 마지막에는 살 것이 없어서 신선로 세트를 사기도 했다. 아이 둘을 연거푸 낳아 잔치가 많던 시절이어서 신선로 그릇은 요긴하게 쓰였다. 살 때는 좀 무리가 되었지만, 역시 시간과 돈이 절약되어 나쁘지 않았다.

김 선생은 내게도 그런 식으로 도움을 주셨다. 내가 동인이었던 《신상新像》이라는 동인지를 팔아준 것이다. 내 책임량 오십 부는 절반 이상을 김 선생의 대학원 동창생들이 소비해주었다. 좋은 잡지를 읽을 만한 독자에게 권한 것이니 역시 윈윈 수법이었다. 자기 돈으로 선물을 사 들고 다니면서 남의 물건을 그렇게 열심히 팔아주어서 선생은 여러 사람을 살렸다. 그러니 주변에 사람이 많았다.

김 선생은 살림도 잘하셨다. 결혼하기 전에 요리를 배워야 한다는 어머니의 말을 듣지 않고 결혼해서 나는 신혼 초에 할 줄 아는 음식이 많지 않았다. 알아서 한다고 큰소리를 쳐놓았으니 어머니에게 매번 물어보기도 멋쩍었는데, 김 선생이 살려주셨다. 김 선생은 내게 음식 만들기에서 시작해서 집 관리, 옷 사기, 선물하는 요령, 포장법 등 살림에 필요한 것을 모두 가르친 개인 교사이기도 했다. 나는 그분에게서 보쌈김치 담그는 법, 식혜 만드는 법, 포도주 담그는 법 같은 것도 배웠다.

전통문화를 가르친 것도 김 선생이다. 집이 같은 방향이어서 거의 매일 같이 다니던 김 선생은, 그 시절에 차를 가지고 계셔서 석주선 선생과도 만나게 해주셨고, 이조 목기상에도 데리고 가셨다. 그런 식으로 전통공예의 아름다움을 깨우쳐 주신 것이다. 단국대 박물관에서 전시용 레프리카를 만들 때, 선생은 내게 어느 옹주의 활옷 레프리카를 은혼 기념으로 장만하게 해주셨다. 그리고 휴가를 즐기는 법도 가르치셨다. 해마다 김 선생이 해운대에 가서 방을 얻어놓고 우리를 부르니, 우리 막내는 해운대의 국제호텔*이 김 선생네 집인 줄 알았다.

그분은 아기를 낳지 못하는데 아이들을 좋아해서, 나를 데려다주면서 우리 집에 들러서 날마다 아이들과 놀다 가셨다. 가슴이 아픈 것은 그렇게 놀다가 선생님이 마지막에는 슬퍼진다는 사실이다. 그러면 당신과 처지가 같은 친구 집으로 가서, 나와 공감이 안 되는 부분의 공허를 세탁해야 집으로 웃으며 들어갈 수 있다고 하셨다.

김 선생은 발이 넓어서 우리의 직장도 주선해주셨다. 정금자 씨를 숙대 총장의 비서로 취직시켰고, 이어령 씨도 단국대에 취직시켜 주셨다. 김옥길 총장님을 처음 뵌 곳도 선생님의 이웃인 유기천 총장님 댁 만찬에서였다. 이화여대와의 인연도 선생님이 열어준 셈이다. 일꾼이 필요하면 보내주셨고, 도우미가 없으면 구해주는 일을 도맡아 하셨다. 어떤 때는 친정어머니처럼 도우미를 당신이 몇 달씩 데리고 있으면서 가르쳐서 보내주기도 했다. 나는 낯가림이 심한 고양잇과여서 교제의 폭이 좁은데, 선생님은 팔방에 안 통하는 데가 없는 거인

---

* 1960년대에는 해운대에 그 호텔밖에 없었다.

이시니 그분께 기대면 매사가 순탄하게 해결되었다.

나의 보호자였고, 멘토였으며, 언니였고, 동료이기도 했던 김함득 선생님은 당뇨가 있어서 정년을 못 채우고 돌아가셨다. 그분의 유해가 땅으로 들어가는 것을 지켜보면서 내게는 너무나 큰 상실감이 왔다. 그분이 없으면 어떻게 사나 하는 생각이 들 정도였다. 어머니가 돌아가신 후 김 선생은 나를 받쳐주는 기둥이었기 때문이다. 떠나신 지 사십 년이 되어오는데 나는 지금도 힘든 일이 생길 때마다 김 선생 생각을 한다. 그렇게 적극적으로 여러 사람의 버팀목이 되어주던 김 선생의 이웃을 향한 열정을 생각하면, 자식이 없는 분들은 자기 보유량의 모성애를 이웃 사람들에게 베풀고 가나 보다는 생각이든다. 삶의 굽이굽이에서 그런 은인들을 만나 병약한 내가 이렇게 살고 있다.

갈대같이 하늘거리는 여인의 균형 감각: 서정혜

그해에 만난 제삼의 인물인 서정혜 씨는 아주 특이한 형이다. 그녀는 정 선생처럼 죽기 살기로 남을 위해 헌신하면서 힘들게 살지도 않으며, 김 선생처럼 팔방으로 분주하게 다니며 이웃돕기에 정진하는 보스형도 아니다. 이목구비가 시원스럽게 배치되어 있는 잘생긴 얼굴에 키가 큰 그녀는 날씬하고 균형 잡힌 체격을 가지고 있고, 안목이 높아서 늘 멋쟁이다. 그녀는 서울사대 출신인데도 내가 1960년에 그 학교에서 만난 5인조 중에서 가장 훈장티가 나지 않는 여성이다. 인위적으로 노력한 흔적이 없는데도 그녀는 항상 남의 이목을 끄는 세련된 옷차림을 하고 있었다. 체격이 좋아서 뭘 입어도 근사한 데다가 안목이 높아서 컬러 매치를 잘하니 어디 내놓아도 번듯했다.

이 근사한 골드미스는 성격이 보배다. 폐를 앓은 일이 있어서 건강이 좋지 않았고, 부친을 일찍 여읜 딸 많은 집 처녀 가장이었는데도, 그녀는 세상에 걱정되는 일이 하나도 없어 보이는 한가한 만만디다. 그녀는 무슨 일에도 서두는 법이 없다. 말도 빨리하지 않고, 일도 빨리하지 않는다, 남을 시샘할 만큼 부지런하지도 않지만, 남이 시샘할 만큼 거들먹거리지도 않으니 항상 한가해 보인다. 그런데 사대 출신답게 맡은 일을 귀신같이 정확하게 해치우는 재주가 있어서 보고 있으면 신기하다.

그녀 안에는 눈에 보이지 않는 확고한 균형 감각이 있다. 갈대처럼 노상 우아하게 흔들려도 그녀의 행보에는 확고한 절제가 있다. 누구에게 폐를 끼치는 일이 없고, 누구에게 부담을 주는 법도 없는데, 누구에게 피해를 받는 일도 없으니 속상한 일이 없어서 만나면 마음이 편해진다. 몇 달씩 전화를 안 해도 삐치지도 않고, 폐암 4기인데 징징거리지도 않는 희귀종 한량이다. 그녀는 모든 면에서 느긋하고 여백이 있어 항상 넉넉해 보인다. 그 여백이 보는 이들을 무장해제시킨다. 그녀를 만나면 근심을 잊게 되는 것이다. 그녀는 언제나 편안하고, 느긋하고, 반듯한, 희한한 피조물이다.

서른이 넘었는데 결혼도 안 하고 동생들과 어머니를 부양하는데, 그녀에게는 사는 일을 힘들어하는 기색이 없다. 서울사대를 나온 가사 선생인데, 다른 분야에 대해서 아는 것도 많다. 식물에 관심이 많아서 모르는 나무 이름이 없고, 박물관 나들이를 좋아하고 미술에도 조예가 깊으며, 등산도 좋아하는 식이다. 하지만 그녀가 제일 좋아하는 것은 여행이다. 아무 때나 떠나는 것을 좋아하는 역마살이 있어서 우리는 언제나 죽이 잘 맞는다.

어려서 폐병을 앓은 그녀는 나처럼 기본 체력이 모자라 늘 간당간당하게 목숨을 부지하고 있어서 우리는 학교 위생실 단골이다. 그래서 나는 그녀에게 내가 혼자 앓으면서 터득한 아마추어의 의학 기술을 이따금 전수한다. 그러면 시키는 대로 하는 지순한 데가 있다. 집안에 어수선할 일이 생길 때면, 위경련이 생길 가능성이 많으니 미리 리브륨을 먹으라든가, 어지러울 때는 훼로바를 먹으라고 하면 유치원 학생처럼 그대로 한다. 체질이 비슷하니 병도 같아서 결과가 좋으면 고마워하는 것도 잊지 않는다. 여든이 넘은 사람은 남의 말을 잘 듣지 않는다. 병에 관한 것은 더하다. 그녀는 그렇지 않다. 자기 고집에 얽매이지 않고, 남의 말을 그렇게 술술 받아들일 자리가 항상 남아 있다. 그래서 노인 같지 않다. 그 친구에게는 스트레스에 대한 불감증이 있는지도 모른다.

늦게 결혼해서 남매를 둔 그녀는 마흔이 넘어 낳은 아들 집에서 음악을 들으면서 좋은 노년을 보내고 있다. 늦게 만난 남편이 일찍 돌아가셔서 평생 혼자 두 아이를 기르면서도 그녀는 긴장한 모습을 남에게 보인 일이 없다. 돈 때문에 쩔쩔 매는 일도 없다. 뭘 가지고 어떻게 사는지 모르겠지만 늘 자급자족을 여유 있게 해나간다. 지금 그녀는 폐암 4기인데도 여전히 유유자적하다. 혼자 나다닐 체력이 없으니까 우리가 어쩌다 만날 때에는 직장이 있는 아들이 만사제폐하고 어머니를 모시고 왔다 갔다 해야 한다. 그 엄청난 효도를 받는 서정혜의 태도가 멋이 있다. 대부분의 어머니들은 미안해하느라고 서로를 불편하게 만들기 쉬운데, 그녀는 스마트하게 해치운다. 그냥 아주 많이 고마워하고 마는 것이다. 우리와 이야기하고 있는데 아들이 저만치에서 나타나면 "아이고 우리 ○○이 왔구나아" 하며, 여전히 멋쟁이인 백발의 모친이 전신으로 웃으며 고마워하니, 아들이 가업을 폐하고 모시고 다녀도 그 모자간에는 갈등이 없어 보인다. 미안해하는 대신에 고마워하고 마는 그 떳떳함이 보기는 좋지만, 아이들에게 너무 폐가 커서, 이제는 만나는 횟수를 자꾸 줄이게 된다. 우리는 이제 석 달에 한 번 정도밖에 만나지 못하기 때문에 아들이 봐주는 거겠지만, 생업에 지장을 주는 것 같아 매번 신경이 쓰인다.

성격이 운명이라는 말이 그녀처럼 잘 맞는 인물은 드물다. 갈대처럼 항상 우아하게 바람에 흔들려도, 중용의 범위를 벗어나지 않는 그 희귀한 균형 감각을 그녀는 어디에서 배워 온 것일까? 보기만 해도 긴장이 풀리는 이 매가리 없는 친구는, 그 존재 자체로 친구들을 돕는다. 응어리가 없는 심성 때문이다. 그래서 만나면 아무 말이나 막 한다. "아이구 괜찮네에. 당신 당분간 안 죽겠다" 하며 웃으면, 멋있는 모자를 쓴 백발 모드의 근사한 할머니가 느리게 대답한다. "그래 말이야."

타고난 훈장: 이정자

언젠가 졸업한 제자들이 모여서 스승의 품평회를 했는데, 이정자 선생에게 붙인 헌사는 '가장 완벽한 스승'이었다고 누가 알려주었다. 그 말이 맞다. 이정자는 서울사대 출신 정교사여서 그런지 교육에 대한 자세가 우리와 다르다. 그녀는 고등학교 교사 자리를 천직으로 여기고, 보람을 느끼며, 늘 정진하고 있기 때문이다. 그녀는 학생들을 잘 다스리고, 학교 운영자들과 마찰이 없으며, 가르치는 일을 너무 좋아해서 늘 행복했다. 그래서 그녀는 우리 중에서 가장 인기 있는 교사였다. 그 녀에게는 우리가 가지지 못한 능력이 있었다. 학급 운영 능력 이다. 이정자는 학생에게 관심이 많았고, 학급관리를 아주 잘 했다. 그녀가 맡으면 반 전체의 성적이 올라갔고, 상 타는 아 이가 많이 나온다. 모든 방면에서 소질이 있는 학생을 미리미 리 파악해서 상을 탈 수 있게 훈도를 하는 모양이다.

그 학교가 모교여서 그녀는 원로교사들과도 친숙했다. 부 지런하면서 대학원 같은 것을 넘보지도 않고 고교 교사 일에 즐겁게 올인하니, 학교 당국의 눈으로 보면 이쁠 수밖에 없을 것이다. 평생 거기서 일하다가 교감도 되고, 교장도 되고, 교 육감도 되었으면, 그녀는 충만감을 느끼며 오래 건재했을 것 같다. 하지만 그렇게 좋아하는 교직에 계속 머무를 수 없었다. 남편이 보석조합 대표가 되는 통에 보석상을 하지 않을 수 없 게 된 것이다. 자기가 서포트하지 않으면 보석상 운영이 불가 능해서 할 수 없이 그녀는 자신의 천직을 내려놓았다. 남편이 미안하니까 돈을 많이 벌면 학교를 세워주마고 약속했다고 한다. 그래서 그녀는 어울리지도 않는 보석상 주인이 되었다.

압구정동 현대백화점 지하에 그녀의 부티크가 생겨났다. 울트라 모던한 주얼리숍이다. 그녀를 위해 우리는 다음부터 거기를 만남의 장소로 정했고, 아이들의 혼사 패물 같은 것을 사주면서 한 달에 한 번씩 압구정동에 출근했다. 부지런하고 사교적인 이정자 씨는 장사에서도 출중한 능력을 드러냈다. 고객 관리를 성실하게 잘하고 속임수를 쓰지 않기 때문에 손님이 많았다. 사업이 번창해서 그녀에게는 경제적 여유가 생겼다.

그런데 웬일인지 차돌같이 피부의 밀도가 높은 그녀의 아름다운 얼굴에 고갱이가 빠진 것 같은 헐렁한 구석이 보이기 시작했다. 일류 백화점 보석상 카운터에 앉아 있어야 하니까 최고의 의상들을 사 입었지만, 그 멋있는 옷들도 웬일인지 얻어 입은 것처럼 겉도는 느낌을 주었다. 그런 세월을 십여 년 보내더니 돌같이 단단하고 나이도 제일 어린 그녀가 환갑도 되기 전에 알츠하이머에 걸려버렸다.

병은 빨리 진행되었고, 회복될 기미가 보이지 않았다. 내가 1992년에 도쿄에 가 있을 때 친구들과 같이 놀러 온 이정자는, 커피에 소금을 치기도 하고, 길을 잃어버리기도 해서 우리를 놀라게 했다. 우리는 그녀가 아픈 것을 몰랐기 때문이다. 아들이 결혼할 때는 자신이 준비해둔 신부의 활옷을 찾지 못해 쩔쩔매더니, 나중에는 혼자 옷을 차려입는 것도 어려운 상태가 되었다. 연민의 정을 느낀 아들이 어느 휴일에 엄마를 모시고 옛날에 근무하던 학교에 갔다고 한다. 이 선생은 그때 거기에서 자신이 학교를 떠나지 말았어야 했다는 것을 절실하게 느꼈다고 한다. 돈이 아무리 많이 들어와도 보석 파는 일에서 기쁨이나 보람을 느끼지 못했기 때문이다. 남편이 한 학교를 지어준다던 약속은 성사되지 못했고, 하기 싫은 일을 하는 좌절감이 그녀를 망가뜨리기 시작한 것이다.

자신의 천직인 교편생활을 하지 못해서였을까?
공기가 나쁜 지하 이층에 계속 머물러 있어서였을까?
아니면 알루미늄이 든 금속을 계속 만져서였을까?

우리 중에서 가장 강건하고, 가장 젊고 아름다웠던 이정자는, 너무 이른 나이에 인지능력에 고장이 나는 나쁜 병에 걸려 허덕였다. 간호에 지쳐서 남편이 먼저 세상을 떠나자 엄마를 잃은 어린애처럼 울부짖더니, 그다음부터는 고아처럼 늘 외로워 보였다. 효자 아드님이 셋이나 있었지만, 밖에서 살던 직업여성이 집 안에 갇혀 있으니 수인처럼 답답하고 서글펐던 것이다.

그녀는 집에서 오래 앓다가 요양병원에서도 오래 고생하는 슬픈 만년을 보냈다. 그래서 시라소니처럼 노상 어지럼증에 시달리는 서정혜와 내가 정금자와 같이 그 병원에 주기적으로 문병을 갔다. 의식은 없어진 지 오래지만 심장이 너무 튼튼해서 숨이 넘어가지 않는다는 이정자는 주사로 연명을 하면서, 몸이 점점 작아져서 나중에는 아이처럼 줄어들었고, 위에

251

들어가는 것이 없으니 언제나 배곯은 아이 같은 표정을 하고 있었다. 어려서 어머니를 잃은 공허가 마지막 날의 그 허기진 표정으로 나타난 모양이다. 우리 중에서 교직을 가장 사랑하던 일급 교사 이정자는 나날이 마르고 오므라들면서 양로병원에서 조금씩 죽어갔다.

어려서 어머니를 여읜 그녀는 늘 모성에 대한 결핍을 느끼고 있었다. 연상의 남편이 아기처럼 보듬고 쓰다듬으며 소중하게 보살피는데도, 엄마 없이 자란 아이의 공허가 메워지지 않았던 것이다. 사랑이 모자라 덜 자란 어른 같은 면이 있던 그녀는 걸핏하면 시어머니에게 자기와 시누이 중 누구를 더 사랑하느냐는 어린애 같은 질문을 해대기도 했다. 어쩌면 그녀는 시어머니가 자기를 딸보다 더 깊이 사랑해주기를 바랐는지도 모른다. 그 결핍이 남아 있어 홍제동의 간호병원에 누워 있던 그녀는 허기진 아이 같은 얼굴을 하고 있었다. 젖배가 고픈 아이 같은 그녀의 얼굴을 볼 때마다 우리는 너무나 가슴이 아팠다. 사 키로가 넘게 낳은 우량아 아들 셋이 마지막까지 극진히 모셨고, 자상하게 돌봐주고 사랑해주는 남편이 있었고, 날마다 새로운 메뉴로 도시락을 싸주는 따뜻한 시어머니가 있는 다복한 가정에서 몇십 년 동안 생활했는데도 가시지 않는 모성애 결핍증을 보듬어 안은 채, 그녀는 우리보다 먼저 세상을 떠났다. 김함득 선생도 가신 후여서 21세기에는 정금자, 서정혜와 나 셋만 남았다. 노상 골골거리는 서정혜와 내가, 건강하던 이정자나 김함득보다 오래 산 건 웃기는 일이다. 동갑내기인 남은 세 사람 중에서 제일 복이 많은 사람은 먼저 떠나는 사람일 것 같다. 마지막에 혼자 남을까 봐 우리는 지금 모두 겁을 먹고 있다.

에필로그

  소문처럼 호화 주택은 아니지만 제대로 집 모양을 갖춘 첫 집인 신당동 집에서 살 때, 우리에게는 경사가 많았다. 우리는 그 집에서 남자아이를 둘이나 낳았다(1963, 1966). 1964년에 나는 석사가 되었고, 문학평론가로 데뷔했으며(1965), 대학의 시간강사가 되어서, 처음으로 하고 싶은 일을 하며 살 수 있는 조건이 갖추어졌다.

  이어령 씨에게는 경사가 더 많았다. 그는 베스트셀러 작가가 되었다. 『흙속에 저 바람 속에』는 인지를 찍기가 바쁠 정도로 잘 나갔다. 우리는 신혼 초부터 아버님 댁 6인 가족을 도와야 해서, 맞벌이를 해도 노상 쪼들렸는데, 이때부터 처음으로 경제적인 여유가 생겼다. 책이 잘 나가자 신문사에서 유럽을 삼 개월간 취재하는 여행을 보너스로 제공했다. 그 여행에서 나온 『바람이 불어오는 곳』(1965)이 다시 베스트셀러가 되었으며, 『하나의 나뭇잎이 흔들릴 때』(1966)가 그 뒤를 이었다. 초기를 대표하는 장편 에세이집 세 권이 모두 신당동 시절에 쓰였다.

그러다가 1966년에 이어령 씨는 드디어 대학교수가 되었다. 김옥길 총장에게 스카웃되어 평생의 직장인 이화여대에 들어간 것이다. 그리고 조선일보 논설위원도 되었다. 우리 생애에서 가장 벅차고 신명이 났던 시기가 신당동 시절인 이유가 거기에 있다. 우리는 그때 삼십 대 초반의 젊음을 가지고 있었고, 집에는 날마다 키가 크는 아이가 셋이나 있었으며, 양가에 부모님이 세 분이나 계셨었다.

1967년 3월~1974년 12월

사람은 누구도 영원히 살 수 없듯이,

사람은 누구도 원하는 것을 다 가지고 살 수는 없다.

사람은 누구도 원하는 것을 다 가지고 살 수는 없다.

그래서 나는 내가 가진 것에 감사하며 조용히 산다.

언덕 위의 이층집

  신당동 집에서 사 년을 살다가 다시 이사하는 일이 논의가
되었다. 아이가 하나 더 는 데다가 딸이 학생이 되니 그 애의
공부방이 있어야 하고, 나도 서재가 필요했으며, 아빠 서재도
안방과 좀 더 떨어진 곳에 있는 게 좋을 것 같아서였다. 서재
가 둘이니 방이 다섯은 있어야 해서 이층집을 사기로 했다. 우
선 신당동에서 찾기 시작했다. 되도록 아이 학교와 가까운 곳
을 살폈다. 밑의 아이들도 다녀야 할 학교여서 그 문제는 아주
중요했다. 나에게도 그 동네가 편했다. 건국대는 다섯 정거장
만 가면 되는데, 역코스여서 버스가 한산했다.

  그런데 아무리 찾아도 우리 조건에 맞는 집이 없었다. 신당

동은 집값이 비싸져서 어쩌다 나오는 큰 집은 감당하기가 어려웠다. 할 수 없이 다른 동네를 찾기 시작했다. 좀 싼 동네에 집을 구하고, 차를 사는 쪽으로 방침이 정해졌다. 이 선생이 두 직장을 다녀야 하고, 밤에도 일이 많아서 차가 필요한 데다가, 나도 딸아이도 학교와 멀어지니, 차를 사야 아이와 어른의 등교 문제가 모두 해결될 것 같았다.

성북동이 대상으로 선정되었다. 구 년 전에 처음 성북동에 들어갈 때는, 방이 싸서 어쩔 수 없이 간 거지만, 청파동 3가, 한강로 2가 같은 산문적인 구역에서 살아보니 성북동에 대한 그리움 같은 것이 생겨났다. 맑은 공기, 바위틈을 흐르는 맑은 시냇물, 오래된 성벽 같은 것들이 그리움을 자아낸 것이다. 성북동은 이름 그대로 성벽 북쪽에 있는 문밖 동네지만, 시내가 가까운데도 산들이 수려해서 일제 말부터 김환기, 이태준, 한용운 같은 유명한 예술가가 많이 살았다.

같은 성북동이지만 예전 동네로 되돌아간 것은 아니었다. 초등학교 아이들이 걸어서 다녀야 하니, 전찻길에서 가까워야 했기 때문이다. 우리가 선택한 성북동 1가 집은 삼선교에서 가까운 대신에 자연과는 멀었다. 집들이 가득 차 있어서, 바위틈에서 흐르던 맑은 냇물은 이미 연탄재로 더럽혀져 있었고, 산도 잘 보이지 않았다. 하지만 공기는 예전처럼 맑았고, 골목은 조용했으며, 아주 가까운 곳에 성벽이 있어서 신당동보다는 훨씬 운치가 있었다.

우리가 새로 산 집은, 성북파출소에서 경신학교로 올라가는 언덕 위에 있었다. 올라가다가 처음 왼쪽으로 꺾이는 길의 마지막 남쪽 집이었다. 서쪽과 남쪽에 이차선 도로가 있고, 집 앞에서 길이 세 갈래로 갈라졌다. 길들이 갈라지는 지점이라 집 앞이 넓었다. 지금처럼 차가 많은 때가 아니어서 그 비탈진 넓은 길이 어린이 놀이터도 되었다. 동네 아이들이 모여 술래잡기나 전쟁 놀이를 했다. 우리 집 아이들도 거기 동참했다. 세월이 지나 막내가 다섯 살이 되니 전쟁 놀이에 그 애도 끼워주었다. 형아들이 모두 장교를 하고 싶으니까, 기관총으로 꼬셔서 막내를 꼴병(졸병)으로 참여시켜준 것이다. 항상 커다란 기관총을 메고 다니는 막내가 딱해서 "넌 왜 맨날 꼴병만 하니?" 하니까, 아이는 "꼴병이라야 기관총을 가질 수 있다구. 엄만 알지도 못하면서……" 하고 볼멘소리를 했다.

집은 대지가 백 평에 건평이 사십팔 평이어서 먼저 집보다 두 배나 넓은데, 도심에서 떨어져 있어서 가격 차는 그다지 크지 않았다. 높은 지대여서 전망이 좋고 조용했다. 그때부터 높은 곳의 조용함에 재미를 들여서 지금까지 우리는 줄곧 언덕 위 동네에서 살고 있다. 언덕을 오르내리는 게 고생스럽지만, 경치가 좋고 조용한 동네에 살려면 그 정도의 고생은 감수해야 할 것 같았다. 교육 환경도 괜찮았다. 혜화유치원과 은석국민학교가 멀지 않았다.

그 동네는 건물들이 거의가 다 이층이었다. 해방 전후에 형성된 것 같은 동네여서, 일본 동네보다는 건물이 새것이었고, 건축 양식도 개성이 있었다. 한국인의 손으로 만든 양옥 주택가인데, 지붕은 거의 다 슬라브식이었다. 그 동네에는 일본식 주택이 하나도 없었다. 그때에야 우리는 겨우 일본 주택가에서 벗어난 것이다. 남한에 온 지 이십 년 만에야 일본 동네를 벗어났으니, 내게 그건 두 번째 해방이었다고 할 수 있다. 일제시대에는 사대문 안에 한옥이 꽉 차 있어서, 일본집들은 대체로 문밖에 있었다. 전차가 있는 지역까지는 교통이 문제 되지 않으니 일본인들이 용산, 원효로 같은 변두리 지역에 주택 단지를 새로 만든 것이다.

일본집들은 구조가 한국인에게 맞지 않는 데다가 낡았고, 도심지에서 멀어서 가격이 많이 쌌다. 그래서 우리는 신당동 집까지는 줄곧 일본식 주택에서 살았다. 성북동은 문밖이지만, 해방 후에 지어진 집이 많아서, 일본 주택가에 남아 있던 왜색倭色은 찾아볼 수 없었다. 그렇다고 제대로 된 양옥도 아니어서 과도기적인 어설픈 점이 많았다. 그중의 하나가 평지붕이었다. 그때는 평지붕이 유행했다. 평지붕은 산의 능선과 어울리지 않을 뿐 아니라, 방수 기술이 미흡해서 걸핏하면 비가 샜다.

그런데 우리 집에는 고맙게도 지붕이 있었다. 외장재도 동숭동의 경성제대의 것과 같은 무광의 베이지색 스크래치 타일이어서 점잖았다. 지은 분이 법조계의 명사라더니 안목이 높아 보였다. 관리도 잘돼 있어서 건물이 깨끗했다. 대문간만 고치고 도배 장판을 하면 손볼 곳이 없을 정도였다. 그 집은 목조가 아니고 벽돌집이었다. 목재가 흔하고 지진이 많아서인지 일본 사람들은 벽돌집을 잘 짓지 않기 때문에, 우리는 처음으로 벽돌로 지은 집에서 살게 되었다. 벽돌 위에 타일을 입혀서 벽돌색은 알 수 없었지만 목조가 아닌 것은 분명해서, 그것도 새로운 경험이었다. 무언가 견고한 것이 외부와의 사이를 차단해주는 것 같아 안정감이 있었다. 그 집은 처음으로 응접실이 있는 집이기도 했다. 그 무렵에 서울에는 응접실이 있는 집들이 생겨나고 있어서 그 동네에는 응접실이 있는 집이 많았다. 그건 우리가 처음 살아보는 이층 양옥이기도 했다.

이층이니까 방이 많았다. 침실이 아래층에 세 개, 이층에 두 개 있어서 내게도 작은 서재가 배정되었다. 결혼한 지 십 년 만에 내 방이 생긴 것이다. 세 평짜리 방이지만 전망이 좋았다. 책상도 생겼다. 이 선생이 주문해서 맞추어준 클래식한 책상이었다. 네 평짜리 옆방이 그의 서재였다. 이층에는 우리 서재만 있어서 조용했다.

그 집에는 정원도 있었다. 담에서 이 미터 정도 들어온 곳에 두 자 높이로 자연석 석축이 둘러쳐져 있고, 그 위에 정원수들이 심겨 있었다. 향나무가 많았지만, 감나무도 있고, 등나무도 있고, 바위 사이에는 영산홍도 심겨 있었다. 감나무를 보면, 수를 놓다 두고 피난을 간 수를 생각이 났다. 잎이 거의 다 떨어지고 말랑한 질량의 색이 고운 감만 서너 개 달려 있는 구도의 수틀이었다. 우리 집 감나무도 가을이 되면 그런 풍경을 보여주었다. 잎이 떨어진 후에도 매달려 있는 말랑한 감이 애틋했다.

그 집은 우리가 담 위에 철망을 얹고 산 유일한 집이기도 하다. 이미 만들어져 있던 철망 더미는 오래된 등나무가 덮어주어서 전혀 보이지 않았고, 오월이 되면 포도송이 모양의 보랏빛 꽃송이들이 풍성하게 달려서 보기가 좋으니 그대로 두기로 한 것이다. 그 집에는 우물도 있었다. 형제가 나란히 집을 지을 때 같이 쓰려고 만든 공동우물인데, 감나무가 우물 옆에 있었고 그 옆에 하얀 꽃이 피는 싸리나무도 한 그루 서 있었다.

이사 간 1967년 첫 여름에, 나는 이웃에 살던 석연 선배가 물려주고 간 사이즈가 큰 비닐 풀을 마당에 펼쳐놓고, 조카들까지 불러 아이들에게 집에서 물장난을 하며 놀게 했다. 나중에는 그네도 들여놓아서, 아이들이 밖에 나가지 않아도 되었다. 마당이 있는 집에 산다는 것은 참으로 경이로운 호사였다.

나무와 꽃을 즐기는 외에 아이들의 놀이터도 만들어줄 수 있었기 때문이다. 이층의 내 서재에서도 감독이 가능할 만큼 가까운 거리에 아이들이 있으니 마음이 놓였고, 아이들이 커서 저희끼리 노니 살 것 같았다.

예정대로 차를 샀다. 이 선생은 밤을 새우며 글을 쓰니까 아침 시간에는 강의를 하지 않는다. 그러니까 아침에 내가 혜화유치원과 사대부국에 아이들을 하나씩 내려놓고 건국대에 가서 차를 돌려보내면 그의 출근 시간과 맞는다. 온 식구의 아침 교통이 해결되는 것이다. 유치원도 초등학교도 차를 타야 할 거리에 있었고, 아이들이 어려서, 사실은 몇 달 동안 데리고 다녀야 할 형편이었는데, 차가 있으니 그게 다 해결되어 고마웠다. 식구가 다섯이니 중형차를 샀다. 검은색 일제 크라운이었다.

그때는 국산차가 시발 택시 수준이어서 할 수 없이 외제차를 샀지만, 그 후에 우리는 다시는 외제차를 사지 않았다. 일제시대에 자란 우리 세대는, 병든 부모가 있는 아이처럼 나라에 대한 감정이 처절하다. 그래서 한국이 차를 생산하는 것이 너무 고맙고 대견했다. 우리가 만든 차가 고장도 안 나고 잘 달려주는 것은 나날이 키가 크는 아이들을 보는 것만큼이나 신나고 자랑스러운 일이어서 차마 외제차를 살 수 없었다. 효도가 연민에서 유발되는 것처럼 애국심도 같은 곳에서 유발

되는 것 같다. 부모가 불쌍하지 않아야 아이들이 편안한 마음으로 그 곁을 떠날 수 있듯이, 나라가 정상적으로 돌아가야, 엽전 콤플렉스*에서 유발되는 그런 절박한 애국심이 필요하지 않아진다. 그래서 무심하게 자신이 좋아하는 스타일의 외제차를 살 수 있는 다음 세대를 보면 부러운 마음이 든다. 그들에게는 가슴이 저리게 늘 아팠던 짓밟힌 조국이 없었기 때문이다. 어느 날 예비군 훈련을 받으러 뛰어가는 이어령 선생과 마주친 김옥길 총장님이 "힘들겠지만 수고해주세요. 우리에게 지킬 나라가 있다는 게 얼마나 고맙습니까" 하셨다는 말이 생각난다. 그건 식민지를 겪어본 사람들만이 공감할 수 있는 특별한 세계다. 드디어 후진국 콤플렉스까지 벗어던지고, 한국산이 외산보다 비싼 세상이 되었다. 자랑스럽고, 감사한 일이다. 부모님 세대보다 우리는 지금 참 너무 잘살고 있지 않은가.

---

* 우리나라 사람이 스스로 자신을 경멸하는 투로 이르는 말. 지폐가 나왔는데도 옛날에 쓰던 엽전을 그냥 고집한 데서 아직 봉건적 인습에서 탈피하지 못했음을 빗대어 쓰던 말이다.

성북동1가 115 대문(1967년~1974년까지 산 집.《주간경향》1970년)

연탄으로 큰 집 덥히기

크고 좋은 집에서 봄과 여름이 신나게 지나갔다. 여름방학에 막내의 돌잔치도 치르면서, 우리는 그 집을 마음껏 즐겼다. 삼선교 버스 정류장이 좀 멀고, 시장도 가깝지 않았지만, 참을 만했다. 그런데 가을이 되니 예상치 않았던 재난이 기다리고 있었다. 난방 문제였다. 석유보일러가 보급되기 전이어서 그 무렵에는 대부분의 집이 연탄으로 방을 덥혔다. 그러니 연탄 난방에 문제가 있는 것은 아니다. 연탄으로 덥히기에는 집이 너무 크다는 데 문제가 있었다. 연탄으로 덥히려면 집이 신당동 집처럼 이십사 평쯤 되는 것이 알맞다는 사실을 그때 우리는 모르고 있었다. 큰 집에 살아본 일이 없었기 때문이다. 새집은 아래층만 해도 서른 평이 넘었다. 그걸 연탄으로 데워야 하는 것이다. 집값이 생각보다 쌌던 이유를 알 것 같았다.

근사한 서양식 외양 속에 연탄 아궁이가 응접실에까지 붙어 있던 성북동 집을 보고 있으면, 60년대 말의 한국의 모습이 보였다. 그건 고도성장을 한 한국의 민얼굴이었다. 외양은 70년대 스타일인데, 안에는 재래식 화장실이 있었으며, 구식 부엌과 연탄 아궁이가 사방에 있어서, 걸핏하면 식구들이 연탄가스에 중독되던 것이 60년대 말 한국의 과도기적 모습이었다. 고도성장의 부작용이다.

이사 올 때에 보니 대문 바로 옆에 커다란 연탄 창고가 있었다. 잘 지은 집인데, 더러운 연탄 창고를 왜 대문 바로 옆에 세웠는지 이해할 수 없었다. 그래서 우리는 서슴지 않고 그걸 헐어버리고 그 자리에 꽃나무를 심었다. 출입구가 산뜻해져서 보기가 좋았다. 그리고 우리는 그해 봄과 여름을 즐겁게 보냈다. 그런데 연탄 창고가 왜 대문 옆에 버티고 있어야 했는지 알게 되는 날이 왔다. 그 많은 아궁이를 다 채워야 하니 연탄이 너무 많이 필요했던 것이다. 언덕이라 한겨울에는 연탄 배달을 잘 해주지 않으니 그만한 창고가 꼭 거기 있어야 했다. 그 당시에는 국가에서 만들어준 커다란 시멘트 쓰레기통이 집 앞마다 하나씩 비치되어 있었는데, 연탄재만 담아도 이틀치가 다 들어가지 못할 만큼 많은 양의 연탄이 필요했다. 멋도 모르고 연탄 창고를 뒤꼍 좁은 데 만들었더니, 대문에서 창고까지 연탄을 나르는 데 웃돈을 요구했고, 좁아서 연탄을 자주 주문하는 번거로움도 곁들여졌다.

창고만 문제인 것이 아니다. 연탄으로 큰 집을 다 덥히려면 그 밖에도 여러 가지 문제가 많았다. 응접실도 안방도 네 평이 넘는데, 모두 온돌이기 때문에 한아름이나 되는 대형 연탄을 쓰는 아궁이가 두 군데나 있으니 하루에 대형 연탄만 네 개가 필요하다. 목욕탕과 부엌까지 합쳐서 보통 연탄을 땔 때는 아궁이가 네 개나 더 있으니 보통 연탄도 여덟 개나 필요하다. 합치면 하루 소비량이 대형탄까지 합해서 열두 개나 된다. 연탄 쓰레기 치우는 것만 해도 큰 일거리다. 쓰레기통이 넘치면 그 옆에 연탄재를 켜켜이 쌓아두게 되니 길이 더러워지고, 잘못해서 지나가던 리어카나 자동차가 잿더미를 건드리면 연탄재가 부서져 내려서 길을 메꾼다. 박완서의 『도시의 흉년』은 그런 길에서 아이들이 연탄재 던지기 놀이를 하는 장면에서 시작된다. 악몽이다. 하지만 연탄을 가는 노역에 비하면 그런 건 또 문제가 아니다. 대형 연탄은 내 실력으로는 들 수도 없게 무거웠기 때문이다. 워낙 양이 많으니 평소에도 도우미 혼자서는 감당을 못 하는데, 도우미가 없는 날은 그걸 가족들이 해야 한다. 나는 몸이 약해서 엎드려서 연탄을 갈고 있으면 아궁이에 몸이 빨려 들어갈 것 같았다. 그래서 겨우 산 큰 집의 응접실은 겨울에 연탄 난방을 포기했다. 바닥에 카펫을 깔고 석유난로로 방을 데우며 산 것이다. 온돌방은 불을 때면 천국이지만, 불이 꺼지면 세상에서 가장 찬 바닥이 되니 겨울은 공포의 계절이었다.

연탄을 그렇게 많이 때도 이층 난방은 가열 범위에서 제외되어 있다. 이층에는 마루방이 두 개 있는데, 그 방들은 석유난로로 덥혀야 하는 것이다. 그곳은 이 선생과 내 서재였는데, 미리 불을 켜놓지 않으면 삼십 분 정도는 덜덜 떨려서 일을 하기 어려웠다. 저녁 후에 올라가면 내려오지 않는 이 선생은 미리 불을 켜놓기만 하면 되지만, 줄창 오르락내리락하는 나는 문제가 많다. 켜놓고 내려와 그냥 잠이라도 들면 불이 날 위험이 있고, 끄면 방이 덥혀지기를 기다리다가 시간이 다 가니, 한겨울에는 그 방을 쓰기도 어려웠다.

살아보면 한국의 온돌은 참으로 경이로운 난방법이다. 바닥이 뜨거우니 사람이 기를 펴고 살게 된다. 도쿄에 가서 겨울을 난 일이 있다. 한국보다 날씨가 따뜻한데도 다다미 구석구석에서 냉기가 올라와서 이불 속에서도 두꺼운 잠옷이 필요했다. 융 잠옷을 파는 곳이 많은 이유를 알 것 같았다. 온돌은 연탄 두 장이면 이십사 시간을 데워주니 '등 따신 것'이 얼마나 큰 축복인가를 그때 절실하게 느꼈다. '등 따신 것'을 '배부른 것'보다 앞세웠던 것은 우리가 추운 나라에 살고 있었기 때문일 것이다.

온돌 난방법은 박물관의 수장고를 제습하는 데도 아주 효과적이다. 처음 문학관을 만들 때, 서가 사이에 난방용 코일을 한 줄씩 깐 일이 있다. 나중에 보니 그것은 적은 비용으로 바닥부터 습기를 깨끗이 제거해주는 기막힌 제습법이었다. 제습기를 쓰면 기계보다 낮은 부분은 습기가 없어지지 않는데, 바닥 난방은 제일 아래 칸까지 깨끗하게 습기를 제거해주니 경탄할 만했다. 일 년에 두 달만 쓰면 되니까 전기로 하면 더 좋을 것 같았다. 온수 난방은 집을 비울 때 문제가 생기기 때문이다.

온돌을 데우는 데는 장작보다 연탄이 적격이다. 장작 난방은 쉬 식는데 연탄은 가열하는 시간이 길어서 두 개면 이십사 시간을 차지 않게 살 수 있다. 하지만 연탄으로 삼십 평이 넘는 면적을 등이 따뜻해질 때까지 데우는 건 너무 힘이 든다. 그래도 연탄 외에는 대안이 없다. 장작은 없어진 지 오래고, 기름으로 난방을 하려면 집을 본격적으로 뜯어고쳐야 하니 비용이 거창해진다. 공사가 너무 크고 비용이 많이 들 뿐 아니라 시간이 많이 필요해서 임시로 이사도 해야 되니 섣불리 손을 댈 수가 없다.

오래 살려고 산 집이어서 실망이 너무 컸다. 몇 해 살다가 견디지 못해서 결국 집을 내놓았는데, 아무리 시간이 지나도 보러 오는 사람이 없었다. 난방 때문이었다. 우리는 할 수 없이 봄 여름 가을의 좋은 점만 새김질하면서, 겨울에는 동면하는 짐승들처럼 웅크리고 살며 일곱 번의 겨울을 그 집에서 견뎠다. 과도기라는 말이 다시 실감이 났다. 우리 집은, 외양은 새로운 양식으로 자리가 잡혀 있는데, 안은 뒤죽박죽이었던 그 무렵의 한국의 모습과 흡사했다. 안과 밖의 그 어긋남이 나를 아주 많이 괴롭혔다. '개발도상'이라는 말이 무엇을 의미하는지를 나는 연탄 아궁이에서 터득했다. 빨리 자라는 나무에

괴자리[*]가 끼는 것과 같은 이치가 건축에도 적용되었던 것이다.

'봉사와 질서'

성북동에 이사 간 지 이틀 만에 국민학교 2학년이 된 딸아이는 더 멀어진 학교에 가기 위해 외할머니를 따라 전차 정거장까지 걸어갔다. 돌아올 때는 그 동네에 사는 같은 반 남자애가 동행하기로 약속이 되어 있었다. 그런데 시간이 넘어도 아이가 돌아오지 않았다. 남자아이 집에 전화를 거니까 그 애도 오지 않았다고 한다. 큰일 났다. 학교에서는 제때에 갔다고 하니 아이들이 실종된 것이다.

도우미 처녀에게 아기를 업혀서 동네를 한 바퀴 돌게 하고, 나는 삼선교 방향으로 가기로 했다. 그러니 집에는 다섯 살짜리 둘째만 남게 되었다. 핸드폰이 없던 시절이라 집에 누가 남아 전화를 받아야 연락이 되기 때문에 아이를 혼자 두고 나갈 수밖에 없었다. 전화 심부름을 곧잘 하던 아이는, 집을 혼자

---

[*] 구더기의 방언.

볼 수 있느냐고 물으니까 문제없다고 씩씩하게 대답했다. 어른 대접을 받는 것 같아 신이 났던 모양이다. 전화를 받아 정확하게 전하고 누가 와도 문을 열어주지 않고 있으면, 곧 언니야가 올 것이니 걱정 말라고 일러놓고, 아빠한테 파출소에 알아봐달라고 부탁했다. 삼선교를 향해 뛰어 내려가는데 다리가 후들거렸다. 그 넓은 천지 어디에 가서 아이를 찾아내느냔 말이다.

다행히도 얼마 있지 않아서 아빠에게서 연락이 왔다. 아이가 돈암로 남쪽에 있는 삼선교 파출소에 있다고 했다. 달려가보니 아이들은 순경과 이야기하느라고 정신이 없었다. 처음 보는 파출소 안이 신기해서 기기의 기능 같은 것을 열심히 묻고 있었다. 데리고 오면서 길을 잃은 이유를 물었다. 아침에 외할머니가 집 아래에 있는 성북파출소에 써 있는 '봉사와 질서'라는 글씨를 가리키면서, 올 때는 길 건너에 있는 '봉사와 질서'만 찾으면 경신학교로 올라가는 길이 보인다고 했다는 것이다. 거기가 갈림길이니까 놓치고 지나갈까 봐 그렇게 일러주신 모양이다. 천하에 못하는 일이 없던 우리 어머니가, 그런 현판이 거기에만 있는 줄 아는 시골 할머니 같은 짓을 한 게 신기해서 나는 쓴웃음을 웃었다.

타는 곳과 내리는 곳이 달라서 삼선교 남쪽에서 전차를 내린 아이는, 아침에 보던 것과 다른 풍경이 나타나니 당황했다.

길을 건너라고 할머니가 말씀하셨는데 길이 많아서 어느 길을 어떻게 건너야 할지 알 수 없었다. 그래서 지나가는 어른을 보고 '봉사와 질서'가 어디 있느냐고 물었다 한다. 돌아오는 정류장은 길 건너편에 있으니, 그분은 당연하게도 길 남쪽에 있는 삼선교 파출소를 알려주었다. 문제는 거기에서 생겨났다. 남자애는 그 동네에 오래 살아서 지리를 잘 아는데, 자기 어머니가 왜 반대편으로 갔느냐고 물으니까, 엄마가 오늘은 민아네 집을 알아가지고 오라고 해서 그 애 뒤만 따라갔다고 했다. 잘못한 사람은 하나도 없는데 대형 사고가 날 뻔한 것이다.

집에 두고 온 꼬마가 걱정이 돼서 헐레벌떡 언덕을 올라와 보니, 우리 집 대문 앞에 경신학교 학생들이 잔뜩 모여 있었다. 처음에는 전화를 받아 잘 전해주던 아이가 시간이 지나니 집에 혼자 있는 것이 무서워지기 시작했나 보다. 엄마가 문밖에 나가면 안 됐으니까 나가지는 못하고, 아이는 문간에 서서 지나가는 형아들에게 자신의 처지를 하소연했다. 집에 혼자 있는데 무서워 죽겠으니 엄마 올 때까지만 같이 있어 달라고 부탁한 것이다. 아이 엄마가 언제 올지도 모르는데 한없이 기다려줄 수도 없고, 그렇다고 다섯 살짜리를 혼자 두고 가는 것도 못할 일이어서, 학생들이 아이 주변을 둘러싸고 의논을 하고 있는 중이었다.

그날의 사건은 그렇게 쉽사리 마무리되었다. '봉사와 질서'가 한곳에만 있는 줄 알고 손녀에게 길을 잘못 가르쳤던 어머니는 반세기 전에 돌아가셨고, '봉사와 질서'가 너무 많아서 길을 잃었던 딸도 세상에서 사라진 지 십 년이 지났다. 성북동 집과 우리 사이에 반세기가 넘는 세월이 흘러간 것이다.

이웃

1969년 광복절에 미국에 계시던 형부가 정부 초청으로 귀국하셨다. 그해가 어머니 칠순이었다. 우리는 구월에 해야 할 칠순잔치를 형부가 와 계시는 동안에 하려고 팔월로 당겼다. 늦더위가 기승을 부리는 한여름에 잔치를 한 것이 잘못이었다. 고혈압 환자인 어머니는 그 잔치의 후유증으로 사흘 만에 뇌경색이 와서, 석 달을 누워 계시다 돌아가셨다.

어머니의 죽음은 나를 무너뜨렸다. 나는 몸이 약해서 어머니가 도와주지 않으면 살아갈 기력이 모자랐다. 어머니는 우리 집 김장을 해마다 해주셨고, 아이들 학교 행사에 대신 가주셨으며, 아이가 아프면 병원에 데려가주시고, 집수리 같은 것도 감독해주셨다. 내가 아이 셋을 데리고 직장생활을 할 수 있었던 것은 순전히 어머니 덕이었다.

정신적인 면에서도 나는 어머니에게 많이 기대고 있었다. 시간이 모자라 쩔쩔매는 남편을 되도록 방해하지 않으려니까 힘든 일이 생기면 어머니를 찾게 되었다. 속상한 일이 있어도 어머니 집에 갔고, 위경련이 일어날 정도로 건강이 나빠지면 어머니를 모셔 왔다. 그렇게 어머니에게 기대서 살아왔는데, 내가 위가 상해서 많이 아픈 시기에 어머니가 돌아가시니 넋을 잃은 것이다.

그 지나친 상실감이 남편을 섭섭하게 했다. 내가 자기가 아니라 어머니에게 더 많이 기대고 살아온 것을 그도 느낀 것이다. 그 깨달음이 두 사람을 망연하게 했다. 자기가 내게 도움을 주지 못한다는 깨달음이 우리 사이에 거리를 만들었다. 내 슬픔에서 그는 내 고독을 보았다. 현실적인 면에서 볼 때 자신은 이층에 몸담고 있는 손님 같은 존재라는 사실을 깨달은 것이다. 그런데도 일이 밀려 있어서 그는 여전히 나를 도울 시간이 없으니, 자꾸 쇠약해가는 아내를 암담한 기분으로 지켜보면서 맥이 풀려갔다. 내가 자기를 도울 힘이 없어지니 자기도 힘들고 외로웠던 것이다.

앞집 사모님이 보낸 의사가 찾아온 것이 그 무렵이었다. 앞집은 전직 외교관 댁이었는데, 나는 그 댁 사모님과 만나자마자 마음이 통했다. 낯가림이 심한 나를 단박에 무장해제시킬 무언가를 그분이 가지고 계셨다. 그분은 언니 같고 어머니 같아 내게 많은 도움을 주셨다. 그분이 보낸 의사가 처방한 약을 먹고 나는 기력을 되찾았다.

그건 내가 처음 먹은 보약이다. 그 무렵에는 남편이 연재를 시작하면 나는 미리 몸을 보할 약을 준비했다. 손으로 글을 쓰는 것은 육체노동이기 때문에 사전에 대비하지 않으면 큰 병에 걸리기 쉽다. 허약하게 태어난 막내에게도 몸에 좋다는 약을 꾸준히 조금씩 먹였다. 그러면서 건강이 제일 나쁜 자신을 위해서는 보약을 한 번도 지어 먹지 않는 이상한 짓을 내가 하고 있었던 것이다. 그래서 어머니가 안타까워하셨다. 돌아가실 무렵에도 어머니는 유언처럼 위가 약하니 기가 딸릴 때는 보약을 먹으라고 당부하셨다. "너 지금 죽으면 고아가 셋이야." 어머니는 그런 경고도 하셨다. 간절하던 어머니의 당부가 생각나서, 나는 앞집에서 보낸 의사의 말을 순순히 따랐다.

앞집 사모님은 병을 고쳐주신 것뿐 아니라 좋은 선배들도 소개해주셨다. 김정례 여사를 소개해준 것도 그분이다. 그때 오십 대 초반이던 김 여사는 하늘색 치마에 하얀 노방 깨끼 적삼을 입고 왔는데, 스케일이 크고, 맑고, 박력 있고, 아름다웠다. 그때부터 반세기 동안 김 여사를 만나오다가 작년에 그분이 돌아가셨는데, 코로나 때문에 문상도 못 하면서 나는 지금은 소식이 끊어진 앞집 사모님 생각을 했다.

미국에서 돌아온 그 댁 아드님은 의사여서 우리 집 주치의가 되었다. 우리 아이가 볼거리를 앓자, 그는 아이를 찬물로 몸을 자주 식혀주라고만 하고, 해열제 외에는 아무 약도 처방하지 않았다. 그 병에는 맞는 약이나 주사가 아직 발명되지 않았다는 것이다. 그 대신 자기가 아침저녁으로 와서 건강 상태를 체크했다. 아이는 그분의 지켜보기 치료법으로 병을 이겨냈다. 그분은 약도 주사도 처방하지 않는 그런 방식으로 치료를 하니, 개인병원을 해도 채산이 맞지 않아 유지하기가 힘들었다.

그분은 그렇게 융통성이 없는 원칙주의자여서 한국에 적응하지 못해 고전하고 있었다. 그런 철저한 원칙주의를 수용할 만한 병원이 1960년대의 한국에는 없었기 때문이다. 그래서 가는 곳마다 충돌사고를 일으켰다. 뒤늦게 군 복무를 하러 일선에 가 있을 때, 저녁에 동네 사람들을 무료로 치료해주다가 고엽제 문제를 발견했다. 그 문제를 깊이 파고들다가 군 당국과 마찰이 생긴 게 시작이었다. 어느 대학 병원에 있을 때는 앰뷸런스에 구호 장비가 제대로 구비되어 있지 않았다고 계속 항의하다가 원장님에게 밉보였다. 병원 측에서도 몰라서 안 하는 것이 아니었기 때문에 똑같은 말을 자꾸 해대는 신참 의사가 달갑지 않았던 것이다.

그는 외아들인 데다가 아버지가 외교관이어서 어려서부터

미국에서 공부해, 한국의 현실에 대한 이해와 지식이 부족했다. 그래서 아직은 개발도상국이라 뒤죽박죽인 한국의 현실에 적응할 수 없었다. 그분을 보면서 나는 증류수는 마실 수 없다는 사실을 자주 떠올렸다. 하지만 증류수 같은 사람이 이웃에 살고 있다는 것은 고마운 일이다. 그를 보고 있으면 우리가 잊고 있던 본질적인 문제들을 되새기게 되니, 볼 때마다 놀랍고 경이로웠다. 우리는 그 부부와 친해져서 동창생 커플 모임에 그를 합류시켰다. 그는 다섯 살 난 아들을 사고로 잃고 결국 미국으로 돌아갔는데, 이십여 년 후에 이 선생이 장관이 되니까, 외계에서 들려오는 것 같은 목소리로 축하 전화를 걸어왔다. 정말로 외계 같은 곳에 혼자 가 있는 게 아닐까 싶은 느낌을 주는 삭막하고 외로운 음성이었다.

동쪽에 있는 이웃집에는 한국인과 결혼해서 해방 후에 한국에 귀화한 일본 여인이 살고 있었다. 사랑을 위해 조국을 버린 여인이다. 남편은 잘나가는 사업가였고, 잘생긴 아들도 둘이나 있었다. 그런데 그녀는, 이제는 돌아가도 아는 사람이 없을지도 모르는 고향이 그리워서 늘 허기진 사람 같은 얼굴을 하고 있었다. 그녀는 남자 하나를 믿고 용감하게 물을 떠난 물고기인데, 오래 같이 사니 남자가 덤덤해져서 귀양살이를 하는 것처럼 외로웠던 것이다. 말이 통하는 사람이 없으니까 속내 이야기를 하고 싶어지면 그녀는 나를 찾아왔다. 일본식 한

국말로 떠듬떠듬 쌓인 이야기를 하는, 그 행복하지 못한 일본 여인을 보고 있으면, 삼십육 년 동안 핍박을 받은 것은 우리가 아니라 그녀인 것 같은 착각이 생겼다.

성벽 근처에 있는 낮은 동네에는 친구의 언니 오정주 교수가 살고 있었다. 그 언니에게는 우리 아이들과 나이가 비슷한 남자아이 둘이 있었다. 언니네 막내아들은 여자애처럼 이쁘고 자그마했다. 우리 막내가 같은 유형이어서 저희끼리 친해졌다. 감성적이고 조용한 두 아이는 서로 찾아다니면서 사이좋게 놀았다. 아마 둘 다 태어나서 사귄 첫 친구였을 것 같다. 하루는 우리 아이가 그 집에 갔다가 유령을 보았다면서 땀을 흘리며 달려왔다. 청소를 하는 아주머니를 따라 친구와 같이 지하실에 들어갔는데, 맞은편에서 둘이 놀다가 문득 뒤돌아보니, 저쪽 잡동사니 너머에서 상체만 있는 하얀 옷 입은 여자가 둥둥 떠다니더라는 것이다. 아이는 유령을 본 놀라움을 부르르 떠는 몸짓과 회등잔만 해진 눈으로 표현했다. 그건 그 애가 처음 맛본 신비한 체험이었을 것이다. 그 집을 향해 혼자 언덕을 넘어가던 다섯 살 막내의 모습이 지금도 눈에 선하다. 그건 그 애가 내게서 떠나는 첫걸음이었다. 지금은 어디쯤에 가 있을까? 중년이 된 아들의 속은 어머니도 가늠하기 어렵다.

정주 언니는 밝고, 열정적인 피아니스트였다. 나는 경기여고에 다닐 때 그 언니가 강당의 단상에서 치는 쇼팽의 〈즉흥환상곡〉에 반한 일이 있다. 피아노곡에서 그렇게 짙은 감동을 느낀 건 그때가 처음이었다. 나는 그날부터 언니의 팬이 되어서, 성북동 시절에도 그 언니 음악회가 있으면 꼭 갔다. 그 집에는 친구인 덕주와 현주 자매가 아이들을 데리고 자주 놀러왔다. 그들이 온다고 하면 나도 거기 동참해서 같이 놀았고, 아이들도 서로 친구가 되어 어울렸다.

그러던 어느 날 일어나서는 절대로 안 되는 사건이 벌어졌다. 소련 영공에 잘못 들어간 KAL기를 소련에서 폭격해서 승객 전원이 사망한 것이다. 정주 언니가 그 비행기에 타고 있었다. 어머니가 돌아가셔도 남의 앞에서 우는 모습을 보이지 않던 덕주가 주저앉아 통곡하던 모습이 지금도 눈에 선하다. 세월이 아무리 지나도 지워지지 않는 아픈 영상이다.

그 집에 온 손님들

박경리 선생과 가깝게 지내던 것도 성북동 시절이었다. 시간강사를 하던 시기여서 내가 시간에 쫓기지 않아, 강의가 없는 날이면 막내를 데리고 이따금 선생님의 정릉 댁에 놀러 갔고, 선생님도 따님을 데리고 우리 집에 몇 번 오셨다. 박 선생님 소설의 애독자였던 나는 큰언니와 동갑인 선생님을 언니처럼 좋아해서 한동안 밀월이 계속되었다. 선생님도 우리 언니와 유사한 환경에 놓여 있었다. 정신대 때문에 조혼했고, 6.25 때 두 아이를 데리고 혼자가 된 정신대 세대의 희생자들이다. 스물셋의 나이에 남매를 데리고 혼자 된 것, 남편이 행방불명인 것, 다섯 살 된 아들을 교통사고로 잃은 것 등 언니와 박 선생은 유사한 점이 너무 많아서 박 선생을 보면 친족감을 느꼈다.

대학 후배인 불문과의 손장순 씨가 우리 집에 자주 놀러 오던 것도 그 무렵이었다. 이혼하고 혼자 살던 손 여사는, 심심하면 아무 때나 문을 두드렸다. 그녀는 그때 열 살쯤 된 아들이 있었는데, 아들을 데리고 노는 게 힘이 드니까 우리 아이들 사이에 아이를 풀어놓고, 자기는 나와 노는 것을 선호했다. 가까이에 그녀의 친정이 있어서 나는 거기에도 같이 가보았다. 혜화동으로 넘어가는 길모퉁이에 있던 그녀의 친정은 높은 축대 위에 도도하게 서 있는 번듯하고 품위 있는 한옥이었다. 춘양목으로 지은 굴도리집이라고 장순이 자랑했다. 그런 건축 용어를 처음 들어서 신기했다. 그녀가 세 들어 사는 집에도 가보았다. 인테리어를 하는 분이 지은 집이라 구석구석을 재미있게 활용해서, 방 안이 참신하면서도 편리해 보였다. 그렇게 자주 만나면서도 이상하게 우리의 우정에는 진도가 나가지 않았다. 성격과 취향이 너무 달랐기 때문이었던 것 같다.

성북동에 살 때 우리 집에 가장 자주 오신 남자 문인은 선우휘 선생이다. 선생은 늘 동생과 같이 오셨다. 그분들이 정릉에 사시던 시기여서, 집에 가는 길에 들르신 것이다. 평안북도에 가족을 두고 형제만 남하한 그 형제는, 우애가 각별해서 자주 같이 다니셨다. 선우연 선생에게 지프차가 있어서 우리 동네 언덕을 오르내리기가 쉬웠던 것도 자주 오신 이유 중의 하나였을 것이다. 그분들에게서는 형제라기보다는 절친한 술친구 같은 자유로운 분위기가 감돌고 있었다. 서로 말을 놓기도 하면서, 허물없이 주정도 주고받는, 보기 좋은 형제였다. 두 분 다 애주가여서, 취해서 오셔도 우리 집에서 또 술을 드셨다. 남자분들은 술을 마시면 즐거워지나 보다. 그분들이 오시면 집 안이 밝아졌다.

하루는 안방에 있는데 화장실 쪽에서 토하는 소리가 들렸다. 선우 선생이 그날 많이 취한 상태였으니까 그분이 토하는 줄 알고 냉수를 떠가지고 바삐 나가보니 『불꽃』의 작가는 복도에 멀쩡한 얼굴로 서 계셨다. 토하지 않았느냐고 물으니까 "내가 그만 술에 토할 사람으로 보여요? 토한 분은요, 술도 제대로 안 마신 댁의 낭군이라구요" 하고 소년 같은 표정을 지으며 주량 자랑을 하셨다. 승벽이 강한 이어령 씨가 술에 약해 쩔쩔매는 모양이 재미있었던 것 같다.

그 무렵에 조선일보 사장이 논설위원들과 스텝들을 부부 동반으로 온양 철도 호텔에 초대한 일이 있다. 그때 선우 선생은 사모님 대신 일곱 살쯤 되어 보이는 막내 따님을 데리고 오셨다. 이름이 숙임이라고 했던 것 같다. 그날도 숙임이 아빠는 술을 즐기셨다. 자꾸 마시니까 어린 딸이 어른처럼 잔소리를 했다. "또 요전 날처럼 길에서 잠들면 어쩌려고 그래요?" 아이가 그런 말을 하자 폭소가 터졌다. 그건 우리가 모르고 있던 정보였기 때문이다. 그 영특하고 밝은 따님을 보면서 아버지는 "돌밭에 내려놓아도 굶어 죽지는 않을 것"이라며 흡족한 표정을 지으셨다. 늦게 얻은 어린 딸의 영특한 모습이 믿음직스러웠던 것이다. 그때 우리는 구온양에 있는 시어머니 산소에도 다녀왔는데, 선우 선생도 동행하셨다. 선우 선생은 그렇게 좋아하던 술로 인해 그 후 얼마 못 사시고 돌아가셨다. 너무 아까운 연세에 떠나서 지금도 애석한 마음이 없어지지 않는다.

신당동 집에 이따금 오시던 오영수 선생도 성북동 집에 두어 번 들르셨다. 날렵한 백자 화분에 손수 기른 동양란을 멋지게 심어서 들고 오셨는데, 동네 남자아이들의 놀이터였던 우리 집에서 그 난초분이 무사할 수 없었다. 다음에 오셔서 화분이 바뀐 것을 본 오 선생은, 난초를 신문에 싸서 도로 가져가시더니, 격에 맞는 화분에 제대로 심어 다시 가지고 오셨다.

수유리에 있던 오 선생 댁에 윤남경 언니에게 끌려서 가본 일이 있다. 일본 사람들이 두고 간 커다란 도자기 화로에 모래를 담은 후 물을 붓고, 논에서 개구리밥을 떠다 띄워놓은 특별한, 화로로 만든 어항이 있었다. 선생님은 송사리나 붕어를 거기에 기르셨다. 개구리밥의 송화빛과 붕어 지느러미의 빨간색이 뒤엉겨서 움직이며 아름다운 한 폭의 그림을 만들었다. 그 남색 화로 어항은 구도에 맞추어 마당에 배치되어 있었고, 마당 끝에 있는 벚나무 거목에는 장식용 전구들이 매달려 있었다. 꽃철이 되면 문우들을 불러 조명을 한 벚꽃을 감상하는 풍류를 즐기기 위해서였다. 선생님은 방 앞에 갈대를 한 무더기 심어놓고는 허리를 끈으로 살짝 묶어놓아서 철이 되면 커다란 아마亞麻빛 부케 같은 갈대꽃이 만발했다.

쓰레받기나 이쑤시개도 모두 균형이 맞게 배치하는 그 심미주의 속에 오영수의 문학이 있었다. 겨울에 방이 추워지면, 따뜻한 아랫목에는 난초를 놓아두고, 자식들은 윗목에 재우신다는 심미적인 아버지에게서, 오윤 화백같이 선이 굵은 저항 화가가 나온 것을 나는 늘 신기하게 생각했다. 내가 영인문학관을 연 후에도 선생님은 우리 집을 한 번 방문하셨다. 데스마스크의 형상을 하고 오신 것이다. 화가인 아드님이 뜬 선생의 데스마스크는 우리나라에서는 아주 희귀한 문학적 자료인데, 따님이 빌려주셔서 영인문학관에서 전시를 한 것이다.

최근에 작고한 김지하 씨가 한번 다녀간 일도 있다. 가슴에 달린 호주머니에 주머니칼을 넣은 채 잊어버리고 이화여대에 강연하러 갔더니, 여학생들이 저항 시인이라 칼을 넣고 다니나 보다고 수군대더라는 말을 하던 상기한 시인의 젊은 얼굴이 생각난다. 그 무렵의 김지하 씨는 살결이 좀 두들거리는 유자 피부였지만, 이목구비가 다 잘 정돈된 귀염성 있는 청년이었다.

공예를 공부하던 백혜욱 씨와 데이트를 시작한 김승옥 씨도 연인의 손을 잡고 성북동 집에 이따금 들렀다. 어느 저녁때 그 커플이 나타나자 먼저 와 있던 내 친구가 알은체를 했다. 낮에 전차에서 그 커플을 봤는데, 살결이 투명하고 귀티가 나는 여자와 척 보아도 문학청년 티가 물씬 나는 김승옥 씨를 보자 "저 여자 고생하게 생겼다"는 느낌이 너무 강하게 와서 얼굴을 기억하게 되었다고 했다. 김승옥 씨는 가족을 많이 사랑하는 선량한 가장이었지만, 직장을 가지지 않은 전업작가인 데다 과작寡作이어서, 살결이 맑았던 그의 연인은 고생을 좀 했다. 하지만 김지하 씨와 결혼한 영주 씨 쪽이 더 고생을 많이 했다. 지하 씨는 건강이 나쁜 데다가 옥바라지를 오래시켰기 때문이다.

그 무렵에 나는 '신상회'라는 동인 모임에 참여하고 있어서, 이따금 우리 집에서 월례 모임이 열렸다. 신상 동인 중에서는 이숙훈, 이남덕, 김석연 세 선생님이 집에 자주 놀러 오셨다. 성격도 죽이 맞았지만 집도 가까웠다.

부록: 《신상新像》

성북동 시절에 나는 숙대, 서울대 교양학부, 건대 등에 시간 강사로 나가면서 이따금 청탁받은 에세이와 평론을 썼다. 어느 학교에 자리가 날지 몰라서 대학을 여러 군데 나가니 바쁘기만 하고 수입은 적었다. 하지만 다양한 학생을 만나는 것은 엔돌핀이 샘솟는 신나는 일이었고, 한 군데 얽매이지 않아 공부를 할 시간이 있는 것도 감사해서, 재수생 같은 강사 노릇에도 잘 적응을 하고 있었다.

그 무렵에 《여상女像》이라는 잡지가 있었는데, 여류 평론가가 적으니까 작품론 같은 짧은 글들을 심심찮게 청탁했고, 다른 여성지들과 《현대문학》에서도 이따금 청탁이 왔다. 하지만 내게는 그 밖에 또 하나의 지면이 있었다. 원하면 칠팔십 매의 글도 실을 수 있는 《신상》*이라는 동인지다. 우리나라 여

---

* 계간 동인지로 1968년 가을부터 1972년 가을까지 간행되었다.

성계를 대표하는 여러 방면의 선배 학자들이 만든 '신상회'라는 모임이 있었는데, 그분들이 동인지를 내면서 나를 막내로 끼워준 것이다. 시작할 때의 동인은 다음 열두 명이었다.

이남덕(이대 교수): 중세국어 연구의 전문가인 국어학자. 에세이스트

김석연(서울대 교수): 훈민정음 제작원리를 과학적으로 연구하여 국외에도 전파한 국문학자

이효재(이대 교수): 여자 호주제를 만든 저명한 사회학자

윤정옥(이대 교수): 정신대 문제를 처음 제기한 영문학자

정희경(성균관대 교수): 적십자 대표로 북한을 방문한 교육학자

최귀동(서강대 강사): 이대를 나와 파리에서 학위를 받은 불문학자

박근자: 화가

서제숙: 언론인, 출판사 사장

박현서: 언론인, 수필가

이숙훈: 이대 음대 출신, 보살님, 수필가

안효식: 서울대 불문과 출신, 불문학자

강인숙(건대 강사): 현대문학을 전공한 국문학자, 문학평론가

초등학교 6학년이던 딸을 한번 그 모임의 친목회에 데리고

《신상》잡지

갔더니 "엄마 어디서 저런 멋있는 여자분들을 만났어요?" 하고 놀라워했을 정도로 거기 모인 동인들은 순수하고, 깊고, 학구적이면서 개성들이 강했다. 보기만 해도 속이 탁 트이는 것 같은 느낌을 주는 탈속한 학자들이 많아서, 그분들을 한 달에 한 번씩 만나는 것이 내게는 보배로운 경험이었다. 그분들은 내가 여자의 한계를 넘어서서 시야를 넓히는 데 큰 도움을 주셨으며, 삶을 보는 안목도 심화시켜주셨다.

그 후에 서울대 심리학과 서봉연 교수, 숙대 영문과 정금자 교수, 콜롬비아 대학 사회학과를 나온 오덕주 여사, 단국대 국문과 김함득 교수 등이 참여했고, 동인 수는 계속 늘어나서 1970년에는 스물여덟 명이 되었다. 경비는 회비로 충당했으며, 잡무는 회원들이 분담하고, 동인들의 글 외에 저명한 학자들의 글을 각자가 한 분씩 청탁해서 실으면서 우리는 그 잡지를 사 년간 해나갔다. 연에 네 권을 내는 계간지였다. 초기에는 동인들 집을 돌아가면서 모임을 가져서 서로 친숙해질 기회가 많았다.

한 달에 한 집씩 돌아가며 회의를 하는데, 우리 집에서 회의를 할 때는 좀 요란했다. 아직 아이들이 어려서, 교대로 안방에 와서 문을 두드렸기 때문이다. 매번 시급하게 할 말이 있다고 한다. 지금 당장 전해야 할 중요한 말이란다. 아이들은 엄마가 자기들과 관계없는 일을 열심히 하는 것을 본능적으로 싫어한다. 엄마가 자기네들이 아닌 딴 것에 정신을 파는 것을 알기 때문이다. 그래서 불안해지니까 자꾸 와서 문을 두드리는 것이다.

동인 중에 그런 어린아이가 셋이나 있는 사람은 나밖에 없었다. 동인 중에는 평생 독신으로 사신 선생님들이 몇 분 계셨는데, 그분들 눈에 그런 광경이 신기하게 비쳤던 모양이다. 십년 후에 우리 집에 놀러 오신 이효재 선생님이 말씀을 하다 말고 갑자기 "그런데 이 집 아이들 다 어디 갔노?" 하셨다. "강 선생도 이제 한물갔구마" 하는 말이 뒤따랐다. 아무리 있어도 문을 두드리는 아이가 없었기 때문이다.

에필로그

겨울마다 연탄 때문에 고생은 했지만, 우리는 그 집에서 1967년부터 1974년 말까지 칠 년이라는 세월을 보냈다. 한국의 고도성장 시기를 바쁘게 보낸 것이다. 세월은 그냥 지나가지 않았다. 칠 년이라는 세월이 내 아이들을 몰라보게 키워주었다. 제비를 뽑던 시절이라 딸은 무학여중에 배정되어 중학생이 되었고, 남자아이들은 혜화유치원을 거쳐서 은석국민학교에 다니고 있었다. 그 집에서 돌잔치를 한 막내까지 초등학교 학생이 되었으니, 생애의 중요한 한 기간을 그 집에서 보낸 셈이다.

아이들에게 손이 덜 가게 돼서 내가 공부를 할 수 있는 시간이 생긴 것도 성북동 1가 시절이었다. 나는 책도 내고 원고도 쓰고, 신상회라는 동인 그룹에도 참여하여 동인지 《신상》도 만들면서, 삼십 대의 나이를 열심히 살았다. 하지만 그 집에서 돌잔치를 한 아이가 초등학생이 되는 장구한 세월 동안 여전히 대학의 시간강사였다. 팔 년간 강사만 하고 있으니 계속 유급하는 기분이었다.

그 기간에 이웃에 살던 김석연 선배가 도와주셔서 공릉에 있는 서울대 교양학부에도 일 년간 출강한 일이 있다. 출중한 제자들을 가르친다는 건 놀랍고 신명이 나는 일이었다. 하지만 교양학부도 곧 없어질 예정이어서 전임이 될 가망은 전혀 없으니까, 철길을 두 개나 건너야 갈 수 있는 아득한 공릉행을 계속하는 것은 의미가 없어 보였다. 그해에는 이 선생이 일본에 가 있어서 차를 마음대로 쓸 수 있었지만, 차 주인이 돌아오면 교통도 문제였다. 그래서 일 년 만에 그만두었다. 기분이 아주 나쁜 일이 있던 날에 나는 집에 오자마자 그만두겠다는 전화를 학과장에게 걸었다. 일을 즉흥적으로 처리한다고 남편이 잔소리를 했다. 강사는 여러 군데에서 하고 있으니까 전임될 가망이 없는 먼 서울대에 굳이 나가야 할 이유가 없긴

293

했지만, 사실은 우수한 학생들을 가르치는 일을 내가 계속하고 싶어 한다는 것을 그는 알고 있었던 것이다.

1974년 일월에 우리는 평창동에 집터를 마련했다. 세배를 갔다가 평창동에서 택지를 분양한다는 말을 우연히 들은 것이다. 우리는 평창동의 풍광을 아주 좋아했기 때문에 다음 날 당장 찾아갔다. 좋은 땅은 일차 분양 때 거의 다 팔려서 남은 것은 대부분이 이급지였다. 그중에서 고른 것이 지금의 영인 문학관 자리다. 길보다 낮은 2급지지만, 앞집 소나무가 너무 잘생겨서, 그 나무를 보면서 살고 싶어서 택한 택지였다.

그런데 팔려고 내놓아도 몇 년 동안 보러 오는 사람이 없던 성북동 집이, 무슨 조화인지 그 직후에 갑자기 팔렸다. 작은아들을 같은 동네에 데려오고 싶은 이웃 부인이 샀는데, 허물고 새로 지을 거니까 여유가 있다면서 연말까지만 비워주면 된다는 좋은 조건을 제시했다. 펄쩍펄쩍 뛸 만큼 좋아해야 할 일이었는데…… 타이밍이 너무 나빠서 도저히 기뻐할 수 없었다. 우리는 설계도 미리 해놓고 건축자금도 준비된 후에, 죽을 때까지 살 집을 여유 있게 지을 작정이었다. 그런데 1974년의 평창동은 아직 집이 하나도 없는 황량한 산비탈이어서 집을 지을 수 있는 형편이 아니었고, 집을 짓기에는 시간이 촉박했던 것이다.

1974년 12월~

둘만 남는 세월이 왔다.

나간 자리가 살펴져서 슬프고 외로웠다.

우리는 그 외로움을 공부하고 글 쓰는 일로 메꾸어갔다.

소나무와 바위산

평창동은 경치 하나만 보면 서울에서도 보기 드물게 아름다운 동네다. 거기에는 잘생긴 산들이 있다. 화강암에 소나무가 어우러져 있는 격이 높은 산이다. 평창동은 전체 면적의 육십오 퍼센트가 산이다. 표고 이백 미터가 넘는 북한산의 가파른 남쪽 비탈에 무리하게 붙어 있는 동네인 것이다. 비록 북쪽 끄트머리이기는 하지만 그래도 소속은 종로인데, 광화문에서 버스로 삼십 분이면 올 수 있는 거리에, 그런 수려한 산동네가 있다. 그래서 왕조시대부터 이 근처는 시민들의 휴식처가 되어왔다. 자하문紫霞門이라는 이름이 아름다운 대문을 지나 조금 내려가서 상명대 입구에서 우회전하면, 인조반정 때 반정

군들이 칼을 씻었다는 세검정이 지척에 있고, 연산군이 즐기던 탕평대 자리도 멀지 않다. 그 동쪽에서 북악터널까지의 영역이 평창동이다.

해방 후에 중학교를 다닌 우리 세대는, 봄가을이면 이 동네에 소풍을 왔었다. 자두골, 밤나무골 같은 골짜기와 냇물이 있어 놀기가 좋고, 효자동 전차 종점에서 걸어 올 수 있는 거리였기 때문이다. 그 골짜기 입구에 선혜청宣惠廳에서 운영하는 군량미 창고가 있어서 동네 이름이 평창동이 되었다고 한다.

한국에는 화강암이 흔하니까 바위산이 귀한 줄 몰랐던 나는, 외국인을 통해 그 산들이 얼마나 놀라운 것인지 알게 될 기회를 가졌다. 1981년에 일본에 있던 이어령 선생이 일본 문화인 십여 명을 보내서 우리 집에서 국악 감상회를 열게 한 일이 있다. 그 일행은 버스에서 내려서 우리 동네 산들을 둘러보더니 모두 말을 잊었다. 산의 아름다움에 압도당한 것이다. 그중 한 화가는 스케치북을 꺼내서 경치를 그리느라고 떠날 시간이 되어도 일어나지 않았다.

그분의 말에 의하면 일본에는 화강암과 소나무가 어울려 있는 이런 수려한 산이 드물다고 한다. 화산지대니까 화강암 자체가 귀하다는 것이다. 그래서 화강암은 성벽이나 궁성을 지을 때밖에는 쓸 수 없다고 한다. 오사카성처럼 엄청난 성벽을 쌓으려면 전국의 번藩에 석재를 할당해서 공출한다는 것이다. 우리 집은 앞부분만 화강암 석판으로 마감되었는데, 일본 손님들은 어떻게 개인 집에 화강암 벽을 만들 수 있느냐고 경탄했다.

일본에는 소나무도 많지 않다고 한다. 한국보다 기후가 따뜻하고 비가 많이 와서 일본에서는 나무들이 잘 자란다. 스기(杉) 같은 나무가 직선으로 십 미터씩 쑥쑥 자란 대형 숲은 장관이다. 하지만 소나무는 많지 않단다. 하이쿠의 시인 바쇼(芭蕉)가 소나무로 유명한 마츠시마를 보고 "마츠시마(松島)야, 마츠시마야, 오오 마츠시마야" 하고 더 이상 말을 잇지 못했다는 섬이 있다. 그 섬에 가보았는데, 왜 그렇게 큰 감동을 받았는지 이해하기가 어려웠다. 우리나라에는 영종도 가는 길에 그런 솔섬이 사방에 널려 있기 때문이다.

일본 소나무는 또 우리 소나무와 종류가 다르다고 한다. 잎이 우리 것보다 길고 풍성한 금송이 주종을 이루어서 우리 소나무와는 정취가 같지 않단다. 우리나라 소나무는 겨울이 추워서 곧게 자라지 못하고, 비가 적어서 잎이 풍성해질 수 없다. 그래서 산에 있는 소나무들은 잎이 엉성하고 줄기에 굴곡이 많다. 바위틈 옹색한 땅에서 자란 여윈 소나무가 산꼭대기에 의연하게 서 있는 것이 "백설이 만건곤할 때 독야청청하는" 한국 소나무의 미학이다. 한국 소나무는 잎이 성글어야 보기 좋다면서, 정원사들은 집에 심은 소나무에 거름을 주지 못하게 하고, 새로 돋는 싹을 추려주라고 한다.

일본 화가는 화강암 사이에 소나무가 돋아 있는 우리 동네 산의 아름다움을 '골체미'라고 정의했다. 일본의 산은 나무가 무성해서 바닥이 화강암이라도 덮여버리니 골체미를 지니기 어렵다는 것이다. 바위가 있는 산을 골산骨山이라고 한 글을 읽은 생각이 난다. 골산은 영기가 많아 기도하기에 적합하다고 한다.[*] 그리고 보니 북한산처럼 하얀 바위와 소나무가 어우러져 있는 산은 외국에서는 보기 드물었던 것 같다. 그래서 그런 골산들은 거의 모두 성산聖山 대접을 받고 있다. 델피의 파르나스산도 바위산이었다. 하얀 바위 사이사이에 상록수들이 드문드문 자라고 있는데, 그리스인들은 그 산꼭대기에 올림포스 십이 신의 신전이 있다고 생각했다.

우리 동네 산은 표고 이백 미터 정도밖에 되지 못하지만, 묵중黙重한 산맥과 이어져 있는 골산이어서 깊은 곳에는 신령스러운 기운이 서려 있다. 그래서 산자락에 주택단지가 생기기 전에는 갈피마다 기도원이 있었다. 단지 제일 위쪽에 있는 도로변에는, 산속으로 생필품을 나르는 지게꾼들이 줄지어 대기할 정도로 우리가 이사 온 1974년에도 기도원은 성업 중

---

[*] 《조선일보》 2021년 9월 6일 자 〈조용헌 살롱〉 참조.

이었다. 짐꾼들은 환자도 업어 날랐다. 안수받으러 가는 중환자들이다. 기도원만 있는 것이 아니다. 1970년대에는 굿을 하는 곳도 도처에 있어서 산속에서 꽹과리 소리가 자주 들려왔다. 산신령을 모시는 산신각도 있고, 갈피마다 절도 많다. 다신교의 나라답게 수없이 많은 신의 거처가 그 안에 모여 있었다.

하지만 산자락에 마을이 형성되면서 산속의 기도원들은 점점 자취를 감추었다. 꽹과리 소리도 잦아들었다. 그런 식으로 바위산의 영성스러움은 자취를 감추기 시작했고, 그 대신 아랫동네에 사람들이 사는 속계가 형성되어갔다. 그때보다 반세기가 지난 2020년에 코로나가 서울을 역병 지역으로 만들어버리니, 우리 집에는 공기 좋은 데 사는 게 부럽다는 전화가 자주 왔다. 하지만 그분들이 부러워하는 것은 맑은 공기뿐이어서, 바위산의 아름다움은 전망의 대상에서 빠져 있다. 서울 북쪽 지역에는 소나무와 어우러진 수려한 바위산들이 너무 많아서 서울 사람들은 바위산을 대수롭지 않게 생각하는 것 같다. 하지만 1970년대 중반에는 외국인들이 바위산을 보려고 버스를 타고 우리 동네로 관광을 왔었다. 하나하나가 모양이 다른 수려한 골산을 감상하면서, 가나아트센터 자리에 있던 평창면옥에서 냉면을 먹는 식으로 관광 스케줄이 짜여 있었던 것이다.

1974년 초에 내가 집터를 보러 처음 평창동에 찾아갔을 때, 그 바위산에 백설이 쌓여 있어 천지가 거룩했다. 십이 미터나 되는 넓은 길에 융단 같은 눈이 덮여 있는데, 사람이 다닌 흔적이 없어서 신선계 같았다. 막 내린 눈들이 사막의 모래들처럼 바람과 희롱하면서 시시각각으로 새로운 풍경을 만들어가고 있었다. 모시 발 같은 눈발이 바람에 날려서 너울거리며 공중에서 이동하기도 했다. 산의 생살을 뜯어낸 미운 주택단지도 두꺼운 눈에 덮여 그 추함이 완전히 가려졌다. 빈 천지에 새 눈이 덮여 있던 그날의 설경은 신령스러웠다. 평창동의 산들은 서울을 지키는 방위벽처럼 도시를 껴안고 어깨동무를 하며 돌아가는데, 모양이 제각기 다른 산 하나하나가 모두 처녀설에 덮여서 장엄했다.

　　하지만 주택단지의 측면에서 보면, 평창동의 산과 마을은 너무 가까워서 점수가 좋지 못하다. 원래 마을은 야산에서 한참 내려와 평지에 형성되어야 하는데, 이곳의 산들은 거리를 두고 보는 산이 아니고 아말피*로 가는 데 있는 산들처럼 길에 바짝 붙어 있다. 경사가 급해서 집을 지을 수 없는 산비탈에 무리하게 주택단지를 조성하느라고 억지로 암벽을 깎아

＊　이탈리아의 소렌토 지방 동쪽에 있는 해안 도시로 바위산과 맞붙어 있다.

택지를 만들었기 때문이다. 우리 동네에는 가로로 큰길이 세 개가 있는데, 가장 높은 곳에 있는 도로는 택지 조성도 되지 않은 채 산과 맞붙어 있다. 산속에까지 손을 댄 무리한 개발이다. 그 길 북쪽에 땅을 분양받은 분 중에는 그 점을 높이 사는 이도 있어서, 담을 치지 않고 산을 울안에 모셔 들인 집도 많다. 높고 가파른 산이 울타리 안에 들어와도 무사한 것은, 바위산이어서 사태가 나지 않기 때문이다. 2010년대에도 멧돼지가 내려온 일이 있을 정도로 산과 가까운 동네인 평창동은 청와대 바로 뒤편에 있다. 앞에도 산이 있으니 평창동은 협곡이다. 우리는 그 산골짜기에 반해서 아무도 살지 않는 빈 산자락에 외딴집을 짓고 이사를 했다. 1974년의 일이다.

길이 넓어진 사연

그런 높은 지대에는 집을 지으면 안 된다. 그런데 우리나라는 평지가 워낙 모자라니 주택가가 산을 침범해 올라가는 수밖에 없다. 인구는 많은데 국토의 칠십 퍼센트가 산이니 방법이 없는 것이다. 현실 논리는 언제나 자연을 유린하는 무리한 개발을 유발한다. 주택가가 되기에는 너무 가파른 산기슭에 산을 깎아 집터를 만드는 것도 그런 일에 속한다.

산으로 인해 주변이 막힌 곳이 서울에는 많다. 그래서 사방에 터널이 있다. 지금의 북악터널 근처에도 터널이 꼭 필요했는데 1970년대 초까지 터널이 없어 막혀 있었다.* 그래서 지척에 있는 정릉 방향으로 가는 것이 너무 어려웠다. 평창동은 그렇게 후미져서 6.25 때도 이 골짜기에는 인민군이 들어오지 못했다고 한다. 그래서 교회의 어른들이 터널 근처의 앞산에 숨어 지냈다는 말을 들은 일이 있다. 그렇게 꽉 막힌 곳이 도시 안에 있으면, 도시가 제 기능을 다할 수 없다. 바로 이웃인 정릉이나 미아리 쪽으로 가려면, 효자동까지 나가서 광화문과 돈암동을 한 바퀴 돌아야 하기 때문이다.

이 동네에 터널이 필요하다는 것은 관官도 민民도 모두 알고 있었다. 하지만 칠십 년대가 가까워와도 여전히 북악터널 근처는 산으로 막혀 있었다. 정부는 예산이 없어서 속수무책이었다. GNP가 백 불 대였던 시기가 엊그제였던 것이다. 궁여지책으로 생각해낸 것이 업자의 돈으로 터널을 뚫는 방안이었다. 결국 어느 토건 회사에 평창동 산비탈을 깎아 택지로 만들어 가지는 조건으로 터널 뚫는 비용을 부담하게 하여, 비

---

* 평창동에는 1971년에 북악터널이, 1980년에 구기터널이, 1986년에 자하문터널이 생겨났다. 자하문터널이 생긴 후에야 정상적인 마을이 되었다.

로소 북악터널이 만들어진 것이 1971년이었다는 말을 들었다.

협상이 진행되어 터널 공사는 마감이 되었고, 택지 조성도 거의 끝나갈 무렵에 문제가 터졌다. 어느 날 박 대통령이 북악 스카이웨이로 올라가 평창동에 새로 만든 택지를 본 것이다. 너무 놀란 대통령은 누가 저 아름다운 산을 훼손해서 택지를 만들었느냐고 노발대발했고, 복원하라는 명령이 떨어졌다. 하지만 너무 늦어서 그 명령은 이행되지 못했다. 터널을 이미 뚫은 뒤였고, 택지 조성도 대충 끝날 무렵이었기 때문이다. 가뜩이나 암반 지대여서 택지 조성에 난항을 겪고 있던 토건 회사는, 대통령 때문에 택지공매가 지연되자 빚이 쌓여서 주택단지가 은행으로 넘어갔다. 그래서 은행에서 택지를 분양한 것이다. 해서는 안 되는 무리한 택지 개발이 국가 재정의 빈곤으로 인해 일어난 것이다.

풍수상으로도 평창동은 집을 지으면 안 되는 지역이라고 한다. 산이 지나치게 가까운 데다가 산세가 너무 가파르기 때문이다. 그렇게 경사가 급한 곳에는 집을 짓지 않는 것이 왕조 시대부터의 관습이었다고 한다. 그런 데다가 평창동은 뒤에 있는 산 보현봉이 너무 높고 험해서 지기地氣가 세단다. 터가 너무 세서 정치가나 사업가에게는 맞지 않는다는 소문이 돌더니, 정말로 정치가들이 들어왔다가 재미를 못 보고 나가는 일이 생겨났다. 사업가에게도 마찬가지여서 IMF 때도 산세가 온화한 성북동은 그렇지 않은데 평창동에는 빈집이 많이 나왔다고 한다.[*]

그 빈자리에 들어선 것이 화가들의 화실이다. 모윤숙 선생이 자신을 무당 같은 여자라고 하시더니, 그 말이 맞는 것 같다. 예술가들은 무당처럼 기가 세서 강한 지기를 이긴다는 것이 복덕방 영감님의 견해였기 때문이다. 그래서 그런지 이 동네에는 예술가들이 많이 산다. 화가만 육십여 명이 살고 있다는 말을 듣고 나도 깜짝 놀랐다. 그렇게까지 많은 줄은 몰랐던 것이다.

사실 평창동은 화실을 짓기에는 안성맞춤인 고장이다. 경사가 급해서 택지 자체가 길에서 두 층 정도 높은 곳에 있지 않으면 두 층 정도 낮은 곳에 있으니, 손을 별로 안 대고 지하에 이층짜리 지하실을 만들 여건이 갖추어져 있다. 길 아래 땅은 어차피 두 층 정도의 지하실을 지어야 그 위에 집을 지을 택지가 만들어지고, 길 위쪽 땅은 그만큼 계단을 만들어야 택지 표면이 나타나는 식이어서, 어느 쪽도 슬라브를 쳐서 택지를 조성해야 집을 지을 수 있게 되어 있다. 그런 데다가 고맙

---

[*] 《조선일보》 2021년 9월 6일 자 〈조용헌 살롱〉 참조.

게도 지하층에는 용적율과 건폐율이 적용되지 않는다. 그러니 대지 경계선에서 법이 정한 거리만 떼면, 지형 생긴 대로 지하실을 크게 지을 수 있다. 어차피 두 층 높이의 슬라브를 쳐야 집터가 형성되니, 그 공간은 양쪽 벽만 막으면 그대로 화실이 될 수 있어서, 화가들이 환성을 지르게 된 것이다.

화가들이 환성을 지를 조건은 그 밖에도 많다. 지하 공간은 동굴 속 같아서 여름이면 쾌적하게 시원하고, 겨울이면 훈기가 돈다. 기초적인 냉온방이 되어 있는 셈이다. 유화 작업을 하는 화가들은 화료가 녹아 마음대로 난방을 할 수 없어서 겨울이면 떨면서 작업을 해야 한다는데, 그 문제가 어느 정도 해결되는 셈이니 금상첨화다. 대작을 그리는 화가들은 또 화실이 두 층 정도로 천장이 높아야 그림의 구도를 살필 전망대를 설치할 수 있다고 하니, 지하 이층이 저절로 형성되는 평창동은 화실로서는 최상의 여건을 고루 갖추고 있는 셈이다. 땅값이 성북동의 사분의 일밖에 안 되던 70년대의 평창동에는 이렇게 좋은 조건이 저절로 충족되는 대지들이 있었다. 거기에 또 하나의 좋은 조건이 덧붙어 있었다. 층마다 자연광과 통풍의 혜택을 받을 수 있다는 점이다. 땅이 워낙 가팔라서 지하 이층 앞에도 길이 나 있으니, 지하실 군둥내가 나지 않는 신나는 지하 공간이 생겨나는 것이다.

거기에 특혜가 하나 더 첨가되어 있다. 평창동은 물이 머물

309

지 않는 지역이어서 건조하다. 경사도가 너무 가팔라서 물이 머물지 못하는 것이다. 폭우가 쏟아지면 작은 폭포 같은 것을 만드는 개천이 유치원 근처에 있어서 사람들이 물 구경을 간다. 산에서 내려오는 급류도 있어서 볼만한 경관이 이루어진다. 그런데 물 구경은 오래가지 못한다. 아무리 많은 비가 퍼부어도 사흘이면 물이 빠져버리기 때문이다. 그건 화실이나 박물관이 바라는 최상의 조건이다. 박물관이나 화실의 최대 적은 습기이기 때문이다. 일본처럼 비가 많이 오고 찝찔한 습기에 둘러싸여 있는 해변 국가에서는, 미술관이나 박물관을 지으려면 방습장치를 완벽하게 하지 않으면 안 된다. 그런데 평창동에서는 일 년에 한 달 반 정도만 제습기를 돌리면 습기 문제가 간단히 해결된다. 장마철 전후에만 신경을 쓰면 되기 때문이다.

넓은 도로가 관통하고 있어 운전하기 쉽고, 풍치지구여서 건폐율이 삼십 퍼센트밖에 안 되니(지금은 오십 퍼센트) 인구가 적어서 조용한 것도 화실로서는 매력이다. 거기에 계절마다 색다른 풍경을 보여주는 산이 울타리처럼 둘러쳐져 있다. 겨울이면 산이 북풍까지 막아주니 좋은 조건을 고루 구비하고 있고, 봄이면 진달래와 개벚꽃 축제가 벌어진다. 그래서 유명한 화가들이 많이 들어오셨다. 그분들의 화실과 주택을 국가가 지원하여 미술관과 박물관으로 만드는 계획이 이미 진행

되고 있다는 소문을 들었다. 화가 6인의 기념관이 계획되고 있다는 것이다. 머지않아 제주도처럼 멋있는 문화도시가 생겨날 가능성이 크다.

높은 지대에 있으니 접근성이 문제인데, 행정가들이 관심만 있다면 기존의 계단 한쪽에 에스컬레이터를 놓아주면 간단히 해결된다. 홍콩의 빅토리아 피크처럼 에스컬레이터를 설치해주면, 주민들뿐 아니라 올레길을 걷고 싶은 등산객들과 박물관 관람객들이 모두 이용할 수 있으니 일거양득이다. 아니면 평창동만 도는 박물관용 소형 버스 두어 대만 있어도 된다. 구역을 좁게 잡고 자주 돌면, 그것으로도 수요를 커버할 수 있다. 화가촌이나 박물관 마을을 만드는 데 평창동처럼 조건이 구비되어 있는 동네는 다시 없을 것이다.

그 대신 일반 주택을 짓기에는 조건이 여러 면에서 좋지 않다. 우선 경사가 너무 급해서 평평한 땅을 만들기 어려우니까 B급지에는 작은 택지가 드물다. 길을 그렇게 과감하게 넓힌 것은 누군가에게 특혜를 주기 위해서가 아니다. 경사도가 너무 가팔라서, 그 너비로 길을 내지 않으면 다음 택지를 만들 수 없는 것이다. 그렇게 길을 넓혀도 다음 택지가 길보다 한 층이나 두 층 낮아진다. 문제는 당연하게도 길보다 낮은 B급지에서 더 많이 생겨난다. 우리 집처럼 길보다 대지가 한 층 낮은 곳은, 그 레벨에 그대로 집을 지으면 한 층만 짓는 것이 절대로 불가능하다. 지붕 레벨이 위에 있는 도로 바닥과 높이가 같아지기 때문이다. 할 수 없이 이층을 지어야 하는데, 지하를 작게 지을 수도 없다. 지하층의 지붕이 지상층의 택지가 되기 때문이다. 필요가 없어도 지하층이 넓어져야 택지가 생기니까 작은 집을 지을 수 없는 이상한 동네. 그런 데다가 우리처럼 지하에 있는 택지가 앞면이 트여 있으면, 지하 취급을 받지 못하니 세금까지 높다. 그래서 칠십 평 정도만 지으면 되는 것을 구십육 평이나 짓게 되는 낭비가 이루어지는 것이다.

엎친 데 덮친 격으로 그 땅이 모두 화강암 암반 지대니 택지를 다시 다듬는 비용도 만만찮다. 그래서 처음 공사를 한 회사에서는 수도관을 깊게 묻을 수가 없었다. 땅값을 올려 받을 권한이 없는데, 돌을 파내는 비용이 너무 많이 드니 제대로 하면 마이너스 공사가 되기 때문이었다. 기온은 시내보다 이 도나 낮은데 수도관은 얕게 묻어놓았으니, 겨울에는 당연하게도 수도가 동파된다. 처음 평창동에 들어온 사람들은, 경치 좋은 곳에 살고 싶어 한 대가를 톡톡히 치렀다. 수도가 걸핏하면 동파돼서 대형 물탱크를 만들거나 우물을 파야 했기 때문이다. 서울시에서는 물탱크로 물을 실어다가 개인 집 탱크를 채워줘야 하고, 집주인은 양수기를 설치해서 그 물을 퍼 올려 써야 생활이 유지되는 이상한 일들이 사방에서 벌어졌다.

어쩌다 골짜기가 택지에 포함되면 그건 더 큰 재난이다. 바닥이 왕사 땅이라서 성토층은 아무리 철근을 많이 넣고 지어도 집 밑에서 땅이 논다. 왕사가 집 밑으로 흘러 내려가서 건물 밑에 공동이 생기기 쉬운 것이다. 우리 집은 바닥이 돌이어서 반석 위에 지은 셈인데, 동쪽 모퉁이에 성토층이 조금 끼어 있었다. 그런데 삼십 년을 사니까 그쪽 벽에 금이 가기 시작했다. 이 선생 서재가 그쪽에 있었는데, 어느 날 그가 자기는 글을 쓰다가 집이 무너져 압사당할지도 모른다고 엄살을 부려서 손님들을 웃겼다. 그 좁은 성토층 밑에서도 땅이 계속 놀았던 것이다. 고치려면 건물을 몽땅 들어 올려야 한대서, 겁이 나 손을 대지도 못했다.

우리는 결국 그 집을 허물고 새로 문학관을 지어 영인문화재단에 기증하기로 결정을 내렸다. 땅을 조금 더 파서 지하 이층의 문학관을 지으니 성토층은 없어졌는데, 돌을 파는 비용이 많이 들어서 시공업체가 얕게 파고 콘크리트를 부어버려 전시실 천장이 낮아졌다. 그런 데다가 우리처럼 지하에 있는 택지가 앞면이 트여 있으면, 지하 취급을 받지 못하니 지하실 특혜가 거의 사라져버렸다.

파격적인 땅값

평창동이 우리를 끌어당긴 가장 큰 매력은 자연의 아름다움이다. 하지만, 현실적으로 이사 갈 엄두를 낼 수 있었던 것은 서울 시내에서 제일 땅값이 싼 곳이었던 데 있다. A급지가 평당 사만 이천 원이었다. 길의 위쪽에 있는, 길보다 높은 택지들이 거기에 해당됐다. 도로보다 지하 일층이나 이층 정도로 낮은 곳에 있는 B급지는 삼만 칠천 원이었고, 택지 조성을 안 한 땅은 구천 원밖에 하지 않았다. 삼백 평을 사도 이백칠십만 원밖에 되지 않는다. 동네로 올라오는 초입에 있는 택지 조성을 안 한 암반 지대를 아는 분이 샀는데, 양질의 화강암 지대여서 석재 장사가 돌을 사겠다고 나섰다. 땅값이 석재값보다 싸서 돈 한 푼 안 들이고 삼백여 평의 택지를 얻게 되는 것을 본 일도 있다.

우리는 늦게 가서 A급지를 사지 못했다. 그래서 할 수 없이 30길 중간에 있는 이백삼 평의 땅을 분양받았다. 그 땅은 길보다 낮은 곳에 대지가 조성되어 있어서 조건이 좋지 않았다. 지하인데 택지의 앞이 트여 있어서 지하의 혜택을 받지 못할 뿐 아니라, 지하층의 북면은 창을 낼 수 없어서 습기가 찰 것 같았다. 하지만 B급지여서 이백여 평인데도 칠백오십만 원밖에 되지 않았다. 우리가 살던 성북동 집은 땅값만 받았는데도 평당 십오만 원이어서, 천오백만 원에 팔렸다. 땅값이 성북동보다 네 배 가까이 싼 것이다. 그러니 두 배가 넘는 대지를 샀는데도, 건축비에 보탤 돈이 남았다.

우리는 그 땅에다 천천히 집을 짓기로 했다. 집을 지은 일이 없어서 그 방면에는 문외한이니 건축가들을 만나서 자문도 받고, 건축 양식과 크기도 정하고, 길보다 낮은 데서 오는 문제들도 조사해볼 필요가 있었으며, 건축비를 준비할 기간도 필요했다. 하지만 한 가지만은 고려할 여지가 없었다. 기름보일러를 놓아야 한다는 조건이다. 이사 가는 이유가 순전히 난방에 있었기 때문이다. 1974년에는 개인 집에도 기름보일러를 놓을 수 있을 만큼 우리나라 경제가 성장했다. 기름보일러가 설치된 아파트들이 날마다 늘어가고 있었다.

우선 성북동 집이 팔려야 이사를 할 수 있으니 건축에 대해서는 걱정을 하지 않았다. 그런데, 몇 해가 지나도 보러 오는 사람이 없던 성북동 집이, 평창동 땅을 사자마자 갑자기 팔렸다. 오랫동안 안 팔리던 집이 팔린 것은 너무나 좋은 일이었는데…… 도저히 기뻐할 수가 없었다. 평창동은 아직 집을 지을 여건이 갖추어지지 않았기 때문이다. 그마저도 고압선이 지나가고 있는 곳인 데다가 전화도 들어오지 못하는 시설 외 지역이어서 아직 집이 하나도 없었다.

사겠다는 사람이 언제 다시 나타날지 모르니 거절할 수도 없는데, 새 터에는 집을 지을 형편이 아니니 낭패였다. 평창동에 갈 수 없게 되자 문제가 복잡해졌다. 천상 이사를 갔다가 나중에 집을 짓고 다시 이사를 하는 수밖에 없게 되었으니 일이 크게 꼬인 것이다. 아이 셋의 학교를 두 번이나 옮기는 것은 해서는 안 될 일인데, 그 산속에 외딴집을 짓는다는 건 더 말이 안 되는 일이었다.

그래서 할 수 없이 한 달 동안 집을 보러 다녔다. 아이들 학군에 맞추어서 평창동 근처를 둘러보고, 점점 구역을 넓혀서 나중에는 이대 근처까지 가보았는데 조건이 맞는 집이 없었다. 지은 지 오래된 집은 대부분이 연탄 난방이었기 때문이다. 다시는 연탄을 때는 큰 집에 살고 싶지 않다는 생각이 어찌나 간절했던지, 시간이 지나자 빈 산속에 외딴집을 지을 용기가 조금씩 생겨났다. 외딴집을 짓고 평창동으로 직행하는 쪽으로 마음이 기울기 시작한 것이다. 두 번 이사를 한다는 것은 악몽이었기 때문이다. 사실 나는 이사 자체에 넌더리를 내고 있었다. 결혼하고 십육 년 동안에 일곱 번이나 이사를 했으니 말이다. 신혼 초에는 일 년에 두 번 이사한 일도 있다. 이 선생은 옮길 때마다 글 쓰는 자료들이 뒤죽박죽이 되어 비명을 질렀고, 나도 변화를 좋아하지 않아서 옮겨 다니는 것이 적성에 맞지 않았다. 더 이상 옮겨 다니고 싶지 않아서, 우리는 치마를 뒤집어쓰고 인당수에 빠지는 심청이 같은 심정으로 평창동에 가는 쪽을 검토하기 시작했다.

수소문해보다가, 지금의 하나유치원 맞은편 언덕에 한국일보 이 국장님이 반년 전부터 외딴집을 짓고 살고 있는 것을 알게 되었다. 사정을 알아보려고 그 댁에 찾아갔다. 당신은 병에 걸려서 요양차 이곳에 들어왔고, 학교에 다니는 아이가 없으니 참고 살 만하다고 하셨다. 도난 관계를 물어보니 뜻밖에 그런 일은 적다고 하신다. 개도 기르고, 방범 장치도 완벽하게 해서 그런가 보다고 한가하게 대답하니 마음이 놓였다. 세 아이가 학교에 다니고 있고, 우리도 둘 다 현역이어서 그 댁보다는 사정이 많이 나빴지만, 남이 살고 있다면 우리라고 못 살 이유가 없다 싶어서 집을 짓는 쪽으로 방향을 굳혔다.

언덕 위의 하얀 집

집을 연말에 비워주기로 했다니까, 그 안에 새집을 지을 수 있을 것 같다고 친정아버지가 용기를 주셨다. 번거롭지만 주인이 직영하는 것이 경제적이라는 것도 알려주셨고, 당신이 건강이 좀 나아졌으니 감독을 해주마고도 하셨다. 그 말에 용기를 얻어서 설계를 부탁했다. 외가 쪽 친척인 범한건축의 김종근 사장에게 맡기면 빨리해주실 것 같았다. 지하실을 안 파

평창동 499-3 빈산에 지은 외딴집(1974년)

평창동 499-3 투시도(1975년)

고 이미 조성된 대지에 그냥 건물을 올리는 거니까 서두르면 십이월 안에 끝낼 수 있다고 김 사장도 동의했다. 서둘러 팀을 짰다. 건축과를 나온 시댁 조카가 믿을 만한 친구를 기술감독으로 추천했고, 이 선생이 기본 방향을 정해주면, 현장에 가서 그것을 집행하는 일은 아버지가 하시고, 건축비나 내장재 샘플 정하기 같은 것은 내가 하기로 했다. 빨리 짓기 위해 설계와 터 다듬기를 동시에 착수했다.

설계도가 나왔다. 지하 오십 평에 지상 사십육 평이었다. 길에서 보면 그냥 사십육 평짜리 단층집이라 크지 않았다. 외벽은 건축비를 줄이기 위해 전면만 빼고 나머지 부분을 하얀색 페인트로 스프레이를 하기로 했고, 지붕은 붉은 기와를 인다고 했다. 일본 기와를 이고 칠을 하면 스페인 기와보다 싸면서도 분위기가 다른 붉은 기와집이 된다고 했다. 나중에 기와 색을 검은색으로 바꾸었더니 더 보기가 좋았다. 그러고 보니 우리 집은 유행가에 나오는 것처럼 언덕 위의 하얀 집이 되었다. 지붕을 오밀조밀하게 디자인한 데다가 처마가 없게 모서리마다 직각이 되게 하니 산뜻했다. 투시도를 보니 마음에 들어서 그대로 집행하기로 했다.

그런데 지하층을 짓기 시작하고 한참 지난 시점에, 나라에서 갑자기 건평의 상한선을 백 평에서 칠십오 평으로 낮추는 법을 만들어버렸다. 이미 허가가 난 집에도 그대로 적용한다고 했다. 상한선을 넘으면 중과세를 한다니 집이 부담이 될 것 같아서 따르는 수밖에 없게 되었다. 하지만 이미 기초공사가 끝난 집을 어떻게 줄인다는 말인가. 길에서 바로 들어갈 수 있는 지상에 응접실과 안방, 부엌 등 공동생활 구역을 만들어야 하는데, 택지 여건상 지하를 오십 평은 지어야 택지가 생기니, 지상에는 이십오 평밖에 짓지 못하게 된다는 이야기다. 지하에 오십 평짜리 기초를 이미 만들어놓았고, 기둥도 다 세운 상태에서 법이 바뀌니 난감했다. 설계를 다시 하는 수밖에 없었다. 지하층 북쪽을 백이십 센티 정도 안으로 들여다 벽을 새로 만들어서 지하의 건평을 줄이기로 했다. 십여 평이 줄었다. 그 상태에서 칸살을 나누었다. 서재는 가장의 작업장이니 십삼 평을 그대로 두기로 하고, 보일러실과 창고도 건드릴 수 없으니 아이들 방이 작아졌다.

갑자기 건축법을 고친 데 대한 반발이 심해지자, 정부는 그 규제를 몇 달 만에 풀어버렸다. 지하의 골조 공사를 하는 동안에 건축법이 두 번이나 바뀐 것이다. 참 대단한 나라다. 어쨌든 규제가 풀렸으니 지상의 건평을 원안대로 복원시키기로 했다. 지하 북쪽에 이미 외벽용 기둥들이 서 있으니, 거기에 외벽을 제자리에 세우는 것이 건물의 안전상 좋다고 설계자가 주장했다. 그러니 건물 북쪽에 일렬로 쓸모없는 복도 같은 공간이 생겨났다. 이미 내부 분할 공사가 끝난 후여서 아래층은 복원이 불가능했다. 공간 분할은 엉망인 채로 평수만 커진 것이다. 나중에 우리는 그 복도 양면에 서가를 만들어서 그곳을 서고로 활용했다. 한자리에서 양쪽 책을 다 찾을 수 있어서 나쁘지 않았다. 하지만 처음에는 너무 당황했고, 많이 화가 났다. 규제가 풀린 덕에 지상층은 제대로 지을 수 있어서 그나마 다행이라고 생각하며 참았다. 원 설계대로 되어서 외형은 정돈되었다.

규제는 건물에만 생긴 것이 아니다. 택지도 이백 평이 넘으면 초과수당을 받는다는 규정이 새로 생겼다. 일차 분양 때는 백 평이나 백이십 평짜리 땅들이 있었는데, 이차 분양 때는 작은 택지들이 남아 있지 않아서, 필요도 없는데 이백 평이 넘는 땅을 산 B급지 사람들이 골탕을 먹었다. 우리 옆집은 골짜기를 메꾼 대지인 데다가 크기가 삼십 평이나 초과돼서 법이 바뀌니 울상이 되었다. 그 집이나 우리나 그런 규모의 대지가 전혀 필요 없었기 때문이다.

처음 살 때 평수가 너무 커서 주저하고 있던 나는, 선택의 여지가 없다는 것을 알게 되자, 앞집 터에 멋있는 소나무의 거목이 서 있는 대지를 선택했다. 이백삼 평이었다. 땅값이 싸니 세 평을 추가할 용기를 냈다. 소나무가 너무 탐이 났기 때문이었다. 시에 등록된 삼백년 된 나무라는데 위용이 늠름해서 놓치고 싶지 않았다. 그 나무를 평생 보며 살 수 있다는 것은 놀

지하층의 복도 같은 부분을 이용한 서고

라운 특혜라는 생각이 들었다. 더 좋은 것은 그 땅 지대가 낮아서 우리 집에서는 소나무의 윗부분만 보이는 점이다.

자연은 많은 소리들이 은밀하게 넘나드는 하나의 사원이다.

보들레르의 시구가 생각났다.[*] 그 나무는 한 그루뿐인데도 많은 소리가 넘나드는 사원 같은 느낌을 주었다. 신목神木 같은 분위기를 지니고 있었기 때문이다. 그런데 법이 바뀌니 초과되는 세 평이 계속 말썽을 부렸다. 택지 소유 상한선에 걸려서 해마다 사용신고서를 내야 되고, 초과세도 물었다. 돈은 얼마 되지 않는데 성가셨다. 상한선에 걸렸다니까 무슨 대단한 호화 주택이나 되는 것 같은 인상까지 주는 것도 달갑지 않아서 피해가 많았다. 그래서 2007년에 집을 허물고 문학관을 지을 때 그 세 평을 서울시에 기증해버렸다. 집을 그만큼 들여다 지으니 집 앞이 넉넉해져서 지장이 없었다.

외딴집인데도 이 선생은 담을 과감히 야트막하게 내리고, 절반은 안이 들여다보이는 그릴로 처리했다. 새로 생기는 동네에 철조망을 담에 말아 올려놓는 집이 못 들어오게 하려는

---

[*] 「교감交感: correspondances」의 한 구절.

문기둥 없는 벽돌 벽 앞에 서 있는 가족들

일종의 데먼스트레이션이었다고 할 수 있다. 하지만 위험 부담률이 큰 모험이었다. 다행히도 인테리어를 맡은 분이 주물 그릴을 잘 만드는 우수한 업자를 찾아냈다. 개성 출신인 주물 공장 사장은 어떤 사진을 갖다주어도 완벽하게 재생하는 수준 높은 기술을 가지고 있었다. 우리 집은 여러 곳에 그분이 제공하는 다양한 무늬의 무쇠 그릴을 활용했다. 방범용으로 유리창 밖에 해 붙이는 덧문도 당초무늬의 쇠 그릴로 만들었다. 유럽에서 쇠로 만든 그릴의 아름다움에 매혹된 우리 부부는 앞마당 담도 그릴로 처리했다. 비용도 담 쌓는 것과 비슷했고, 시공 기간도 절약되었으며, 시야가 넓어져서 보기 좋았다. 외벽이 페인트 스프레이로 처리된 허술한 집이 격이 높은 그릴로 무게를 지니게 되었다. 무쇠니까 칠만 자주 해주면 수명이 길었다. 삼십삼 년 만에 그 집을 허물 때까지 그릴들은 건재했다. 칠만 해주면 언제나 새것이 되니 고마웠다.

이 선생은 담뿐 아니라 문패도 개신했다. 시 이름, 동네 이름, 주인 이름을 다 빼버리고, 번지만 가로로 프레임 없게 쇠로 만들어 붙였다. 검은색을 칠하니 데커레이션 같아서 보기 좋았다. 나중에 짓는 집들도 우리처럼 문패를 해 다는 집이 많아서 우리 동네에는 1970년대부터 가시철망을 한 집도, 재래식 긴 문패를 단 집도 없게 되었다.

디자인은 이 선생 친구의 동생인 H 씨가 해주기로 했다. 그분은 아마추어 디자이너지만 안목이 높아서 뒤쪽의 붉은 벽돌담을 문기둥 없이 곡선으로 마무리해서 보기 좋게 해주었다. 담에 함브리카 피닉스라는 홑겹의 해당화빛 줄장미를 심은 것도 그분의 아이디어였다. 검은색 쇠무늬 담장 사이에 드문드문 해당화빛 홑겹 장미가 피니 운치가 있었다. 부엌 뒤꼍과의 사이를 막은 벽 앞에는, 여름 내내 유록색 섬세한 잎을 보여주는 메타세쿼이아를 심었다. 잘 자라는 나무여서 해마다 키를 잘라주었더니 나무가 로마의 소나무처럼 우산형으로 옆으로 퍼져 나갔고, 그 아래에 작은 석탑과 연자방아를 배치하니 잘 어울렸다. 우리가 외딴집이었을 때는 앞마당으로 내려가는 서쪽 계단 위에 아치가 있어서, 길이 굽이치는 먼 데서부터 정원과 아치가 보여서 아름다워 보였는데, 양쪽에 집이 들어서서 프로필을 싹 가려버리자, 하얀 스프레이를 한 사십육 평짜리 집은 시골 정거장처럼 평범해졌다.

하얀 집의 문제

실내장식도 H 선생이 맡았다. 그분은 응접실 천장을 막지 않고 지붕 모양을 그대로 노출시켜서 층고가 높은 시원한 내부 공간을 창출해냈다. 그걸 일본말로 '후키누케吹き抜け'라고

평창동 499-3 담에 친 그릴, 남쪽출입문

한다고 했다. 그 높은 천장에 그는 길고 두툼한 서까래를 만들어 붙였다. 베니어판으로 만든 가짜 서까래들은 언밸런스한 ㅅ자 형을 형성했는데, 십여 미터의 긴 면이 유연해서 집이 커 보였으며, 반대쪽은 이 미터 정도로 마무리되어 있었다. 그 위에 일제 무늬목을 구해 붙여놓으니 진짜 나무 같아서 삼십삼 년 동안 늘 새로웠다. 안방에는 동쪽에 과감하게 큰 통유리 전망창을 만들고, 오용길* 화백에게서 사계도四季圖를 그려 받아, 그림 분합문을 만들어 유리문 안에 설치했다. 분합문은 밤이면 빛을 차단하는 기능을 하면서 병풍 역할도 해서 네 폭의 벽화가 되어주었다.

이 선생 서재에는 천장과 벽을 회색 인조 세무 천으로 도배한 후, 바닥에 오렌지빛 카펫을 깔고 짙은 올리브빛 응접세트를 들여놓았다. 지하실이어서 침침하니 바닥에 밝은색을 쓴 것이다. 그분은 창의적이어서 도처에서 유니크한 것들을 찾아내 집을 이쁘게 장식했다. 세운상가의 전등 상점을 돌면서 구식이라고 폐기하는 동일 종의 스탠드들을 몽땅 사다가 해체해서, 거기 달려 있던 작은 공만 한 도자기 장식을 빼내 새 집 계단실을 장식하는 것 같은 일을 하는 것을 그분은 아주

* 수묵담채화의 대가. 이대 미대 교수를 역임했다.

좋아했다. 유니크한 것이 되기 때문이다. 그분은 직업을 놀이로 만드는 묘기를 가지고 있는 예술가였다.

하지만 문제 되는 부분도 많았다. 모든 창의적인 예술가가 대체로 그런 것처럼 그분에게는 현실에 대한 고려가 부족했다. 그분은 계단 끝에 붙이는 쇠마개를 치수가 틀리게 맞추어와서 목수들을 골탕 먹이는 것 같은 일을 더러 했다. 서재의 손잡이를 반대편에 설치해서 가족들을 불편하게 만든 일도 있다. 마당에서 들어오면서 열기 좋게 만든 것인데, 이층에서 내려오는 빈도수가 마당에서 들어오는 것보다 엄청나게 높은 데 문제가 있었다. 이층에서 내려와 그 방에 들어가려면 문 끝까지 전진해서 문을 앞으로 당겨 열고 들어가야 해서 많이 불편했다.

그중에서도 가장 큰 실수는 응접실 천장 처리였다. 공기의 면적(그걸 그분은 '기적氣積'이라고 불렀다)이 커야 인체에 좋다면서 그가 주장해서 만든 육 미터 높이의 응접실 천장이 겨울마다 문제였다. 그곳은 우리 집에서 가장 눈을 끈 멋있는 부분이었지만, 난방 문제는 전혀 고려하지 않았기 때문이다. 아무리 불을 때도 응접실이 덥지 않아서 겨울이면 아예 그 부분은 덥힐 생각을 포기하고 살았다. 큰 집에서 떨면서 자란 경험이 있는 장욱진 화백 사모님이, 결혼 후 큰 집을 사지 않는 걸 평생의 원칙으로 삼았다는 글*을 최근에 읽으면서, 나는 예전에 살던 집의 높은 천장 생각을 했다. 그 천장 때문에 겨울마다 식당까지 추웠기 때문이다. 삼십삼 년간 그렇게 살다가 2007년에 박물관을 지으면서 주거 공간을 삼십오 평으로 확 줄였더니, 집 안을 고루 따뜻하게 해놓고 살 수 있어서 좋았다.

집을 짓는 사람들은 잘된 점은 잊고 잘못된 점만 기억하는 경우가 많다. 하지만 집은 사람이 일상생활을 영위하는 현실의 공간이니까, 조금만 잘못 처리해도 날마다 같은 불편을 새록새록 겪어야 하기 때문에, 잘못된 점이 매번 신경에 걸린다. 집은 그렇게 사소한 부분까지 배려하면서 지어야 하니, 집 짓는 일은 건축가에게도 건축주에게도 난업이다. 그래서 어떤 건축가들은 주택은 설계하지 않는다는 말을 들었다. 미학과 실용성은 그렇게 늘 사이가 좋지 않다.

미학과 실용성의 갈등은 디자이너에게서만 생겨나는 것이 아니라 건축가와의 사이에서도 생겨난다. 어느 집에서나 집 지을 때는 미학과 실용성의 충돌이 자주 일어나기 마련이다. 집은 생활공간이니까 미학보다는 실용성이 우선되어야 하는데, 건축가들은 미학을 우선하기 때문이다. 유명한 건축가가

---

* 『斗溪 집안 이야기』 장녀편 참조.

설계한 어느 외국 대사관이 난방과 방수에 문제가 많다는 이야기를 들은 일이 있다. 우리 동네에도 산비탈에 기둥을 잔뜩 박고 그 위에 지은 집이 있었다. 그 앞에 개천이 흐르고 있어서 건너편에서 보면 공중에 뜬 누각 같아 신선해 보였다. 어느 유명한 건축가가 설계한 작품이라는데 돔 같은 것도 있고, 벽돌의 처리법이 신묘해서 지날 때마다 보면서 즐겼다. 그런데 다음 해에 보니 주인이 기둥 사이를 몽땅 막아서 외관이 엉망이 되어 있었다. 기둥 사이의 빈 공간에서 냉기가 어찌나 심하게 올라오는지 겨우내 떨고 살다가, 할 수 없이 막아버렸다는 것이다.

우리 집의 처마가 없는 ㄱ자형 외벽도 그런 문제를 야기시켰다. 한국은 겨울이 추우니까 벽에 크랙이 잘 생긴다. 그걸 방지하기 위해 디자이너는 외벽에 크게 선을 넣어 벽에 금이 가게 하는 힘을 흡수하게 했다. 그런데도 기와와 벽이 닿는 부분은 여전히 자잘한 크랙이 생겨서 거기에서 빗물이 스며들었다. 금 간 틈으로 스며든 물은 안쪽 벽에 크고 작은 얼룩을 만든다. 얼룩에서 곰팡이가 피어난다. 지금처럼 벽의 방수재가 발달하지 못했던 70년대 초여서 응접실 벽 모서리에 노상 곰팡이가 피어 있었다.

이따금 폭우가 쏟아지는 나라에서는 건물에 처마가 반드시 있어야 한다. 처마가 있어도 부족해서 한국에서는 양철로 차

평창동 499-3 응접실의 높은 천장

양을 덧붙이기도 할 정도로 처마는 필수적이다. 그러지 않으면 한국이나 일본처럼 문에 문종이를 풀로 붙이는 나라에서는 문종이가 떨어지고, 툇마루의 칠이 벗겨진다. 일본에는 아예 젖어도 되는 '누레엔(漏縁)'이라는 넓은 툇마루도 있다. 그런 나라에서 강우량이 적은 나라의 처마 없는 지붕이나 하얀 집 같은 것을 함부로 도입한 데서 문제가 생겨나는 것이다.

처마가 없어서 생기는 또 하나의 문제는, 건물 벽에 때 묻은 빗물이 내려와서 때 줄이 생기는 것이다. 벽을 자주 칠해도 하얀 집이 하얀 집으로 있을 수 있는 기간은 반년밖에 되지 않는다. 가물 때에 지붕에 먼지가 켜켜이 쌓여 있다가 소나기가 오면 흘러내리면서 벽에 때 줄을 남기는 것이다. 하얀 벽이 땟물로 줄줄이 더러워지면 진실로 꼴불견이다. 하얀 집은 하얀 맛에 짓기 때문에 그것은 치명적이다. 지역에 대한 배려도 역시 부족했다고 할 수 있다. 평창동은 시내보다 2도가 낮아서 건물 북쪽 벽에 크랙이 가기 쉽다. 얼었다 녹았다 하는 날씨의 변덕을 시멘트가 감당하지 못하는 것이다. 그래서 우리는 항상 때 묻고 크랙이 가 있는 외벽 때문에 마음이 불편했다.

그 집을 짓고 나서 나는 몇 가지 교훈을 얻었다. 천장을 높게 하지 말 것, 건물의 외벽은 벽돌이나 돌처럼 손 안 가는 소재를 쓸 것, 평지붕이라도 지붕에는 반드시 처마를 달 것 등이

그 집을 헐고 2007년에 지은 영인문학관 투시도

다. 그중에서도 처마 문제는 특히 심각하다. 평지붕도 꼭대기 층에서 처마가 십 센티 이상 건물 밖으로 나와야 벽에 때 줄이 덜 생기기 때문이다. 때 줄은 돌이나 벽돌에도 생기니 간단한 문제가 아니다. 처마는 나중에 해 달 수 없는 부분이니 미리 신경을 써야 한다.

그때 얻은 건축 지식은 삼십 년 후에 영인문학관을 새로 지을 때 유용하게 사용되었다. 설계사가 평지붕의 모서리를 싹 깎아서 먼저 집처럼 산뜻한 직각을 만들겠다고 고집을 부릴 때 나는 끝까지 양보를 하지 않고 버텼다. 내가 공사를 중단시키면서 강력하게 항의를 해도 듣지 않았다. 그 무렵에 예술의 전당에 이 선생과 같이 간 일이 있다. 거기서 나는 이 선생에게 처마가 없는 건물과 있는 집의 차이를 확인시킬 수 있었다. 그래서 그를 아군으로 만들어 겨우 처마를 달 수 있었다. 이집트 사람들은 비도 안 내리는 사막인데 오천 년 전 그 옛날에 평지붕의 신전을 지으면서, 탑문의 지붕에 반드시 처마 띠를 둘렀다. 그 튀어나온 부분이 건물의 수명을 높이는 데 얼마나 기여도가 높은지 알고 있었던 것이다.

그해의 산타클로스

그해 십이월 이십이일에 우리는 새집에 입주했다. 아직 갑창을 완성하지 못했고, 커튼도 달기 전이었지만, 집을 비워줘야 해서 병풍을 치고 살기로 하고 이사를 한 것이다. 막상 산속의 외딴집에 들어가 앉으니, 외등 하나 없는 농도 짙은 산촌의 어둠에 감금당한 기분이 되었다. 누군가에게 납치되어 빈 산속에 갇혀 있는 것 같은 느낌이었다. 그런데 이틀 후인 크리스마스이브에 동쪽 창문을 가린 병풍 너머로, 맞은편 산자락 길에 자동차 헤드라이트가 나타나는 것이 보였다. 그 동네에 와서 처음 본 자동차의 불빛이었다.

빛은 우리 집에 와서 멈춰 섰다. 산타클로스가 온 것이다. 새집에 처음 온 방문객은 네모난 나무 프레임으로 된 멋진 벽시계를 들고 있었다. 옛 동네의 이웃인 김 사장님 내외분이었다. 그날이 크리스마스이브여서 나는 그분들을 1974년의 산타클로스라고 불렀다.[*]

그 집은 기름보일러로 난방을 한 우리의 첫 집이었다. 집을 말려야 한다면서 처음 한동안은 기름을 아끼지 않고 막 때야

---

[*] '그해의 산타클로스'라는 제목으로 나중에 에세이를 쓴 일이 있다.

한다고 건축가가 당부했다. 그래서 그 큰 집을 후끈후끈하게 난방을 했다. 크리스마스 날에는 전등도 있는 대로 다 켰다. 촛불도 크리스마스트리도 없었지만, 집 자체가 크리스마스트리처럼 검은 천지에서 빛을 발했다. 그렇게 따뜻하고 그렇게 환하게 보낸 크리스마스는 생전 처음이었다. 하지만 그런 축제는 계속될 수 없었다. 집이 커서 비용이 너무 많이 들기 때문에 난방도 전등도 계속 절약 모드로 가야 했기 때문이다. 하지만 연탄을 가는 수고가 없는데도 방바닥이 차지 않으니 그렇게 고마울 수가 없었다.

그 집은 우리가 살았던 집 중에서 가장 큰 집이었다. 가장 많은 가족이 살던 집이기도 했고, 가장 오래 산 집이기도 했다. 우리는 마흔한 살부터 일흔넷이 되는 2007년까지 삼십삼년의 세월을 그 집에서 살았다. 삶의 전성기를 거기에서 보낸 것이다. 세 아이의 결혼식도 그 집에서 치렀다. 그리고 여덟 손자의 돌잔치도 거기서 했다. 할아버지 할머니가 되는 축복도 거기에서 받은 것이다. 우리는 열여섯 명의 대가족이 되어 그 집에서 북적거리며 살았다.

그러다가 둘만 남는 세월이 왔다. 1993년부터 우리는 신혼 초처럼 둘이만 그 집에서 살게 되었다. 둘이 시작한 집에 둘이 남았으니 원상으로 돌아간 셈인데, 세상이 다 빈 것같이 늘 헛헛했다. 아이들이 나간 자리가 살펴져서 슬프고 외로웠다. 우리는 그 외로움을 공부하고 글 쓰는 일로 메꾸어갔다. 남편이 항상 바쁘니까 나는 혼자 있는 시간이 많아졌다. 아이들도 없으니 해마다 느긋하게 논문을 쓰면서 책을 낼 준비를 하기도 하고, 문학관을 만들 준비도 했다. 1980년대부터 아이들이 하나씩 짝을 만나 떠나면, 그 빈방에 문학사상에서 원고를 가져다 보관하기 시작했고, 자료 기증도 받아 아이들 방이 다 자료로 채워져갔다. 그런데도 정년퇴임을 할 무렵에는 책을 둘 자리가 모자라서 내 연구실을 비워줄 때 저자 서명이 든 책 두 권 중 내 것은 새로 지은 온양문화원에 기증했다. 삼천 권이었다. 문학관에는 같은 책이 여러 권 필요하다는 것을 깨달았을 때는 이미 늦었다.

하지만 집이 너무 커서 유지하는 일이 부담이 되었다. 두 식구니까 그런 큰 집이 필요 없었다. 아들네도 교수여서 유지비가 버겁다고 와서 살라니까 사양했다. 건물의 한쪽 모서리가 침하되어 문제가 커지자, 우리는 계시를 받은 것처럼 그 집을 허물고 문학관을 지을 생각을 하기 시작했다. 하지만 문학박물관을 운영하는 일은 개인이 감당하기에는 너무 힘든 일이어서 선뜻 결정하기가 어려웠다. 그래서 준비하는 데 시간이 많이 걸렸다. 박물관을 짓기 위해 살던 집을 실지로 허문 것은, 내가 정년퇴직하고도 팔 년이 지난 2007년이었다.

1974년 평창동은……

1974년에 평창동에 들어온 우리는 산동네의 외딴집에서 삼년을 살았다. 그러면서 아름다운 경치를 보는 즐거움과 새집에 사는 기쁨에 대한 혹독한 대가를 치렀다. 그 동네에 산다는 것은 매일 이 킬로가 넘는 가파른 비탈길을 허덕이며 올라오는 것을 의미했기 때문이다. 내려갈 때는 아빠 차로 데려다줄 수 있는데, 올라올 때는 걸어오는 수밖에 없어서 아이들이 힘이 들었다. 남자애들은 골짜기에 있는 지름길로 올라오는데, 중간에 식용 개를 키우는 사육장이 있어서 막내가 걱정이 되었다. 개 기르는 집과 함바(밥집)만 있는 후미진 곳을 초등학교 2학년 아이가 혼자 걸어오는 것은 버거운 일이었다. 그런데 아이는 그 일을 쉽게 해결했다. 아랫동네에 있는 구멍가게에서 건빵을 한 봉지 사가지고 오다가, 다리가 아프면 길가의 바위에 앉아 그걸 먹으며 쉰다. 그러면 개들이 모여든다. 아이는 개를 좋아하니까 개들에게도 건빵을 나누어준다. 그러면서 편안하게 짐승들과 어울린다. 짐승은 이쪽에서 공격할 마음이 없으면 이유 없이 사람을 공격하지 않는다는 것을 알게 되었다. 하지만 짐승도 아이도 모두 외롭고 지쳐서 허탈하게 앉아 건빵을 먹으며 쉬는 광경은 처량해 보였다.

한번은 막내가 울면서 아랫동네에서 전화를 했다. 열이 나서 그 언덕을 도저히 못 올라가겠다는 것이다. 아이를 데리러 언덕을 내려가는 것은 내 체력에도 무리가 된다. 낮에 나가 일하고 와서 다시 아랫동네까지 걸어가면, 나는 당장 잇몸이 곪는다. 그러니 높은 곳에 집이 있다는 것은 어느 면에서는 재앙이었다. 어느 날 손님이 와서 이런 좋은 곳에 사니 얼마나 좋으냐고 부러워하니까, 막내가 "한번 살아보세요. 이가 갈릴 거예요" 하고 대답했다. 애기 부처라는 별명을 가진 아이였기 때문에, 그 험해진 말투에 가슴이 철렁했다. 그 말투를 통해서 나는 날마다 언덕을 오르는 일이 아이에게 얼마나 짐이 되는 일인지 알게 되었다. 하지만 오랜 세월이 흐른 후 나는 그 무리한 등산행이 아이의 건강을 호전시켰다는 것을 깨달았다. 나를 닮아 위가 약했던 막내는 십 년쯤 날마다 그 언덕을 걸어 오르더니, 잔병을 앓지 않는 건강한 어른으로 성장했다.

고등학생이었던 딸에게도 언덕을 오르내리는 건 무리한 일이었다. 과외를 해서 귀가 시간이 늦으니 지름길로 못 오고, 더 가파른 언덕길로 올라와야 했기 때문이다. 외등도 없는 어두운 길을 여자아이가 늦은 밤에 혼자 오게 할 수가 없어서, 아빠가 택시를 타고 아이에게 차를 보내는 일이 잦았다. 부득이할 때에는 내가 중간까지 마중을 나갔다. 자기가 가면 무슨 도움이 되느냐고 사람들이 말렸지만, 죽어도 같이 죽어야 할 것 같은 비장한 마음이 들어서 그만둘 수가 없었다. 그런데 다음 해에 대학에 들어가 남자친구가 생기니 그 문제가 간단히 해결되었다. 남자친구가 날마다 데려다주었기 때문이다. 중학생이었던 장남만이 언덕 오르내리는 일을 소리 없이 감당했다.

기계치라서 운전할 자신이 없는데도 내가 80년에 운전을 배운 것은 아이들을 언덕만이라도 태워다주기 위해서였다. 그런데 겨우 면허를 따니까 전두환 대통령이 과외 금지령을 내려서 별로 도움이 되지 못했다. 하지만 그들이 대학생이 된 후에도 나는 아주 추운 날이나 장마철에는 아이들을 차로 마중하러 나갔다. 비가 많이 오는 날은 올라오고 나면 몸에서 물이 줄줄 흐르니까, 버스 정류장 근처에서 기다렸다가 차로 데리고 오는 것이다.

아주 신이 나는 일은 길에서 아이를 우연히 만나 태워가지고 오는 것이다. 건국대에서 6교시를 끝내고 바로 떠나면, 청운중학에 다니던 큰아들과 정류장에서 만나는 일이 더러 있었다. 그러면 복권 당첨이라도 된 기분으로 아이와 나는 신이 난다. 편승한 그 애 친구들도 덩달아 신이 난다. 아직 휴대폰이 없던 시기여서 그 우연은 행운처럼 여겨졌다. 그 일이 너무 좋았던 기억이 있어서, 그 후에도 청운중학이 끝날 시간에 그곳을 지나게 되면, 방향이 같은 아이들을 불러모아 태워가지고 오곤 했다. 걸어가는 사람을 태워주는 일은 언덕에서도 마찬가지다. 언덕을 오르는 아이나 어른을 만나면 차를 세우기 힘든 비탈에서도 무조건 태워주는데, 한번은 초등학교 학생이 거절했다. 엄마가 남의 차 타지 말라고 했다는 것이다.

하지만 운전을 아이들만 위해서 한 것은 물론 아니다. 우선 이십 킬로 밖에 있는 학교에 가기 위해 운전은 내게 필수적이었다. 서투르기 그지없었지만 나는 운전하는 것을 아주 좋아했다. 운전은 자유를 주었기 때문이다. 혼자 마음대로 방향을 정하고, 아무 때나 원하는 곳에 갈 수 있는 자유를 누리는 것은 큰 복이다. 빈 공간에서 혼자 이동할 수 있는 고독한 시간도 운전이 확보해주는 축복 중의 하나다. 큰아들이 내가 좋아하는 곡만 골라서 만들어준 테이프를 틀어놓고, 〈어메이징 그레이스〉나 〈아베 마리아〉, 〈합창 교향곡〉, 샹송 같은 것을 들으면서 혼자 운전하는 것을 나는 많이 좋아했다. 기분이 처지는 날에는 〈목포의 눈물〉이나 〈두만강〉, 〈화개 장터〉 같은 곡을 크게 틀어놓고 들으면서 나는 힘들게 얻은 자유와 고독을 사십 년간 누렸다. 하지만 여든일곱이 되던 해까지 무리하게 운전을 한 것은, 자유롭기 위해서가 아니라 언덕을 마음대로 오르내리는 재미 때문이었다. 강원용 목사님이 운전하지 말라고 간곡하게 당부하셨지만, 나는 자유롭게 살기 위해 늙은 후에도 계속 운전대를 잡고 있었다. 허리가 아파서 급경사를 걸어 내려가지 못하는 나는, 운전대를 놓으면 당장 외출에 제한을 받기 때문이다.

운전은 내게만 필요한 것이 아니라 아이들과 주변 사람들에게도 도움이 되어서 좋았다. 아버지를 병원에 모셔 갈 수 있는 것이 제일 고마웠고, 오래간만에 돌아오는 언니들과 조카들을 공항에 마중 나갈 수 있는 것도 신이 났다. 최근에는 방학마다 오는 외손자들을 마중 나가기도 했고, 손님도 아랫동네까지 모셔다 드렸다. 문학관 직원들도 언덕 아래까지 내려다주면서 내 운전술은 평창동에서 아주 요긴하게 쓰였다. 하지만 정작 아이들이 어린 나이에 학교에 다니던 1974년경에는 내게 운전면허가 없었다.

1974년 평창동에는 외등이 없었다. 1974년의 평창동은 전화도 놓을 수 없는 시설 외 지역이었다. 오래 교섭을 해서 전신주 열여섯 개를 자부담으로 세우는 조건으로 겨우 전화를 놓을 수 있었다. 지금 신영교회에서 우리 집까지 오는 평창30길에 세워진 전신주는 모두 그때 우리가 개인 부담으로 세운 것이다. 반년 안에 이웃이 생기면 전신주값을 나누어 갚게 해준댔는데, 그 기간에 아무도 오지 않아서 우리가 몽땅 부담했다. 1974년의 평창동에는 신문 배달도 우유 배달도 오지 않았다. 한 집을 위해 그 힘든 언덕을 올라오려 하지 않았던 것이다.

온통 빈 택지뿐인 허허로운 산비탈에 덩그마니 집 한 채만

서 있으니, 스카이웨이에 드라이브를 하러 간 친지들이 걱정
스러워서 전화를 한다. 거기서 내려다보면 끝없는 공지 한복
판에 집 한 채가 달랑 서 있는 것이 너무 한심해 보이기 때문
이다. 어떻게 그런 황량한 곳에서 사느냐고 친구들이 자꾸 신
경을 쓴다. 아닌 게 아니라 외딴집에 사는 것은 겁나고 무서운
일이다. 아무도 다니지 않는 길도 무섭고, 아무도 살지 않는 마
을도 무섭다. 외등도 없는 밤길도 무섭고, 밤에 멀리서 들려오
는 기도 소리도 무섭다. 거기에 한겨울에는 귀신의 울음소리
같은 하늬바람의 비명이 덧붙여진다. 바람은 원한에 찬 것 같
은 날카로운 소리를 계속 내면서 눈이 덮인 산과 골짜기를 고
루고루 훑는다. 그런 밤이면 아이들은 무서워서 안방으로 모
여든다. 그러니 어두워진 다음에 안방이 비어서는 안 된다. 나
는 이 동네에 온 후 공적인 행사가 아니면 밤 외출을 하지 않
았다. 동료들의 양해를 받고 학교의 저녁 회식도 사보타주했
다. 누가 보아도 그 어둠 속에 아이들만 있게 할 수는 없는 여
건이어서, 우리 집에 와본 남자 동료들이 사정을 보아주었다.

　밤에 나는 소리만 무서운 것이 아니다. 낮에 걸어 다니는 사
람도 무섭다. 중학생 둘이 장난을 치며 앞섰다 뒤섰다 하며 주
변에서 해롱거리더니 순식간에 발작적인 몸짓으로 내 백을 확
낚아챈 일도 있다. 교재가 든 백이 무거워서 비명을 지르며 그
위에 넘어졌는데, 비명 소리를 언덕 밑의 밥집 아주머니가 들

고 뛰어나오자 범인들이 도망갔다. 우리 동네에는 정신이 이상해진 사람들도 자주 출몰했다. 기도원에 오는 환자 중에는 정신에 이상이 있는 사람들도 섞여 있기 때문이다. 그들은 몸이 아픈 사람이 아니어서 거동은 자유로우니 틈만 있으면 탈출해서 동네로 내려온다. 아카시아숲 속에 진을 치고 앉아서, 종일 연인의 이름과 예수님의 이름을 섞어가며 부르는 청년이 있는가 하면, 삼복 중에 롱코트를 입은 여자가 나타나는 일도 있다. 복중인데 긴 후레야 모피 코트를 입고, 꿈꾸듯 하느작하느작 걸어 다니는 산동네의 병든 오필리아다. 겨울이면 눈 속을 맨발로 돌아다니는 할머니도 있고, 돗자리를 깔고 앉아서 이따금 큰 소리로 "주여!!", "주여!!" 하고 발작적으로 외쳐대는 중년 남자도 있어서 평창동의 대낮은 다양성을 띠고 있었다. 하루는 아이 친구들이 놀러 와서, 저녁을 먹고 드라마를 보고 있는데, 밖에서 사람 살리라는 다급한 여자의 비명 소리가 들려왔다. 남자들이 고함을 치며 달려가는 소리가 뒤따랐다. 아이들은 보던 드라마를 버리고 모두 밖으로 뛰쳐나갔다. 드라마보다는 현실이 더 스릴이 있었던 것이다. 정신에 이상이 있는 여인이 기도원에서 도망쳐서 장정들이 그녀를 잡느라고 일으킨 소동이었다고 했다. 1974년의 평창동은 드라마보다 더 스릴 있는 무서운 동네였다. 살인자가 오밤중에 시체를 실어다가 서쪽 골짜기에 버리고 간 일도 있었고, 멧돼지가 나타난 일도 있었다.

하지만 정신이상자가 출몰하는 것이나 외등이 없는 것은 문제도 아니었다. 1974년 평창동의 가장 결정적인 문제는 수도와 전기였다. 이사 가고 얼마 되지 않아 해동될 무렵에 빈 택지 어디에선가 수도가 동파됐다. 암반 지대라 업자들이 수도관을 얕게 묻은 것이 화근이었다. 여기저기에서 릴레이식으로 수도가 동파되는 일이 벌어진다. 해동될 때까지 그런 상태가 지속된다. 우리는 혹시나 싶어서 집을 지을 때 지하에 열 드럼들이 큰 물탱크를 만들어놓았다. 물이 안 나오면 서울시에 가서 떼를 써서 물차를 오게 만든다. 물탱크에 한꺼번에 물을 많이 부어놓으면, 양수기로 퍼 올려서 한동안 쓰는데, 물차 모셔 오는 일이 장난이 아니다. 그래도 물탱크가 있는 편이 나으니까 1974년 무렵의 평창동에서는 지하에 물탱크 만들기와 우물 파기가 유행했다. 우리도 다음 해에 마당에 우물을 팠다. 완전히 1930년대로 후퇴한 것이다. 그런 상태가 1986년 청운터널이 개통될 때까지 계속되었다.

전기는 한술 더 떴다. 빈산에 길게 간격을 두고 불량 전선이 배설되어 있으니 "빈 들에 밤바람 소리 말을 달리는"* 냉

---

* 정지용의 「향수」의 한 구절.

혹한 추위가 오면, 그 넓은 지역 어디에선가 전깃줄이 끊어진
다. 그러면 온 산이 암흑천지가 된다. 전기에는 저장 탱크 같
은 것을 만들 수도 없으니 속수무책인데, 생활은 같잖게도 모
두 전기화되어 있어서 정전이 되면 생활이 정지된다. 전등은
촛대로 대신하면 되지만, 양수기가 멎으면 당장 물을 퍼 올릴
수 없다. 양수기뿐 아니다. 난방용 보일러, 전기밥솥, 주전자
등이 일제히 정지해버린다. 전기장판, 전기난로도 기능을 상
실하며, 방범 장치도 마찬가지다.

허둥지둥 세운상가에 석유난로를 사러 가면서, 우리가 그
동안 누구 덕에 살았나 했더니, 이제 보니 순전히 한전 덕에
살았구나 하는 탄식이 저절로 나왔다. 해방 후에 북한이 전기
를 갑자기 끊어버렸던 시기처럼 우리 동네에서는 경부고속도
로가 개통된 지 한참이 지난 1974년에도 전기가 자주 끊겼다.
집이 하나밖에 없으니 잘 고쳐주지도 않았다. 정전이 된 어느
날 밤에 밖을 바라보니 하늘에 얼마나 별이 많이 뿌려져 있는
지 탄성이 저절로 나왔다. 하지만 별을 즐길 여유가 있을 리
없다. 한전과 투쟁하느라고 기운이 다 빠져버리기 때문이다.
그 무렵에 나는 겨울이면 곰처럼 동면을 하고 싶다는 생각을
자주 했다. 겨울만 없으면 성북동 집도 평창동 집도 문제가 하
나도 없기 때문이다.

그런데 예상했던 것보다 도둑은 적었다. 1974년 무렵에는

평창동에서 내려가는 길목마다 초소가 있었다. 그 초소들 때문인지 도둑이 별로 들어오지 않았다. 아직 방범 시스템이 정비되기 전이었지만, 평창동 사람들은 가능한 한 성능이 좋은 방범 장치를 해놓고 살았다. 어두운 들판에 버려져 있는 것 같은 외딴집들이었기 때문이다. 하지만 정전이 되면 그것도 소용이 없었고, 바람이 심하게 부는 날에는 방범 장치가 거짓 경보를 보내서 사람들이 미친 춤을 추게 하기도 했다.

딸이 고3이었던 1977년엔가 응접실에서 정원으로 나가는 문의 잠금쇠가 고장 난 일이 있다. 그 공사장에 웬 낯선 사람이 나타났다. 누구냐고 물으니까 인부들 친구라고 하는데, 한 인부가 아니라고 눈짓을 했다. 그 남자가 망가진 응접실 문을 임시변통하는 작업을 보고 간 날 밤에 처음으로 도둑이 들었다. 다행히도 도둑들은 사람이 자지 않는 이 선생 서재를 목표로 삼았다. 우리 집에서 가장 큰 방이기 때문이다. 거기에는 손님들이 가져온 양주가 있었다. 밤손님들은 양주를 마시며 밤새도록 방을 뒤졌다. 눈에 띄는 귀중품이 없으니까 방에 있는 모든 상자를 뒤집어엎기 시작했다. 이삿짐을 덜 풀어서 자료와 노트를 넣은 상자가 한구석에 쌓여 있었다. 그런데 뒤져도 뒤져도 종이 나부랭이밖에 안 나오니까 체념한 것 같다. 책상 위에 있던 외제 안경과 김종필 총리가 문인들에게 선물한 대형 파커 만년필 같은 것을 훔쳐가지고 돌아가더니 다시는 오지 않았다. 중고 안경테나 만년필도 상품이 되던 시기였기 때문에 도둑들은 안경, 구두, 모자, 가전제품 같은 것도 탐냈다. 아직 국산이 보급되기 전이어서 그 무렵에는 그런 것들이 대부분 외산이었다. 산을 타고 넘어와 새집의 보일러를 떼 가는 간 큰 도둑도 있었다. 그런 도둑들은 윗동네에 자주 나타났다. 산을 정원으로 끌어들여서 담이 허술했기 때문이다. 그 지역은 산을 타고 은평구 쪽으로 도망가기도 쉬워서 아랫동네보다 도둑이 자주 왔다.

처음 우리가 이사할 때, 밤이었는데도 낯선 남자들이 나타나서 짐 부리는 것을 구경한 일이 있다. 밤손님들이 그런 식으로 이삿짐 점검을 미리 한다는 말은 그 후에 들었다. 그들이 차마다 책만 가득 차 있는 우리 집 짐을 살피고 나서, 별 볼 일 없는 사람들이라고 점을 찍었는지도 모른다. 어쨌든 외딴집 시절에는 밤손님이 한 번밖에 들지 않았다. 본격적인 강도가 든 것은 마을이 제대로 형성된 후였다. 예전에 건넌마을 이 국장님이, 외딴집보다는 여럿이 있는 주택가를 밤손님들이 선호한다는 말을 한 일이 있다. 주인이 잠을 깨서 저항하거나, 쓸 만한 물건이 없는 것 같은 변수가 생기면, 다른 집이 있는 편이 숨기도 쉽고 대신 털 수도 있어 좋다는 것이다. 사람이 덜 다니니 만나는 사람의 인상착의를 유심히 보게 되는 것도 그들에게는 불리한 조건이었을 것이다.

하지만 또 하나의 이유는 아버지가 공사를 할 때 인부들을 잘 보살펴준 덕이었을 것 같다. 아버지는 아픈 사람은 쉬게 하고, 돈이 급한 사람은 선불을 해주며, 추석 같은 명절에는 제수값이 오른다고 미리 돈을 주게 하고, 글 모르는 사람은 편지를 대필해주면서 그들 모두와 친구처럼 지내셨다. 얼마나 열심히 보살폈는지 공사가 끝나니 인부들이 고맙다고 추념해서 목련나무를 심어주었다. 우리 아버지는 사람 형상만 하고 있으면 누구나 다 사랑하는 헤픈 박애주의자여서 자식들은 고마워하지 않는데, 인부들이 모이는 함바에서는 평판이 좋았다. 밤손님들도 밥집에 드나들었을 테니 어쩌면 아버지의 도움을 받았을 가능성도 배제할 수 없다.

다람쥐와 꾀꼬리

그렇다고 어려운 일만 있었던 것은 물론 아니다. 우리 식구는 모두 학교에 다니니 비탈이 미끄러운 겨울에는 집에 칩거하면서 설경을 즐기는 일이 가능했다. 미끄러워서 못 나가는 때가 설경이 빛나는 시기이기 때문이다. 평창동의 설경은 일품이다.

그 무렵의 평창동에는 봄이면 꾀꼬리와 소쩍새가 찾아왔

다. 어느 날 나무 그늘에서 자그마한 새가 "곳고리꼬오" 하는 고운 소리로 울기 시작했다. 간지럼을 태우는 것 같은 보드랍고 감미로운 소리였다. 무슨 새냐고 물었더니 마침 와 계시던 큰동서가 "꾀꼬리야" 하셨다. 옛 시조에 나오는 꾀꼬리의 이름은 '곳고리'다. 모나지 않고 보드라운 이미지를 환기시키는 이름이다. 아직 경음화硬音化 현상*이 일어나기 이전의 유순한 소리로 "곳고리꼬오" 하고 우는 옛 시 속의 새가 20세기에 우리 집에도 찾아온 것이다. 네팔에서 공작새가 "빠옹" 하고 울어서 놀랐던 생각이 났다. 불어로 공작새가 "빠옹"이기 때문에 쟤들은 네팔에서도 불어로 우는구나 하고 감복했는데, 우리 집에 온 꾀꼬리는 20세기에도 왕조시대의 음색으로 보드랍고 유하게 울었다.

봄이면 소쩍새도 저물도록 운다. 볼륨을 높인 활기찬 새소리가 보이지 않는 먼 골짜기에서 울려 나와 평창동의 가라앉은 정적을 깬다. 소쩍새가 활발하게 울면, 풍년이 든다는 설이 있다. 풍년이 오니 큰 솥을 마련하라고 "솥 적다", "솥 적다" 하면서 운다는 것이 가난했던 조상님들의 산문적인 해석이

---

* 연음軟音이던 말이 후대에 경음硬音으로 변하는 현상. 'ㄱ'이 'ㄲ'으로 발음되는 것을 의미한다.

다. 여름이면 매미도 모여들어 요란했다. 허밍을 하는 합창대원들처럼 매미들이 밈밈밈미임 하면서 운을 떼기 시작하면, 머지않아 가을바람이 분다. 매미소리를 들으면 나는 옛 성터에 있던 고향 집 생각을 한다. 해자 역할을 하던 개울 둑을 넘어서면, 탄산수가 터지듯 매미의 합창이 폭발했다. 나의 귀가를 환영하는 환희의 송가 같아서, 매미 소리만 들으면 힘이 나던 시절이 있었다. 다람쥐도 자주 왔다. 다람쥐 장사가 우리 집으로 잡으러 올 정도로 다람쥐가 많이 왔고, 이따금 청설모도 나타났다. 태곳적을 연상시키는 그런 유장悠長하고 평화로운 세월이 1974년대의 외딴집 주변에 서려 있었다.

그 동네에는 꽃도 많다. 건폐율이 삼십 프로밖에 안 되니 마당이 넓어서 집집마다 꽃나무들이 심어져 있고, 산에는 산대로 꽃잔치가 자주 벌어진다. 봄에 바빠서 꽃놀이를 갈 수 없으면, 나는 차를 몰고 평창6길을 돌아 터널 근처의 형제봉 매표소 쪽으로 내려오는 길을 드라이브한다. 연화정사를 지나 조금만 더 가면 인가가 없는 숲길이 나타난다. 길옆 석축 위에 초봄이면 개나리가 기세 좋게 꽃을 피워댄다. 가위질을 당하지 않은 자유로운 가지들이 휘드러진 선의 아름다움을 과시하며 느긋하게 드리울 수 있을 만큼 석축이 높아서 개나리는 기를 펴고 한꺼번에 막 핀다. 그런 길이 구불대면서 매표소 근처까지 이어진다. 그러면 앞산에서는 진달래 잔치가 벌어진다. 놀이터와 유치원 근처에는 개울 너머에 벚나무의 거목들도 있고, 동네 안의 쌈지 공원의 벚나무들도 거창하다. 이웃에 사시던 김호순 선생은 노모를 위한 봄나들이 장소로 언제나 참샘골의 쌈지 공원을 택하셨다. 거대한 몇 그루 나무 밑에서 서울의 봄을 모두 보는 것이다.

큰길 건너 저만치에 있는 앞산은 청와대 뒷산이어서 주택이 들어서지 않아서 고맙다. 바위산이 아니고 소나무 산도 아니다. 골산이 아니라 남산처럼 육산이다.[*] 잡목 숲에 덮여 있고, 능선도 밋밋하며 높이도 평평하여 스카이웨이의 도로가에 놓이기에 적합하지만, 육산답게 그 산에는 봄이 되면 진달래가 지면에 깔린다. 그 뒤를 산벚꽃이 잇는다. 참을 수 없다는 듯이 사방에서 벚꽃 더미가 마구 비어져 나오는 것은 진실로 장관이다. 파스텔 톤의 있는 듯 없는 듯한 연분홍빛이 앞산에 몽환적인 수채화를 그린다. 2021년에는 산벚꽃들이 특별히 풍성했다. 형제봉 매표소 근처가 요란한 꽃밭이 되어 있었다. 나무들이 그동안 키가 큰 것이다. 다음은 아카시아 차례다. 아카시아꽃이 질 무렵이 되면, 한동안 평창동은 아카시아의 농염한 향기에 휩싸인다. 이토 세이伊藤整의 『사월제四月

---

[*]   바위가 많은 산을 골산骨山이라 하고, 흙이 많은 산을 육산肉山이라고 한다.

祭』에 나오는 북해도의 봄처럼 원초적이고 센슈얼한 생명의 향연이다. 산 전체가 몸이 달아 있는 듯한 느낌은 인간에게도 전이된다. 하지만 앞산은 기복도 없고 돌도 없으며 나무들도 키가 작아서인지 거기에서 하나님을 부르는 사람은 없다.

앞산을 볼 때마다 나는 "구름 낀 볕뉘도 쬔 적이 없다마는/서산에 해 지다 하니 그를 설워 하노라"*라는 옛시조의 구절이 생각난다. 나라 덕을 조금도 본 일이 없지만, 임금님이 승하하셨다니 슬퍼한다는 뜻이다. 평창동이야말로 청와대에서 "구름 낀 볕뉘도 쬔" 적이 없는 동네라고 생각해서 그런 시조를 떠올리곤 했는데, 그런 흥성한 꽃잔치를 자연이 해마다 베풀어주는 것을 보면서, 우리 동네도 청와대 덕을 보고 있다는 생각을 하게 된다. 저 산을 집들이 밀고 올라가지 못하는 것은 순전히 청와대가 그 너머에 있기 때문이다.

사람들이 직장에 나가거나, 장사를 하거나, 쇼핑을 하고 미식을 즐기는 것 같은 현실적인 욕망에서 해탈할 수만 있다면, 평창동은 그냥 무릉도원이 될 수도 있는 동네다. 하지만 사람은 사회적 동물이어서 현실적 욕망에서 해탈할 수가 없다. 현실은 우리가 살고 있는 그 자리에 도사리고 있기 때문이다. 그

---

* 남명南冥 조식曺植의 「三冬에 뵈옷 입고」라는 시조의 한 구절.

런데 사람이 사회적 동물로서의 모든 것을 고루 감당하는 생활을 하며, 미각이나 촉각도 만족시키면서 제대로 살려면, 평창동은 참 살기 어려운 동네다. 평창동에는 생활편의시설이 너무 부족하다. 70년대에 해원사 옆에 소로[*]처럼 살고 싶어 하는 어르신네가 한 분 계셨다. 스무 평 정도 되는 1인용 오두막에서 혼자 살던 그분은, 담도 없는 집에서 주변의 낙엽과 삭정이를 주워 방을 덥혔고, 봄이면 진달래 꽃잎을 따 화전花煎을 부쳐 벗을 불렀고, 가을이면 소나무 낙엽을 깔고 누워 달을 감상했다. 하지만 늙고 병이 드니, 결국 산을 내려 가지 않을 수 없었다. 도울 사람이 필요했기 때문이다. 그다음 행선지는 노인병원이다. 자기는 남과는 죽어도 같이 못 산다던 양반이 4인용 병실에서 허덕이는 것을 보니 가슴이 너무 아팠다.

사람은 살았을 때도 남의 도움이 필요하지만, 죽은 후에도 자기 시신을 자신이 흙으로 가리지는 못한다. 살았을 때나 죽을 때나 이웃의 손길이 있어야 하는 것이다. 소로가 월든 호숫가^{**}에서 이 년밖에 살지 못한 것도 그 때문일 것이다. 평창동

---

* 헨리 소로(Henry David Thoreau, 1817~1862): 은둔사상을 가진 미국 사상가 겸 문학자로, 한때 호숫가에서 혼자 은둔 생활을 하였다.

** 소로가 월든 호숫가에서 산 기간은 1845년 삼월에서 1847년 구월 칠일이니 이 년 반이다.

의 외딴집은 우리에게 사람이 혼자서는 살 수 없다는 것을 가르쳐주었다. 동네에 사람들이 모여드니 비로소 평창동은 전기와 수도를 마음대로 쓸 수 있는 서울시 소속의 보통 마을이 되었기 때문이다.

이웃

그렇게 좋고 나쁜 조건들이 극단화되어 있는 산속의 외딴집에서 살면서, 우리는 참 많이 외로웠고, 많이 힘이 들었다. 그러다가 삼 년 만에 이웃이 생겼다. 고등학교 선배인 윤남경 작가가 이웃에 집을 지은 것이다. 사람이 그렇게 반가워본 적이 없었다. 우리는 전기공을 불러 두 집 사이에 비상벨부터 설치했다. 두 집 식구를 모두 합쳐봐야 여남은 명밖에 되지 않았지만, 벨을 누르면 달려와줄 이웃이 있다는 건 참으로 경이로운 일이었다. 새로 이사 온 이웃집에서 어느 날 저녁 비상벨이 울렸다. 남자들은 야구 방망이를 들고 여자들은 대빗자루를 거머쥐고 우리 식구가 총동원해서 그 집을 도우러 출정했다. 가보니 그 댁에서는 집들이 잔치를 하고 있었다. 손님으로 온 아이가 모르고 비상벨을 누른 것이다.

마님과 문단 행사가 있을 때 차를 같이 타고 다니고, 그 집

따님이 우리 막내의 과외 선생을 하기도 하면서, 우리는 성 밖에 버려진 행려병자들처럼 서로 의지하며 살았다. 얼마 지나지 않아서 이웃이 또 생겼다. 젊은 검사네가 이사 온 것이다. 모르는 분들이었지만 무조건 반가웠고, 젊어서 의지가 되기도 했다. 그 집에도 아이가 셋이니 힘을 쓸 장정은 여전히 부족했지만, 벨을 누르면 달려올 이웃이 두 배로 느는 건 고무적이었다. 그때부터 이웃이 차츰 늘어났다.

주민 수가 늘어가자 길에 외등이 세워졌다. 신문 배달도 오기 시작하고, 복광당이라는 아랫동네 구멍가게도 커졌다. 그때까지는 장보기도 병원 가기도 모두 효자동까지 원정해야 했다. 그런 시설 외 지역 주민에서 처음으로 우리는 서울시의 보통 시민으로 급수가 높아가고 있었다. 그래도 수도와 전기는 여전히 말썽을 부렸다. 평창동 사람들이 석유난로를 사러 몰려들어서 세운상가 난롯집에 물건이 동이 나던 겨울도 있었다. 주민이 갑자기 늘어나기 시작하자 서울시에서도 평창동의 불량한 전기 시설을 더 이상 방치할 수 없어서, 전신주를 제대로 세우고 전선을 전부 새것으로 갈아주었다. 오십 년대처럼 심심하면 정전이 되는 일이 더는 생기지 않게 되었고, 수도도 정상화되었다. 서울시가 본격적으로 착암기를 동원해서 온 동네 수도관을 제대로 파서 묻어주자, 개인 집 물탱크들은 장독대가 되었고 우물도 메꾸어졌다. 살기 좋은 여건이 그렇게 갖추어지니 빈 택지들이 급속히 줄어들었다.

그래도 풀어야 할 문제가 산적해 있는데 나라가 때맞추어 도와주지 않으니까, 원시시대처럼 주민들의 유대가 공고해졌다. 마을이 절반 정도 형성될 무렵에 평창동 주민들은 생존권을 위한 투쟁을 하기 위해 구역마다 반상회를 만들었다. 만주 자치구에 살던 유민流民들처럼 자기들이 사는 구역을 스스로 지키기로 마음을 굳힌 것이다. 비숍 여사가 연변 자치구에 가보니 우리나라 유민들이 너무 훌륭하게 커뮤니티를 경영하고 있어서 놀랐다는 말을 한 일이 있다. 한국인은 정부가 없으면 저렇게 출중해지는구나 하고 감탄했다고 한다.* 초창기의 평창동도 그들과 비슷했다.

하나유치원 근처에 사는 동쪽 주민들은 밤 열두시에, 마을 공용의 물탱크 물이 파크호텔로 빠지지 않는지 감시하기 위해 교대로 지키는 팀을 짰다. 저장고의 물이 넉넉하지 않았기 때문이다. 그중에는 장화를 신고 물탱크의 내부까지 들어가 위생 상태를 점검하는 적극적인 분도 있었다. 가나아트센타 앞 30길 주변 사람들은, 그 길 전체에 음식점을 유치하여 유원지로 만들려던 요식업자들과 대적하기 위해 모여서 육법전

---

* 《조선일보》 2021년 9월 6일 자 〈조용헌 살롱: 부자가 사는 동네〉 참조.

서를 뒤지며 본격적으로 투쟁했고, 우리 집 아랫동네에 불법으로 아파트가 들어서려는 것을 막아낸 것도 주민들이다. 주민들은 식용 개를 동네에서 기르지 못하게 개 사육장을 몰아냈고, 심야에 야외에서 하는 통성기도를 규제하게 만들었으며, 노상에 설치한 농구대를 쌈지 공원 안으로 가게 해서 아이들을 스스로 지켰다. 20길에 정신병원과 금속공예 공장이 들어서려고 했을 때에는 동네 전체가 협동하여 연판장을 만들었고, 숲 근처의 절에 장례식장이 생기려고 했을 때에도 주민들이 방어했다. 오늘의 평창동은 초창기 주민들이 그렇게 힘들게 지켜서 만든 동네다.

그때의 전우들은 서로 아는 사람이 많았다. 땅값이 싸니까 작업실이나 집필실이 필요한 예술가와 학자가 많이 들어왔기 때문이다. 그래서 자주 만나는 동네 회의는 친목회처럼 되기도 했다. 그러면서 모르는 사람들과도 연대의식이 깊어져가니 주민들 간의 우의가 두터워졌다. 교통이 불편하니 언덕에서 만나는 사람은 무조건 아랫동네까지 태워주는 풍습도 그 무렵에 생겨났다. 1986년 팔월에 청운터널이 개통되자 급속도로 마을이 완성되어갔다. 북악터널도 굴을 하나 더 뚫어서 4차선이 되었고, 큰길을 넓히면서 포장을 하니 그때부터 몇 년 동안은 지속적으로 '건설의 메아리 소리'가 끊이지 않았다. 이층집이 가득 들어선 평창동의 주택가를 큰길에서 올려다보면, 그 일을 마치 자기네가 이루어낸 것처럼 충만감을 느낀다고 어느 초창기의 입주자 한 분이 이야기하던 모습이 생각난다.

주민이 늘어나자 옆집도 생기고 앞집도 생기고 뒷집도 생겼다. 뒷집에는 남경 언니 친구와 그녀의 의사 남편이 들어왔다. 공무원이던 아버지가 어머니와 함께 공산군에게 참살당하는 현장을 전쟁통에 목격한 뒷집 마님은, 열아홉 나이에 소녀 가장이 된 여인이다. 이대 영문과를 나와 취직해서 동생들을 기르는데, 의대를 나온 남자가 프러포즈를 하더란다. "아이가 많아서 결혼 못 한다"고 하니까, "혼자 기르기에는 너무 힘이 들어 보이니 같이 기르자"라고 해서 결혼을 했다는 말을 들었다. 음악을 전공하는 따님들이 미국에서 유학을 하고 있어 그 댁은 두 분만 재미있게 살고 있다. 그 댁 마님은 아프리카 봉선화 기르기에 열중해서, 그 집 안에는 색색의 이국종 봉선화가 잔뜩 피어 있었다.

그 댁 서쪽에는 어느 대기업 사장님이 사시는데, 정원 손질을 얼마나 깨끗하게 하시는지 동네 전체가 환하다. 그 댁에는 여리고 이쁜 양잔디가 심어져 있는데, 잔디밭은 떡잎도 잡초도 없어 깔끔하고 마당에도 통로에도 티끌 하나 없다. 그 정원을 보고 있으면 "저분은 부정은 못 하시겠구나" 하는 생각이 들었다. 부인은 수필가인데, 한문 공부도 열심히 하고 있었다.

허세욱 선생이 지도하는 반에서 『열하일기』 같은 것을 배우고, 열하에 다녀오기도 하는 수준의 본격적인 문학 수업생이다. 우리보다 십 년쯤 젊은 그 부인은 새벽에 나가 수영도 부지런히 하면서, 살림도 아주 잘했다. 그 집에는 쪽 찌고 모시 옷을 입으시는 고전적인 시어머니가 계셨다. 종일 잡초 뽑기로 소일하시는 그 댁 할머니는 나를 보고 "앞집 새댁"이라고 불렀다. 시동생과 나이 차가 많아서 시댁에서도 나는 오래동안 '새댁'이었다. 마흔이 넘었으니 그 호칭이 민망스러웠지만, 할머니가 발음하는 그 젊은 호칭은 들을수록 기분을 고양시켜서 그 어른을 만나면 즐거웠다. 그 댁에는 인사성이 밝은 초등학생 아들이 둘 있었다.

뒷집들은 길보다 높은 곳에 터가 있는 A급지여서 집 크기도 알맞고, 택지도 크지 않아 안정감을 준다. 마당도 집도 크지 않은데, 길 아랫동네의 큰 집들보다 쓸모가 있으니 왜 A급지인지 알 것 같았다. 길 아랫집들은 무언가가 부족해서 모두 많은 결함이 있었다. 필요가 없는데도 큰 지하실을 지어야 했고, 마당도 쓸데없이 넓어서 관리가 힘들었으며, 북쪽은 막혀 있어서 아래층 북쪽 부분이 습하고 어두웠다. 그중에서도 제일 억울한 것은 도로점용료를 내야 하는 일이었다. 사람들은 당연하게 여기고 도로 연석을 따라 담을 치는데, 그게 불법이라니 아우성이 퍼져 나갔다. 도로를 만들기 위해 토목회사가 견칫돌을 비스듬히 쌓고 그 위에 연석을 박아놓는데, 길보다 낮은 땅은 견칫돌의 시발점부터 개인의 소유여서 연석보다 들여다 지어야 하는 것이 법이란다. 그렇다면 허가를 낼 때 알려주어야지 준공검사를 받고 난 다음에 느닷없이 점용료를 청구하는 법이 어디 있는가.

우리와 같은 여건인 서쪽 집에는 사업가와 여의사 커플이 들어왔다. 여의전 교수이던 마님은 퇴임한 후에 우리 동네에 이사 오셨다. 그래서 한가했다. 우리 집 도우미 아주머니가 "저 집에는 사람이 있다 없다 하네" 해서 궁금했는데, 의사 선생님이 정년 후에 할 일이 없어서 되도록 직접 살림을 하신다는 말을 들었다. "사람이 있으면 난 뭘해요? 그래서 큰일 있을 때만 부릅니다" 하셔서 깊은 감명을 받았다. 몸도 불편하신 것 같은데 대단하다 싶었다. 직업을 가졌던 여인네들은 퇴임 후에도 일벌의 습성을 버리지 못한다는 걸 그분을 보며 확인했다. 나도 일벌이어서 정년 후에도 문학관을 만들어 책 먼지를 털고, 마당의 풀까지 뽑으며 피곤하게 살고 있기 때문이다. 자신이 노는 꼴을 못 보아주는 일벌끼리 이웃이 되었으니 매사에 죽이 맞아서 좋았다. 우리 이웃들은 참 나무랄 데가 없는 분들이다. 이 동네에는 사치한 여인도 없고, 한가한 여인도 없다. 수영도 하고 공부도 하고 글도 쓰면서 살림도 열심히 하는 그 부지런한 여인들을 보고 있으면, 상을 하나씩 안겨주고 싶어진다.

　이웃이 생기니 좋기는 하지만, 얻은 것이 있으면 잃는 것도 있기 마련이다. 자치활동을 하면서 모처럼 결속되었던 마을의 공동체 의식은 집이 들어서는 비율에 따라 나날이 희박해져갔기 때문이다. 반상회도 없어졌고, 이웃 나들이도 사라졌다. 드디어 평창동은 서울의 다른 동네처럼 이웃끼리 인사도 잘 하지 않는 쿨한 커뮤니티로 변해갔다. 그 동네에 살면서 나는 '보통'이라는 말이 얼마나 뜻깊고 소중한 것인지를 알게 되었다. 1974년의 평창동은 서울의 보통 동네가 아닌 시설 외 지역이었기 때문이다.

　그러고도 수십 년의 세월이 흘렀는데, 웬일인지 분양 시에 지정되었던 슈퍼마켓이나 초등학교 같은 시설은 아직도 들어서지 않고 있다. 슈퍼마켓도 학교도 없는 채 반세기가 지나간 것이다. 그래서 우리 동네는 지금도 살기가 많이 불편하다. 양말 하나 사는데도 언덕을 내려가서 한 정거장을 차를 타고 더 가야 한다. 이십 년 전에 초등학교 2학년이던 손자가 "엄마! 우리도 좀 도시에 가 삽시다. 여기는 시골이잖아요" 했을 정도로 이 동네에는 생활편의시설이 없다. 그 애들은 아빠 학교를 따라 천안으로 이사를 갔는데, 그곳은 고층 아파트 단지여서 평창동보다는 훨씬 살기가 편했다. 그곳은 '도시'였던 것이다. 도시는 인구 밀집 지역이다. 한 커뮤니티가 새로 형성되려면 슈퍼마켓과 교회와 학교가 있어야 한다는 말을 서부 개척 영화에서 들은 일이 있는데, 우리 동네에는 그중 두 가지가 없다.

우리 동네에는 다른 곳에 있는데 없는 것이 참 많다. 구멍가게도 없고, 장난감 가게도 없고, PC방도 없고, 목욕탕도 없다. 어떤 어르신네가 집을 사려고 동네를 답사하더니 "포장마차가 없어서 안 되겠다"라며 그만두었다는 말도 들었다. 그러고 보니 평창동에는 포장마차도 선술집도 없다. 그래서 돈을 쓰기가 힘들다. 그러니 기동력이 떨어지는 노인들은 항상 결핍을 감수하며 살아야 한다. 코로나로 외출이 어려워진 요즘은 일주일에 한두 번밖에 돈을 쓰지 않는 때도 있다. 소비가 없으면 신진대사가 되지 못하니 생활이 침체된다. 그런데 이 동네에는 오십 년이 되어오는 오늘도 여전히 포장마차도 없고, 속옷 가게도 없고, 생선 가게도 없다. 우리 동네에서 살다가 '경희궁의 아침' 단지로 이사 간 친구가 "이렇게 편하게 살면 벌을 받지 않나" 하는 생각이 든다는 말을 했을 정도로 평창동은 불편한 동네다.

그래서 나는 물건을 쉽게 살 수 있는 곳을 만나면 이성을 잃는다. 분당에 있는 친구집에 가보니 이웃에 극장, 책방, 문방구, 꽃집, 사우나, 슈퍼마켓, 학원 같은 편의 시설들이 널려 있었다. 그리고 놀랍게도 아울렛과 마트와 백화점이 있었다.

더욱 놀라운 것은 전철역이 있는 것이다. 원하는 때 아무 데나 갈 수 있고, 원하는 때 아무거나 살 수 있는 시설들이 구비되어 있는 것이다. 주부들이 "천당 갈래? 분당 갈래?" 하면 분당 쪽을 택한다는 우스갯소리가 나온 이유를 알 것 같다.

몇 해 전에 경기도에 사는 친구들과 반보기로 왕십리 전철역에서 만난 일이 있는데, 그때도 나는 분당에서와 같은 것을 느꼈다. 역 안에는 놀랍게도 마트와 백화점과 음식점이 모두 갖추어져 있었다. 친구들과 식사를 하고 헤어졌는데, 핸드폰을 사야 해서 혼자 마트로 다시 들어갔다. 그날 전철역에서 한 시간 있는 동안에 나는 참 많은 물건을 샀다. 핸드폰을 잃어버렸는데 새로 장만할 수 있었고, 그 수속을 기다리는 동안에 마트의 같은 층에서 비옷과 운동화, 남자용 막바지와 실내화, 속옷, 화분 밑에 까는 비닐 매트, 작은 쓰레기통 같은…… 꼭 필요한데 못 산 물건들을 모두 살 수 있었다. 퇴근하면서 전철역에서 원하는 음식으로 요기를 하고, 필요한 물건을 사 들고 귀가하는 사람들은 얼마나 복이 많은가 하고 부러운 때가 많다.

그 대신 우리 동네에는 다른 곳에는 없는 것들이 많다. 우선 산이 있다. 모퉁이를 돌 때마다 형상이 다른 다양한 모양의 산, 화강암에 소나무가 어우러져 있는 수려한 산이다. 금년에 김남조 선생님이 방문하셨는데 휠체어를 타시니까 입구가 슬로프로 되어 있는 주택 쪽으로 특별히 모시게 했다. 그날따라 커튼을 다 열어놓아서 응접실 앞문 전체에 산이 가득 들어와 있었다. 이건 같이 봐야 해 하면서 김 선생님이 동행한 남녀 문우들을 다 불러들이셨다. 우리 집 응접실에서 보는 앞산이 아름답기 때문이다. 소나무가 많은 동네여서 어느 날 나는 송홧가루가 아지랑이처럼 동쪽에서 서쪽을 향해 조용히 흘러가는 것을 본 일도 있다. 지금은 사라졌지만 십 년 전만 해도 소쩍새와 매미 우는 소리도 넉넉했다. 여름이면 지대가 높아서 시원하고, 겨울이면 추운 대신에 설경이 경이롭다. 건폐율이 삼십 프로밖에 안 될 때 지은 집이 많아서 인구밀도도 낮다. 그래서 사철 조용한 것도 신기하고, 맑은 공기가 집 안팎을 감싸고 있는 것도 감사하다.

이 동네에는 또 박물관, 미술관이 많다. 가나아트센터, 토탈미술관, 김종영미술관처럼 명성이 높은 미술관들을 필두로 해서, 여남은 개의 박물관과 미술관이 구석구석에 배치되어 있고, 화가들의 스튜디오도 예순 개가 넘는단다. 자하문 밖 축제가 열리는 계절이 되면 개인 화실을 공개하는 행사도 열린다. 그림이 그려지는 과정을 견학하는 호화로운 현장답사가 가능한 것이다.

사람은 누구도 영원히 살 수 없듯이, 사람은 누구도 원하는 모든 것을 다 가지고 살 수는 없다. 제왕에게는 혼자 있을 자유가 없고, 돈이 많은 사람이 자식이 없거나 건강이 나쁠 수도 있으며, 젊고 건강한 남녀들이 후라스코의 『제8요일』처럼 사랑을 나눌 방이 없어 힘들 수도 있다. 그래서 나는 내가 가진 것에 감사하며 조용히 산다. '평창平昌'이라는 동네 이름이 소리도 의미도 아름답지 않고, 앞으로도 전철이 들어올 가망이 전혀 없어 보이는 이곳은 여전히 시설 외 지역이지만, 앞에도 뒤에도 산이 있다. 그래서 김남조 선생처럼 "아름다워서 고마워요"*라고 나는 자신이 살고 있는 동네를 향해 말한다. 그리고 친한 친구의 결점을 가려주는 것처럼 이 동네가 가진 결격 사항을 되도록 덮어주고 싶다.

"어떤 새끼들이 이런 데서……"

80년대의 어느 날, 뒷마당에서 풀을 뽑고 있는데 밖을 지나가던 젊은이가 투덜거리는 소리가 들려왔다.

"제기랄! 어떤 새끼들이 이런 데서 사는 거야!"

대문을 열고 나가보니 대학 초년생 같아 보이는 청년이 혼자 걷고 있었다. 나는 그를 불러서 말을 걸었다. 어떤 새끼가

---

* 김남조 「다시 가을」 중에서.

어떻게 해서 이 동네에 와서 살게 되었는지 알려주고 싶어서였다.

우리는 둘 다 평론가여서 집필실이나 호텔 같은 데서 글을 쓸 수 없다. 참고 자료를 펼쳐놓고 써야 하기 때문이다. 직장이 있으니까 조각나는 시간을 이용해야 하는 것도 집을 떠날 수 없는 이유 중의 하나다. 그러니 죽으나 사나 집에서 글을 써야 한다. 이어령 선생은 평생 글을 썼지만, 집필실을 따로 가져본 일이 없다. 그래서 우리에게는 집이 남들보다 더 중요했다. 집에 머무는 시간이 많기 때문이다. 이 선생은 저녁에 글을 쓰기 위해 거의 밤 외출은 하지 않고 살았으며, 모든 휴일을 글쓰기에 바쳤다. 방학도 마찬가지였다.

그러니 우리는 그냥 집이 필요한 것이 아니다. '큰 집'이 필요하다. 이 선생에게는 스튜디오만 한 크기의 집필실이 집에 꼭 있어야 하기 때문이다. 글을 많이 못 쓰니까 클 필요는 없지만 내게도 서재가 꼭 필요하다. 그러니 두 개의 스튜디오가 있어야 하는 형편인데, 아이가 셋이니까 공부방이 세 개는 있어야 한다. 작은 건물로는 감당이 되지 않는다. 그래서 우리는 서재 두 개와 아이들 방 세 개가 있는 집을 향해 십육 년 동안 힘겹게 달려왔다. 우리는 맞벌이 부부였고, 남편은 베스트셀러 작가였지만, 큰 집을 사기 위해 항상 소비지수를 가능한 한 낮추며 살아야 했다. 시댁이 번다해서 과외 지출이 많아서, 단칸 셋방에서 죽을 때까지 살 큰 집에 다다르기까지 걸린 세월이 십육 년이었다.

그리고도 택지를 서울에서 제일 싼 곳에 사야 했다. 그래서 아무도 들어오지 않을 때 평창동에 들어와서 삼 년간 외딴집에서 살았다. 어느 동네나 적은 돈으로 집을 장만하려면 우리처럼 마을이 형성되기 전에 들어가야 한다. 몇 년 지나면 살기 좋은 조건이 갖추어지니 집값이 오르기 때문에, 집값이 모자라는 사람들이 집을 사려면 조건이 나쁠 때 입주하는 수밖에 없다. 아직 버스 노선이 와 있지 않은 동네라든가, 앞으로 개발 가능성이 있는 불편한 동네에 가서, 한 삼 년간 물도 안 나오고 전기도 제대로 쓸 수 없는 세월을 참아야 한다. 그래서 우리는 1974년에 아무도 살지 않는 평창동에 발을 들여놓았다. 그게 우리가 이 동네에 다다르게 된 경로다.

나는 그런 것들을 모두 그 청년에게 알려주고 싶었다. 용기를 북돋아주기 위해서였다. 우리나라는 땅이 절대적으로 부족하니 부동산값이 자꾸 오른다. 그러니까 변두리에라도 가능한 한 일찍 집을 사는 쪽을 권하고 싶었다. 제일 평수가 작은 오피스텔이라도 부동산을 사야 부동산을 키울 수 있다. 나는 그것도 그에게 알려주고 싶었다. 내가 이 집에 다다르기 위해서 너무 많이 고생을 했기 때문이다.

그뿐 아니다. 이 동네가 보기보다는 편한 동네가 아니라는

370

것도 알려주어야 할 것 같았다. 그 맑은 공기값을 이 동네 사람들은 날마다 높은 언덕을 오르내리는 수고를 통하여 갚고 있기 때문이다. 차가 있다고 해도 온 식구가 다 타고 다닐 수는 없으니 오르내리는 만만찮은 수고를 감수해야 하는 주민이 더 많다. 주변에 상가가 없는 데서 오는 불편도 감내하는 수밖에 없다. 대부분의 사람들이 우리처럼 해서 평생 살 집에 다다르는 것이라고 나는 생각한다. 세상에 공짜는 그리 많지 않기 때문이다. 신은 사람에게 특혜를 잘 주지 않는다. 우리가 기댈 것은 "티끌이라도 모아보아라, 그러면 태산이 될 수도 있다"던 옛 어른들의 가르침뿐이다.

기분 내키는 대로 남의 동네 사람들을 싸잡아 욕한 그 청년은, 처음에는 내가 훈계를 하려는 줄 알고 경계를 하더니 차차 내 말을 귀담아들었고, 마지막에는 웃으면서 헤어졌다. 하지만 뒷맛이 깨끗하지는 않았다. "아! 이 동네는 참 아름답구나. 나도 열심히 모아서 이런 데 와서 살아야겠다" 그가 이렇게 말했으면 얼마나 이뻤을까?

항아님 같던 세배객들

평창동 집에는 손님이 잘 오지 않았다. 언덕 오르내리기가 힘드니까 내 손님들은 시내에서 만났고, 이 선생 손님들은 교통이 편한 문학사상 주간실을 선호했기 때문이다. 하지만 일년에 한 번은 산신령들이 놀랄 정도로 아름다운 손님들이 떼지어 우리 집에 몰려오는 때가 있었다. 설날이다. 큰댁에서 차례를 지내고 오니까 우리 집은 오후가 세배 시간이다. 그때 한복을 입은 이 선생 제자들이 평창동 고갯길을 메꾼다. 기 별로, 여남은 명씩 떼 지어 오는데, 그건 평창동의 페스티벌이다. 그들은 아직 집이 몇 채 없을 때부터 우리 동네에 몰려와서, 위쪽에서 내려다보면 빈 택지 사이사이를 누비는 축제의 퍼레이드처럼 화려했다. 20길에서도 30길에서도 퍼레이드가 벌어지니 동네 전체가 불꽃놀이 하듯 환해지는 것이다.

세월이 흐르자 대학의 세배 풍속도도 달라졌다. 대가족 제도가 없어지니 늙은 주부가 혼자 세배객을 감당하기 어려워졌고, 아이들이 떠나니 집을 줄이는 교수님들도 계셔서, 집에 세배 오는 풍습은 90년대에는 사라졌다. 학교에서 공동으로 하례식을 하고 단체로 세배를 하거나, 밖에 나가서 하게 된 것이다. 하지만 70년대에는 학생들이 집집이 찾아다녔다. 육칠십 년대의 제자들은 선생과 십여 년 정도의 차이밖에 나지 않아서, 같이 늙어가는 제자들도 있다. 나는 해마다 나이가 들어가는 남편의 옛 제자들을 보면서, 요즈음은 그들을 처음 만나던 때의 맑고 빛나던 젊은 얼굴을 회상하는 버릇이 생겼다. 세상에 처음으로 화장을 한 여자대학 초년생들처럼 아름다운 피조물이 다시 어디 있겠는가? 처음 입고 나들이하는 한복처럼 풍성하고 화려한 의상은 또 어디 있겠는가? 원광을 쓴 항아님들 같던, 그 싱그럽고 아름답던 젊음들. 그들의 빛나던 시절의 자유와, 야심과, 꿈과, 사랑…… 임신하여 기미가 끼고 고단해서 눈과 다리가 붓는 어른이 되기 전의 『82년생 김지영』처럼 병이 나고 지치기 이전의 그들의 얼굴을 생각하면, 나도 그들처럼 젊어지는 것 같아서 기분이 좋아진다.

저 제자들과 함께 이 선생은 『한국작가전기연구』라는 책을 만들었고, '춘원 이광수전'을 준비했으며, 『문장대사전』을 편찬했고, '기호학 연구소'를 운영했다. 이화문학회에서는 많은 작가와 시인과 평론가들이 배출되었고, 많은 학자가 나왔다. 하지만 여자 제자들은 학문을 이어주거나 공항에서 스승을 찾아내서 돕는 면은 아무래도 약하다. 가정에 머무는 사람이 많기 때문이다. 그 대신 여자 제자들은 딸처럼, 며느리처럼, 알뜰하게 스승을 보살핀다. 결혼 초창기의 어려운 육아 과업이 대충 끝나면, 제자들은 다시 스승을 찾아와서 따뜻하게 보살피기 시작한다. 이 선생에게는 반세기 동안 한 해도 거르지 않고 설과 생신을 챙겨주는 제자들이 있다. 학교를 그만둔 지도 몇십 년이 되는데…… 놀랍고 눈물겨운 정성이다. 코로나 이전까지만 해도 그런 제자들이 많아서 이 선생의 노년은 심심하지 않았다.

나는 남편의 제자들과 잘 노는 사모님이다. 같은 여자끼리의 공감대에다, 직장을 가지고 학문을 해야 하는 같은 종류의 여자로서의 공감대가 겹쳐 있기 때문이다. 그건 사실 내 제자들과 이루어졌어야 할 친분이어서 늘 내 제자들에게 미안하다. 우리 학교에는 먼 데 사는 남자 선생님이 학생들을 위해 집에 찾아오는 세배법을 그만두자고 발의하셔서 일찍부터 학교에서 하례식을 해 집으로 오는 일은 많지 않았다. 하지만 그렇지 않아도 두 학교 세배객을 집에서 치루는 것은 불가능한 일이어서, 애초부터 내 제자들은 밖에서 만나곤 했기 때문에 집에서 세배를 받는 일이 드물었다. 그게 아니어도 나는 아이들을 기르며 학교에 나가야 해서 제자들과 개인적으로 사귈 시간이 너무 모자랐다. 교직 생활 사십 년에 가장 후회가 되는 것이 그 부분이다.

집 허물고 박물관 만들기

2007년에 우리는 삼십삼 년간 살던 집을 허물고, 그 자리에 영인문학관과 주택을 겸하는 사층짜리 건물을 새로 지었다. 건폐율이 적용되지 않아서 커진 지하의 두 층은 문학관에서 쓰고, 아들네와 우리는 건폐율이 지배하는 지상 부분을 반씩 나누어 쓰기로 했다. 한 층은 이 선생의 스튜디오니까 주거용은 서른다섯 평밖에 되지 않았다. 먼저 살던 집의 절반도 되지 않는 넓이다. 하지만 식구가 줄어서 큰 집이 필요 없기 때문에 큰 문제는 없었다. 귀중한 자료는 내가 직접 관리해야 할 공간이 없어 그걸 못 하는 게 아쉬웠고, 엄마가 없는 외손자들이 방학에 오면 잘 데가 없어서 곤란하지만, 외손자는 맨날 오는 것이 아니니 참을 만하다. 이 집도 이승을 떠날 때는 영인문학관에 기증하려 한다. 몸이 없어지니 집이 필요 없기 때문이다. 우리는 일을 많이 해서 둘 다 항상 피곤하게 살았지만, 조용한 동네에서 쓰고 싶은 글을 쓰며 반세기를 살았으니 감사할 뿐이다.

1973년 문학사상을 인수하면서 따로 모으기 시작한 특별 통장의 금액이 이십삼억 원쯤 되었다. 그의 원고료와 인세, 문학사상 수익금까지 모두 합한 총액이다. 2001년에 영인문학관을 시작한 나는, 퇴직금과 삼 년간의 월급을 보태서 오억 원의 기금을 이미 문학관에 기증했기 때문에 여축이 많지 않았지만, 내 저축도 다 털어서 건축비에 보탰다. 그런데 막상 마지막 통장을 깨려니까 불안이 엄습해왔다. 둘 다 빚을 지고는 못 사는 타입이었기 때문이다. 결국 건축비가 모자라서 빚을 졌고, 초과한 부분은 몇 해 동안 분할해서 갚아나갔다. 초과한 금액이 꽤 커서 한 오 년 동안 빚 갚기를 해야 했던 것이다. 그 때 우리는 일단 가진 것을 다 내놓은 셈이다. 이 선생은 퇴직금을 일시불로 받아서 연금이 없다. 나도 퇴직금을 문학관에 기부해서 연금이 없다. 하지만 그의 원고료와 인세 수입이 있으니 노후가 불안할 정도는 아니었다. 이 선생은 2015년까지 계속 현역이었으니까 노후설계는 2008년부터 새로 하기로 했다.

지금의 크기로 문학관을 지으려면 적어도 삼십억 원은 있어야 한다고 건축가들이 말했다. 우리는 이십삼억 원밖에 없으니 건물의 급수를 낮추는 수밖에 방법이 없었다. 건물은 돈을 들일수록 견고하고 격도 높아진다는 것을 알고 있었지만, 돈이 많이 모자라니 어찌할 도리가 없었다. 그래서 영인문학관은 우리가 지은 집 중에서 가장 급수가 낮은 건물이 되었다.

이 선생이 바쁘니 집 짓는 일은 내가 전담하기로 했다. 아버지도 안 계시니 비빌 언덕도 없었다. 그래서 자재 점검과 단가 낮추는 작업 같은 것도 내가 했다. 내가 맡으니 건물 급수 낮추는 일이 쉬웠다. 체념이 빠르기 때문이다. 어차피 이 선생 안목에 차는 건물은 지을 수 없는 여건이었던 것이다. 하지만 기초공사는 제대로 해야 하니까 인테리어가 허술해졌다. 설계는 국민대의 허범팔 교수가 했고, 공사는 건축가 김영환 씨가 맡았다.

산동네니까 우선 지붕이 있는 집을 짓기로 했다. 평지붕은 산의 선과 맞지 않기 때문이다. 그런데 지상에는 일층만 있던 건물을 부수고 이층이 올라가니까 뒷집에서 불평이 들어 왔다. 앞을 가린다는 것이다. 당연하다. 먼저 집은 단층이었는데 이번에는 이층이기 때문이다. 이층은 예전부터 허용되던 합법적 높이니 그쪽이 참는 것이 온당하다. 하지만 오래 같이 살 이웃과는 절대로 분쟁을 일으키지 말자는 것이 우리의 방침이었기 때문에, 평지붕으로 바꾸마고 그분들과 약속했다. 지붕을 평지붕으로 만들고 건물의 높이도 이십 센티 낮추니 건물의 높이가 많이 낮아졌다. 그래서 지하 일층 전시실 천장이 낮다. 양식이 달라졌으니 설계도 다시 해야 했다.

'오늘의 과업'과 '모든 날의 과업'

집을 짓는 도중에 버클리를 막 졸업한 외손자가 갑자기 뇌수막염으로 세상을 떠났다. 낳자마자 내가 일 년간 길러준 첫 손자, 내 네 번째 아이다. 아이가 웃기 시작하자 우리는 그 애만 웃을 줄 아는 것처럼 대견해했고, 혼자 일어서자 기적이 일어난 것처럼 수선을 피웠다. 그렇게 하는 짓마다 놀랍고 신기해하면서 기른 아이가 병들고 십구일 만에 느닷없이 사리진 것이다. 둘 다 커리어 우먼인 딸과 내가 곤두박질을 치면서 겨우겨우 길러놓았는데, 다 길러놓았더니, 이제부터 제 삶을 시작해야 할 스물다섯의 나이로 아이가 갑자기 지상에서 사라져버린 것이다. 디디고 서 있는 곳의 지반이 계속 꺼져가는 느낌이었다.

건축공사는 막바지 단계여서 현장에서는 하루하루가 소용돌이였다. 외벽 자재를 정해야 하고, 대문 디자인을 검토해야 하며, 욕실 기구들을 골라주어야 하는 단계여서 나는 정신없이 바빴다. 그 판에 아이가 사라진 것이다. 일꾼들은 맥이 빠져서 다리가 헛놓이는 나를 봐주지 않았다. 봐줄 수가 없다. 공기가 늦어지면 성북동 집을 제때에 비워줄 수 없는 것도 큰 문제지만 건축비도 상승하니, 건축비가 모자라는 우리는 그들의 메커니즘에 휩쓸리는 수밖에 도리가 없었다. 미국에 가서 장례식을 치르고 돌아오니 일꾼들이 내미는 수십 개의 청구서가 쌓여 있었다. 인부들의 생계와 직결되어 있는 문건들이다. 슬프다고 참으라고 할 수는 없다. 막바지에 이른 그런 공사판의 메커니즘과 가슴뼈가 무너져 내리는 개인적 상실감이 범벅이 되어 미친 춤을 추는 이상한 회오리 속을 몇 달간 이를 악물고 헤맸다. 가슴을 쥐어뜯으며 우는 것과 주판 튀기는 일이 유착된, 끔찍하고 괴이한 소용돌이였다. 그 세월을 나는 지금도 이따금 악몽처럼 회상한다. 무슨 정신으로 그 두 가

378

지 색다른 일을 함께 감당해냈는지, 생각할 때마다 몸서리가 쳐진다.

그 아픔을 견디면서 나는 돌아가신 아버지 생각을 했다. 삼십삼 년 전, 우리가 먼저 집을 지을 때 오빠가 돌아가셨기 때문이다. 오빠는 딸 다섯 있는 집에 하나밖에 없는 외아들이다. 아버지의 삶을 바치는 유일한 기둥이었던 것이다. 공사 막바지에 암 환자인 오빠가 주사 쇼크로 갑자기 돌아가시자 낙천적인 아버지도 무릎이 꺾여서 일어서지 못하셨다. 공교롭게도 아버지가 오빠를 잃던 때의 연세와 계절이 이번의 내 것과 거의 같았다. 아버지도 나도 칠십 대 초반이었고, 계절도 가을이었다. 그때는 내 몫의 상실감을 견디느라고 아버지의 아픔을 헤아려드릴 여유가 없었다. 오빠는 내게 아버지보다 더 소중한 존재였었기 때문이다.

간암 말기의 오빠를 나는 돌아가시기 두 주 전까지 건축 현장에서 매일 만났다. 평창동이 오빠 집에서 가까우니, 운동도 시켜드릴 겸 강의가 끝나면 홍제동에 들러 오빠를 모시고 현장에 갔다. 앞집 소나무 아래에 돗자리를 깔아놓고 오빠는 누워서 책을 읽으면서 자신의 마지막 가을이 지나가는 것을 보기도 하고, 내가 살 집이 나날이 형성되어 가는 것을 감상하기도 하셨다. 집에 누워 있는 것보다는 그 편이 나아서 오빠는 그 일들을 즐기는 것처럼 보였다. 하지만 어떤 날은 그런 위장

僞裝이 통하지 않을 때가 있다. 그런 날은 아버지, 오빠, 나 셋이 아무 말도 하지 않으면서 몇 시간씩 가만히 앉아 무연히 앞산을 바라보기만 했다. 죽음이 너무 지척에 와 있어 압도당하고 있었던 것이다. 오빠는 시월 말에 심장마비로 갑자기 돌아가셨고, 아버지는 결국 두 주 만에 털고 일어나 우리 집의 마무리 작업을 해주셨다. 그때의 아버지의 가슴뼈도 2007년의 내 것처럼 무너져 내리고 있었겠다는 생각이 들자, 먼저 가신 오빠와 아버지에 대한 그리움에 숨이 막혀왔다.

그렇게 사랑하는, 정말 없어서는 안 되는 소중한 혈족들을 떠나보내는 와중에도, 눈앞에 다가와 있는 삶은 우리에게 '오늘의 과업'을 수행할 것을 강요한다. 현실은 슬프다고 봐주는 법이 없다. 빅토르 위고의 말대로 "오늘의 과제는 싸우는 것"* 이어서, 사람들은 장례를 치르면 곧 그 싸움터로 돌아가야 한다. 대학 교수들은 부모님 상을 당해도 닷새 후부터 강의를 해야 한다. 그것이 우리의 삶이요, 현실이다. 그래서 나도 아버지처럼 결국 털고 일어나 집짓기를 마무리했다. 어쩌면 그 바쁜 일정 덕에 그 기간을 살아남았는지도 모른다. 때리면 맞는 수밖에 없는 것이 인간의 운명이다. 죽음은 오늘의 문제가 아

---

* 『레미제라블』 첫머리에 나오는 말이다.

니라 '모든 날의 문제'여서 인간은 거기 대해 토를 달 권한이 없다. 하지만 저항한다고 종이배가 강철배로 바뀌는 것은 아니다. 물이 스며드는 대로, 옷이 젖어버리는 대로 주어진 숙명을 참으며 견디는 의지가 우리가 재난을 견디는 유일한 방법이 아닌가 싶다.

너와 나의 쉼터

1974년에 평창동에 정착한 후 우리는 다시는 그 집을 떠나지 않았다. 중간에 재건축을 하기 위해 잠시 옮겼을 뿐 사십칠 년간 같은 주소에서 살고 있다. 평창동 499-3번지. 지금은 평창 30길 81번지다. 거기 새로 지은 집이 우리의 마지막 집이다. 박물관을 지으면서 우리의 주거 공간이 삼십오 평으로 줄어들었다. 박물관 위주로 공간을 분할하니 집은 좁아진 것뿐 아니라 미워졌다. 집은 기차간처럼 남북으로 긴 공간이 되어서 공간 배치가 엉망이다. 건축비가 모자라 이번에는 디자이너도 모시지 못했고, 인테리어에 쓸 비용이 없어서 이쁘지 않은 건물이 생겨났다.

지하의 두 층은 박물관에 기증하고, 2016년에 문학관을 법인으로 만들었다. 새집을 짓고 문학관이 474-27번지에서

평창동 499-3의 옛 정원

499-3번지로 옮겨 온 지도 십사 년이 되어온다. 작년이 개관한 지 이십 주년이 되는 해였다. 그동안 우리는 해마다 이삼 회의 기획전을 열었다. 2020년에도 마찬가지다. 코로나 소동 속에서도 전시회는 빠지지 않고 했다. 한 해도 걸러본 일이 없이 스무 해가 지나갔다. 그 장구한 세월 동안 보살펴주신 분들과 관람객들을 모시고 뜻있는 이십 주년 기념전시를 하려고 했는데, 코로나19가 기념행사를 삼켜버려서 『머리말로 쓴 연대기』라는 제목으로 문학관 이십 년사를 출판하고, 인원을 제한하는 전시회로 기념행사를 대신했다.

대학 때 외국어 교재에, 자기가 만약 어른이 되어 넓은 정원이 있는 집을 가지게 되면 그곳을 개방하여 사람들과 함께 즐기겠다는 내용의 짧은 글이 있었다. 허물기 전의 평창동 옛집에는 내가 열심히 가꾼 아름다운 정원이 있었다. 대지가 이백 평이니 백 평이 넘는 잔디밭이 있었던 것이다. 잔디밭 가장자리에 꽃들이 항상 피어 있었다. 아침마다 내가 묵은 잎을 따주어서 항상 정결한 정원이었다. 앞마당의 현관 앞에는 집 지을 때 일꾼들이 심어주고 간 목련나무와 신구농장에서 신축축하로 기증해준 큰 백일홍나무가 심어져 있었다. 해마다 키를 잘라주었더니 나무들은 브로콜리처럼 옆으로 퍼져가면서 봄과 여름에 풍성한 꽃대궐을 만들었다. 마당 남쪽에 이 선생 동창인 화가 이두영 씨가 직접 골라준, 고생대의 동물을 닮은 형상의 자연석들이 배설되어 있었고, 돌 주변에 철쭉, 진달래, 아프리카 봉선화, 국화 같은 꽃들이 심어진 꽃밭이 있었다. 동자상이 서 있는 동쪽에는 향나무들이 병풍처럼 둘러쳐져 있는 담 아래에 보라색 개미취와 노란 토종 국화 더미가 있었고, 서쪽에는 아버님 댁에서 가져온 산수유, 앵두, 단풍, 감 나무 등이 심겨 있었다.

우리 집 옛 정원에는 신장에 사시던 이훈종 선생이 권해서 산 긴 마차도 있었다. 바퀴가 여섯 개나 달린 서울식 마차다. 나무로 만든 오래된 마차가 잔디밭과 잘 어울려서 사람들이 그 위에 앉아 노는 것을 좋아했다. 우리는 그 정원에서 아이들이 연주하는 음악도 들었고, 여름이면 돗자리를 깔고 앉아 이야기를 나누었다. 자녀손들이 모두 품 안에 있던 축복받은 시기였다. 비가 억수로 쏟아지는 밤에 "레인! 레인" 하는 단어가 숨 막히게 연발되는 비 노래를 크게 크게 틀어놓고 식구들이 처마 밑에 나란히 앉아 비 내리는 풍경을 감상하기도 했다. 1981년에 딸의 결혼사진을 그 마당에서 찍었다. 롱 테이크로 찍어놓으니 잔디밭이 엄청 큰 것처럼 보여서, 미국에 있는 그애의 클래스메이트들이 우리 집을 장원이나 되는 것처럼 생각하더라는 말을 들었다. 사람도 정원도 그때가 정점이었던 것 같다.

그런데 식구들이 모두 아침에 나갔다가 밤에야 돌아오니,

꽃 피는 계절이 되어도 그 아름다운 정원을 보는 사람이 하나도 없는 날이 많았다. 꽃들이 "저마다 홀로 피어 있는"* 정원을 보면서 우리는 교과서 속의 사람처럼 그 정원을 공개하여 여러 사람들이 같이 즐기게 되었으면…… 하는 희망을 가지게 되었다. 그 집을 허물고 문학관을 지으니 그 꿈이 현실이 되었다. 하지만 건폐율이 삼십 프로에서 오십 프로 높아져서 건물이 커졌고, 주차장에 대한 규정 때문에 정원은 형편없이 작아졌다. 그런데도 앞집과의 낙차가 크고, 길이 사이에 있어서 영인문학관의 정원은 지금도 전망이 좋다. 나는 그 좁은 마당 한쪽에 어머니 무덤에서 캐온 할미꽃을 심었고, 봄이면 보랏빛 테두리를 가진 하얀 다무르를, 가을이면 노란 토종 국화를 네모난 꽃판에 심어놓고 해마다 정원을 같이 감상할 관람객들을 기다린다. 우리의 오랜 꿈이 이루어진 것이다. 십사 년 동안 그 정원을 거쳐 간 관람객이 많다. 애초에 여기 문학관을 지을 예정이었다면, 터를 좀 더 넓게 잡았을 걸 하는 사치한 후회도 해본다. 좀 더 넉넉한 정원을 문학관 관람객들에게 남겨주고 싶기 때문이다.

나는 낯가림이 심한 편이지만, 우리 관람객들은 누구나 초

---

* 김소월(金素月, 1902~1934)의 시 「산유화」의 한 구절.

면이어도 낯이 설지 않다. 문학을 사랑한다는 공감대가 있는, 같은 종류의 인종이기 때문이다. 우리 문학관 관람객들은 문학을 사랑해서 그 높은 언덕을 힘들게 올라오는 수고를 감수하고 해마다 문을 열면 찾아오신다. 전시회를 알리는 기사 스크랩을 간직해두었다가, 바쁘면 마지막 주에라도 꼭 와보는 정성을 보이는 분들이 많다. 거제도나 제주도에서 비행기를 타고 오는 관람객도 있고, 주말이면 도시락을 가지고 와서 이 마당에서 하루를 보내는 어르신네들도 계시다. 전시회를 보고, 도록들을 뒤적이면서 소년 시절의 꿈을 더듬어보는 그 옛날의 문학 소년, 소녀들. 나는 그분들과 담소하는 것을 아주 좋아한다. 그분들에게 가능하면 해설을 해드리면서 같이 전시회를 감상한다. 우리 정원의 가장 멋이 있는 포인트인 앞집 소나무를 배경으로 해서 사진을 찍어드리는 것도 우리의 즐거움의 하나. 머지않아 이 선생과 내가 다 세상을 떠나면, 주택으로 쓰던 부분도 박물관에 기증하려 한다. 이층에 이 선생의 서재가 있으니, 서재는 일반에게 있던 그대로 공개하고, 초창기에 박물관을 하던 자리(474-27)에는 이어령 아카이브를 만들어서 이 선생의 자료를 보관하는 것이 우리의 소원이다.

도심과 가까우면서도 깊은 산속 같은 기적적인 동네 평창동에 나는 항상 감사한다. 늙어서 나다니기가 어려워지니까 되도록 이곳에 머물면서 낮에는 원고의 먼지를 털고 밤에는 글을 쓰며, 나날이 줄어드는 여생을 누리고 있다. 김남조 선생이 최근에 쓴 시구에 자연이 아름다운 것이 "내 복이다"*라는 구절이 있다. 나는 평창동의 산들을 보면서 그 말을 음미한다. 아름다운 자연 속에 문학을 생각하는 장소를 마련하게 해준 것은, 신이 우리와 영인문학관 가족들에게 허락한 특별한 축복이다.

이곳에 자리를 잡은 지 반세기가 가까워온다. 이어령 씨의 장엄한 반세기가 평창동 499-3에 담겨 있다. 머지않아 그이와 나는 걷는 일이 어려워질 것이다. 머지않아 그이와 나는 쓰던 글을 마무리하지 못한 채 사는 일에서 손을 놓을 것이다. 신이 허락한다면 우리는 이 집에서 숨을 거두고 싶다. 평창동은 사계절이 모두 아름다우니 어느 철에 가도 무방하지만, 이왕이면 송홧가루가 시폰chiffon** 숄처럼 공중에서 하느작거리는 계절이면 좋겠다.

---

* 김남조 「다시 가을」.

** 얇고 부드러운 실크의 느낌을 살린 하늘하늘한 헝겊.

강인숙 집필 연도

집필 연도	집필 내역(단행본)
성북동 골짜기의 단칸방 1958.9~12	
삼선교의 북향 방 1959.1~3	
청파동1가 1959.3~1960.3	
청파동3가의 이층집 1960.3~1961.3	
한강로2가 100번지 1961.3~1963.4	
신당동 304-194 1963.4~1967.3	• 〈자연주의의 한국적 양상-자연주의와 김동인〉, 《현대문학》, 1964 • 〈춘원과 동인의 거리(1)-역사소설을 중심으로〉 (등단작),《현대문학》, 1965
성북동1가의 이층집 1967.3~1974.12	• 『25시』(소설), V. 게오르규 저·강인숙 엮음, 삼성 출판사판 세계문학전집 23, 1971 • 『한국현대작가론』(평론집), 동화출판공사, 1976

평창동 1974.12~현재	• 『키라레싸의 학살』(소설), V. 게오르규 저·강인숙 엮음, 문학사상사, 1975 • 『언어로 그린 연륜』(에세이), 동화출판공사, 1976 • 『생을 만나는 저녁과 아침』(에세이), 갑인출판사, 1986 • 『자연주의 문학론 1』(논문집), 고려원, 1987 • 『자연주의 문학론 2』(논문집), 고려원, 1991 • 『김동인: 작가의 생애와 문학』(평론집), 건국대학 교출판부, 1996 • 『박완서 소설에 나타난 도시와 모성』(논문집, 편 저), 둥지, 1997 • 『한국근대소설 정착과정연구』(논문집), 박이정, 1999 • 『네 자매의 스페인 여행』(에세이), 삶과 꿈, 2002 • 『아버지와의 만남』(에세이), 생각의 나무, 2004 • 『일본 모더니즘 소설 연구』(논문집), 생각의 나무, 2006 • 『어느 고양이의 꿈』(에세이), 생각의 나무, 2008 • 『편지로 읽는 슬픔과 기쁨』(서간문+해설, 편저), 마 음산책, 2011 • 『문명 기행, 내 안의 이집트』(에세이), 마음의 숲, 2012 • 『셋째 딸 이야기』(에세이), 곰, 2014 • 『민아 이야기』(에세이), 노아의 방주, 2016 • 『서울, 해방공간의 풍물지』(에세이), 박하, 2016 • 『어느 인문학자의 6.25』(에세이), 에피파니, 2017 • 『韓國の 自然主義文學－韓.日.佛の比較研究か ら』(일어판 논문집), 강인숙 저·小山內園子 엮음, CUON, 2017 • 『시칠리아에서 본 그리스』(에세이), 에피파니, 2018 • 『머리말로 쓴 연대기』(에세이), 홍성사, 2020 • 『한국 근대소설 연구』(평론집), 박이정, 2020 • 『여류문학, 유럽문학 산고』(평론집), 박이정, 2020

글로 지은 집

초판 1쇄 인쇄 2022년 12월 30일
초판 1쇄 발행 2023년 1월 13일

지은이 강인숙
펴낸이 정중모
펴낸곳 도서출판 열림원

출판등록 1980년 5월 19일(제406-2000-000204호)
주소 경기도 파주시 회동길 152
전화 031-955-0700
팩스 031-955-0661
홈페이지 www.yolimwon.com
이메일 editor@yolimwon.com

페이스북 /yolimwon
트위터 @yolimwon
인스타그램 @yolimwon

주간 김현정
책임편집 조혜영
편집 황우정 최연서 이서영 김민지
교정교열 김정현

디자인 강희철
마케팅 홍보 김선규 최가인
온라인사업 서명희
제작 관리 윤준수 이원희 고은정 원보람

ⓒ 강인숙, 2023

ISBN 979-11-7040-154-4 03810